अँगूठा छाप हस्ताक्षर

अँगूठा छाप हस्ताक्षर

डॉ. रवि शर्मा 'मधुप'

प्रतिभा प्रतिष्ठान, नई दिल्ली

प्रकाशक : प्रतिभा प्रतिष्ठान,
1661 दखनीराय स्ट्रीट, नेताजी सुभाष मार्ग, नई दिल्ली-110002
सर्वाधिकार : सुरक्षित / संस्करण : 2018 / मूल्य : चार सौ रुपए
मुद्रक : एस.बी.एम. इंडस्ट्रीज प्रा.लि., राई (हरि.) ISBN 978-93-83111-43-5

ANGOOTHA CHHAP HASTAKSHAR
satire by Dr. Ravi Sharma 'Madhup' ₹ 400.00
Published by Pratibha Pratishthan, 1661 Dakhni Rai Street,
Netaji Subhash Marg, New Delhi-110002

जीवन की विडंबनाओं और विद्रूपताओं
को पहचानने की दृष्टि देनेवाले
स्वर्गीय माता-पिता की पुण्य स्मृति
को सादर समर्पित।

शैली की निजता लिए यह संकलन

सन् दो हजार के बाद की व्यंग्य-पीढ़ी में डॉ. रवि शर्मा का नाम शुमार किया जाता है। एक रचनाकार के रूप में यद्यपि उनकी लेखन यात्रा विगत पच्चीस वर्षों से अनवरत जारी है, परंतु उनका व्यंग्यकार अभी कमसिन है। कमसिनी में बहुत कुछ चलता है। यह डिस्कॉउंटिड उम्र होती है बच्चा कुछ बड़ा तो होता है, स्वयं को खूब बढ़ा भी सोचता है लेकिन होता अभी कच्चा ही है। रवि शर्मा के व्यंग्य में वह सौंधापन है। एक ताजगी का झोंका उनके व्यंग्यकार से आता है। मुझे रवि शर्मा मिले थे विगत शताब्दी के अंत में यानी सन् 1999 में और उनके व्यंग्य पढ़ने-सुनने को उपलब्ध हुए उसके पाँच वर्ष बाद। उनका प्रथम व्यंग्य-संकलन 'बकरी कल्चर' सन् 2006 में प्रकाशित हुआ था, जिसने व्यंग्य-समीक्षकों का ध्यान अपनी ओर आकर्षित किया था। पत्रकारितामय-साहित्यिक तेवरवाला उनका व्यंग्य लेखन मुझे भाता रहा है। उनके व्यंग्य पठनीय होते हैं। और जब-जब उनसे सुनने का अवसर मिला, वे अवराजीय भी लगे हैं।

विगत संकलन से अब तक की उनकी व्यंग्य-यात्रा किस नए पड़ाव पर आई है—यह खोज मेरे लिए जाने क्यों जरूरी हो गई। हम बढ़ते हैं जब हमारा लेखक बढ़ता है; इसे इसके विपरीत भी कहा जा सकता है कि जब हमारा लेखक बढ़ता है तब हम बढ़ते हैं। बहरहाल व्यक्ति रवि शर्मा और व्यंग्यकार रवि शर्मा मेरे साथ निरंतर हैं। साहित्यिक आयोजन हो या घरेलू माहोलीय अभियोजन—हम साक्षी रहते हैं। अभिन्नता स्थापित होने पर समीप से देखना अत्यंत दुष्कर और पूर्ण ईमानदारीपरक नहीं हो पाता—अतः आकलन सही-सही बाँचना हो नहीं पाता। कभी-कभी भिन्न-भिन्न करना श्रेयस्कर होता है।

अब इसी संकलन को लीजिए। रवि शर्मा महीनों पहले पांडुलिपि दे गए थे कि मैं संपादन भी कर दूँ और भूमिका भी लिख दूँ। प्रायः दूसरे संकलन का

भूमिका लेखक पहलेवाला नहीं होता। इस संकलन का है तो जाहिर है कि वैज्ञानिक दृष्टि से कहा जा सकता है कि रवि शर्मा बढ़े नहीं। वही ढाक का पहला पात। कैसे बने अब बात? तीन दर्जन से अधिक व्यंग्य मैंने एक साथ पढ़े। उन पर मंथन करने का मन बनाकर कुछ मथा। मथने से थोड़ा मक्खन तो मिला पर छाछ की मात्रा कम न थी। मैं दूर होकर देखने लगा, तटस्थ हो गए आदमी सा होकर जाँचने, मापने लगा। पाया कि पठनीयता तो बरकरार है, रोचकता भी है पर कुतूहल बनाए रखने की शैली तनिक भंग हो गई है। उनके भाषागत प्रयोग पहले की अपेक्षा अधिक सार्थक हो गए हैं। भाषा पर कुछ अधिकार बढ़ा है। भाषा के अधिकार के साथ ही कर्तव्य भी बढ़ते हैं, वहाँ कुछ स्खलन के चिह्न हैं। भाषा संपन्नता के साथ उसकी सोद्‌देश्य बुनावट और बनावट भी मायने रखती है। शब्दों की व्यंजकता पहले की अपेक्षा कम मोहक लगी—संभवत: ज़माने के थपेड़े मौसम के अनुसार अधिक रेतीले थे अत: किरकिरे होंगे ही। हाँ रविभाई की किस्सागोई बरकरार है। गपोड़शंख से संता-बंता तक के उनके किस्से गढ़ने की कला में निखार है। व्यंजक निरमा से सफेदी चमकने लगी है।

रवि शर्मा ने विभिन्न विषयों पर अपने व्यंग्य बाण चलाए हैं। उनके तरकश का सैंसेक्स काफी बढ़ता नजर आया है। जुगाड़ तिकड़म और चलते पुरजों का ज़ोर, लोकतांत्रिक शक्तियों की तानाशाही, समाजवादी अभिलाषाओं का असामाजिक होना, नई पीढ़ी की त्रिशंकुता और बुद्धिजीवियों का पलायनवाद—वे मुख्य मुद्‌दे हैं जो इस संकलन में उभरे हैं। देशाहित में एक नई राजनीतिक पार्टी का निर्माण है जो राष्ट्र की प्रतिबद्धता से कहीं ज्यादा पार्टी की प्रतिबद्धता का द्योतक है। 'सरकारी दामाद' में कामचोरी और सर्व संपन्न हरामखोरी बोनस मानी जाती है। बुद्धिजीवी और सामोसिक संस्कृति में रवि के व्यंग्यकार ने 'समोसा' का भाषिक प्रयोग कर बहुअर्थीय बनाया है। 'बोए पेड़ बबूल के' यदि 'ब्रेन ड्रेन' समस्या को उजागर करता है तो 'बाप बड़ा न भैया' आज के उस युवा मन का प्रतीक है जो येन-केन हर प्रकारेन पैसा पाना चाहता है। आज के कमर्शियल संतों का बखिया उधेड़ता व्यंग्य 'महागुरू का उदय' संकलन में है और बाज़ारवाद का दूसरा ऐसा पहलू 'पछुआ हवा' के झोंके से आता है। 'शुक्रिया वेलेनटाइन' में देहवाद प्रकरण-विशेष है। आज के खोखले नारीवाद का विश्लेषण 'हम किसी से कम नहीं' में हुआ है तथा 'पुराना जंगल नई कथा'—पर पीड़ा का आनंद बखानती है। जाहिर है रवि मन पहले से अधिक विषयी हो गए हैं।

'ताऊ भीमसिंह' रूपी एक चरित्र भी इस बार संकलन में रखा गया है। कुछ

व्यंग्यों में यह ताऊ है जो स्थितियों को बाँचता नज़र आता है। ऐसे निर्मित चरित्र लोकप्रिय तो हो ही जाते हैं और लेखन दक्षता को कुंद नहीं करते अपितु प्रायः उसे संतुलित करते हैं। ऐसे पात्र बैसाखी का काम करते हैं—चलते तो हैं पर, अपने सहारे से नहीं किसी और का पाँव उन्हें चाहिए होता है। फिर भीमसिंह लक्ष्मण के कार्टून पुरुष कॉमन मैन जैसा नहीं है जो सदैव समभाव में रहे जो कि नैसर्गिक है—यह बदले-बदले चरित्र को लिए जीता हुआ पात्र है—बस नाम से ही भीम है।

रवि शर्मा के लेखन में सूक्तियाँ बड़ी मारक होती हैं। इस संकलन में भी ये प्रभावित करती दिख रहीं हैं। कुछ उक्तियाँ द्रष्टव्य हैं—

'भारतीय राजनीति का एक अनिवार्य अंग है—नाटकबाजी'

'रुपए का मूल्य दया, परोपकार आदि की तरह गिर रहा है।'

'सरकारी नौकर वह, जो जिसका खाए उसी पर गुर्राए'

'आत्मा, परमात्मा, जीवन मूल्य, साहित्य, कला सब देह तले दब गए हैं'

'सीनियर और सत्ता का वही संबंध है जो सूर्य और रोशनी का'

'बुद्धिजीवी चूहे प्रधानमंत्री निवास की निमंत्रण रूपी बाँसुरी से मुग्ध होते हैं।

कतिपय उपमान भी उदाहरणार्थ प्रस्तुत हैं—'रिश्वतरूपी जहर', 'सेवा शुल्क की चाशनी में लिपटी कड़वी गोली।'

'प्रधानमंत्री निवास में बुद्धिजीवी ऐसे शोभित हो रहे थे जैसे मुगलगार्डन में फूल'

रवि शर्मा के कवि को भी संकलन में देखा गया है जो 'रहिमन' की पैरोडी पर 'रविमन' नाम से दोहे लिखकर किसी का भी हो सकता है। होली संदर्भित रचनाएँ एक विशेष प्रयोजनीय स्तर बना सकी हैं।

व्यंग्यकार को अनेक शैलियाँ, मुक्त भाव, सुप्तभाव किसी भी प्रकार की छूट होती है। रवि शर्मा ने यह छूट लूट ली है—अनेकानेक शैलियों में कथ्य को बाँधा, कुछ अपनी शैलियाँ भी निर्मित की हैं। यह साधुवाद की बात है। अपने सहज निस्संकोच सपाट बयान की एक निजी शैली का विकास उन्होंने किया है। सरल शब्दों में वे उन बातों को लिखते हैं, जो हमें उसी रूप और उसी क्रम में देखने और बार-बार समझने को मिलती हैं पर इसके बावजूद भी रवि बाध्य करते हैं और इस प्रकार पाठक के साथ अपना रिश्ता पराए से सगे की तरह कर लेते हैं। दोस्तो सगा तो सगा ही होता है, यह आप जानते ही हैं। यह बात दीगर है कि व्यंग्य में सगा, सगा नहीं बल्कि कहीं और पगा होता है।

समाज की नब्ज़ को पकड़ते और पढ़ते रहने की आदत ने रवि शर्मा के व्यंग्यकार के कद को यकीनन बड़ा किया है। वे अपने सामाजिक सरोकारों से रू-ब-रू होते हैं। इसका प्रमाण उनके सामाजिक विश्लेषण देते हैं। बस सपाटता से बचकर चलना जरूरी है।

व्यंग्य की दो धारी तलवार चलाना व स्वयं हत् न होना शूरवीर होना है। रवि ऐसे ही शूर बने यह कामना करता हूँ व आश्वस्त हूँ कि वे अन्य अपने बहुमुखी आयामों को छोड़ते हुए व्यंग्य के रास्ते को पकड़े रखेंगे और भटकेंगे व अटकेंगे नहीं। भूमिका तो मैं दे रहा हूँ पर संपादन नहीं कर पाया, पर इसका अफसोस नहीं है।

आमीन!

—डॉ. हरीश नवल

दृष्टिसंपन्नता और तीखेपन की ललक

मौजूदा दौर में व्यंग्य लेखन की स्थिति कमोबेश कविता की तरह होती जा रही है, जिस तरह कविता को सबसे कठिन विधा होने पर भी, उसे सबसे आसान विधा मानकर हर नया रचनाकार उस पर हाथ आजमाना चाहता है, ठीक उसी तरह तथाकथित व्यंग्यकारों की बाढ़ भी इसी प्रवृत्ति की ओर संकेत करती है, जहाँ सामयिक घटनाओं पर अखबारी टिप्पणियों या पिटे-पिटाए विषयों पर ढर्रेदार लेखन को व्यंग्य कहने का चलन ज़ोर पकड़ता जा रहा है। इस तथ्य से शायद ही कोई असहमत होगा कि व्यंग्य अपने मूल में ही परिवर्तनकामी और संघर्षकामी चेतना का प्रतीक है, जो अपने 'ट्रीटमेंट' में दिलचस्प तो हो सकता है, पर उसका उद्‌देश्य किसी भी दृष्टि से पाठक का मनोरंजन करना नहीं होता। यह अध्ययन बेशक अत्यंत रोचक होगा कि पिछले दस-पंद्रह सालों से जिस तरह हमारी रोजमर्रा की जिंदगी में दो मुँहापन और हलकापन जिस तेज़ी से पसरा है, कुछ-कुछ उसी रफ्तार से व्यंग्य की लोकप्रियता भी बढ़ी है। यह अलग बात है कि हमारे व्यंग्यकर्मी वाजिब दृष्टि संपन्नता के अभाव तथा अभिव्यक्ति क्षमता के मारक तेवरों की अनुपस्थिति के चलते या तो विषय वैविध्य से बचते रहे या फिर नेताओं की धूर्तताओं और पत्नी की मूर्खताओं को ही केंद्र में रखकर अपने रचनाकर्म की इतिश्री समझने लगे।

इन सब बेढब हालातों के बावजूद कुछ उदीयमान व्यंग्यकारों ने अपने रचना कौशल से आशाएँ जगाई हैं और बासी विषयों की जुगाली करने के स्थान पर नए विषयों को व्यंग्य का आधार बनाया है। इस दृष्टि से डॉ. रवि शर्मा का यह प्रकाश्य व्यंग्य संकलन बेशक अपने कथ्य की ताज़गी और उक्ति वैचित्र्य की जीवंतता से

आम पाठक को सम्मोहित करने में सफल होगा। 'सरकारी दामाद' में वे सरकारी दफ्तरों की लचर कार्यप्रणाली तथा अधिकारियों की बहाली पर छींटाकशी करते हैं तो 'बुद्धिजीवी और सामोसिक संस्कृति' में बुद्धिजीवियों के छद्‌म की बखिया उधेड़ते हैं। पाश्चात्य संस्कृति के प्रति अंधभक्ति 'शुक्रिया वेलेंटाइन' का वह केंद्र बिंदु है, जिस पर युवा मोहासक्त है और ज़मीनी सच्चाइयों को अस्वीकार करने के लिए अभिशप्त है। 'गणनातंत्र' लोकतंत्र में आँकड़ों की बाजीगरी की कलई खोलता है, तो 'जय जुगाड़' तथाकथित संपर्क कला के माध्यम से सबकुछ अपने हक में करने की चालबाजी को पकड़ने की पहल करता है।

डॉ. शर्मा के इस व्यंग्य संकलन से गुजरते हुए एक बात जो लगातार महसूस होती रही है, वह यह है कि वे सांस्कृतिक सवालों से इतर सामाजिक, प्रशासनिक यहाँ तक कि कहीं-कहीं राजनीतिक सवालों तक में भी अपनी दृष्टिसंपन्नता का कुछ-कुछ परिचय अवश्य देते रहे हैं। 'रावण की हँसी', 'पुराना जंगल, नई कथा', 'शोषणानंद' और 'बिल दा मामला है' व्यंग्य लेखों में वे स्पष्ट दृष्टिकोण के कारण अपेक्षित प्रभाव विशेष रूप से छोड़ते हैं।

यह तथ्य हमसे छिपा नहीं है कि चौतरफा नैतिक स्खलन के इस दौर में व्यंग्य लेखक भी खतरे उठाने के बजाय उसे साधने की ओर प्रवृत्त हुआ है। इसीलिए सत्ता या व्यवस्था के लिए वह कहीं भी असुविधाजनक नहीं होता। व्यवस्था के दुष्चक्र को तोड़ने की बजाय उसका हिस्सा हो जाने की विडंबना को रवि शर्मा 'शोषणानंद' तथा 'बिल दा मामला है' व्यंग्यों में पूरी तल्खी से उभारते हैं। बेशक सोच का यही आधार परिपक्व होने पर इस दमन चक्र को तोड़ने में कारगर भूमिका का निर्वाह भी करेगा।

डॉ. रवि शर्मा के इन व्यंग्यों से गुजरते हुए साफ महसूस होता है कि विषय वैविध्य एवं अपनी प्रवाहमयी, सरस, दिलचस्प शैली से वे पाठकों को अभिभूत करने के साथ बाँधने की अद्‌भुत क्षमता भी रखते हैं। हमें उम्मीद है कि अपनी इन विशिष्टताओं से वे व्यंग्य के क्षेत्र में अपनी अलग पहचान बनाने में सफल होंगे।

—डॉ. राजेंद्र सहगल

अपनी बात

एक और व्यंग्यकार का एक और व्यंग्य संकलन। 'बकरी कल्चर' में मिमियाता व्यंग्यकार, यानी मैं, फिर आपके सामने हाजिर है—इस नए व्यंग्य संकलन के साथ। सात वर्ष का लंबा अंतराल, यानी धीमी गति का समाचार बुलेटिन, जो वाचक और श्रोता दोनों को सहज सुकून देता है, कहने-सुनने, समझने का अवकाश भी देता है। केवल इतना भर नहीं कि 24 मिनट में 24 घंटे की सरपट सुपरफास्ट सेंसेशनल स्टोरीज।

लेखन के प्रारंभिक दौर में कविता, कहानी, लेख लिखते-लिखते महसूस हुआ कि तेजी से बदलते भारतीय समाज में बढ़ती विसंगतियों, विडंबनाओं, ढोंग-आडंबरों और त्रासद स्थितियों की अभिव्यक्ति में परंपरागत साहित्यिक विधाएँ उतनी प्रभावी नहीं हो रही हैं, जितनी उनसे अपेक्षा थी। ऐसे में व्यंग्य विधा आशा की किरण के रूप में दिखाई दी।

व्यंग्य के द्वारा मैं वर्तमान समाज, व्यक्ति और व्यवस्था की कथनी-करनी के अंतर और वास्तविकता को छिपाते मुखौटों के पीछे के असली चेहरों को उजागर करने में अधिक सहज महसूस करता हूँ। मेरे व्यंग्य मीठी छुरी के समान चुभन पैदा करते हैं, तिलमिलाते हैं और विषम स्थितियों पर सकारात्मक पुनर्विचार हेतु प्रेरित करते हैं, ऐसा मेरा विश्वास है। ये व्यंग्य हम सबके भीतर छिपे उस सच्चे-ईमानदार 'इनसान' को जागृत करते हैं, जो लगातार मिलती असफलताओं, चोटों से हताश, मर्माहत होकर कारुणिक स्थिति और असहायावस्था के कारण निष्क्रिय, निरपेक्ष और उदासीन हो गया है। जब 'उसकी बात, हमारी बात' और 'हमारी बात, उसकी बात' बन जाएगी, तभी व्यंग्य उत्पन्न करनेवाली विसंगतियों और त्रासद स्थितियों में सुधार संभव होगा। मेरा व्यंग्य लेखन इसी दिशा में प्रयत्नशील है।

व्यंग्य लिखना मेरे लिए कोई 'रूटीन वर्क' नहीं है कि हर रोज एक-दो व्यंग्य

लिखने ही हैं, चाहे विषय मिले या न मिले; न भीतर कचोट हो, न चोट। मेरे व्यंग्य व्यावसायिक दबाव या मीडिया-जनित समय-सीमा से उत्पन्न विवशता की उपज नहीं हैं। मेरे व्यंग्य छपने की वजह से नहीं लिखे जाते, लिखने की वजह से छापे जाते हैं। व्यंग्य मेरे लिए एक बहुत ही गंभीर एवं जटिल कार्य है। व्यंग्य रचना से पूर्व मेरे भीतर स्थितियों, घटनाओं, व्यक्तित्वों का निरंतर आलोड़न-विलोड़न, उत्थान-पतन, घात-संघात-प्रतिघात चलता रहता है। व्यंग्य लिखना मेरे लिए दूसरों का दर्शन-प्रदर्शन करना, उनका मजाक-मखौल उड़ाना या उन पर टीका-टिप्पणी करना नहीं है। वस्तुतः व्यंग्य मेरे लिए आत्मविश्लेषण या यूँ कहूँ कि अपने गिरेबान में झाँकने की कोशिश भर है। और मेरे इन व्यंग्यों को पढ़-सुनकर मेरा पाठक-श्रोता भी ऐसी ही कोशिश करे, यही मेरे व्यंग्य लेखन की सार्थकता होगी।

व्यंग्य आज के मीडिया पल्लवित दौर की सर्वाधिक बिकाऊ विधा है और कहा जाता है कि 'आजकल जो बिकता है, वही छपता है।' इसलिए प्रायः सभी पत्र-पत्रिकाओं में व्यंग्यनुमा कॉलम अवश्य रहता है। ऐसे में कविता, कहानी, निबंध आदि की तुलना में व्यंग्य के प्रकाशित होने की संभावना भी अधिक होती है, तो हर कोई व्यंग्य लेखन में हाथ क्यों न आजमाए? लेकिन व्यंग्य के नाम पर कुछ भी लिख देना या छाप देना मुझे उचित नहीं लगता। 'अति सर्वत्र वर्जयेत' के अनुसार अच्छी चीज़ की भी अति हानिकारक हो जाती है, ऐसे में व्यंग्य के शास्त्र, कसौटी या निकष की अनदेखी करती व्यंग्यनुमा रचनाओं की बाढ़ व्यंग्य विधा के हित में नहीं होगी।

हिंदी साहित्य में व्यंग्य का वही स्थान है, जो भारत में दिल्ली का। दिल्ली भारत की राजधानी है, स्वतंत्र राज्य है, सभी गतिविधियों का केंद्र है और लघु भारत है। पूरे देश और विश्व को प्रभावित तथा आकर्षित करने की क्षमता भी दिल्ली में है। बिलकुल यही स्थिति मुझे हिंदी साहित्य में व्यंग्य की लगती है। व्यंग्य आज एक स्वतंत्र-संपूर्ण विधा है। धीरे-धीरे वह अन्य विधाओं को भी अपने मोहपाश तथा प्रभावक्षेत्र में लेती जा रही है। व्यंग्य विधा में लेख, कहानी, कविता, उपन्यास आदि का निरंतर लिखा जाना इसका स्पष्ट प्रमाण है। आज व्यंग्य को हिंदी साहित्य का केंद्र कहा जाए तो कोई अतिशयोक्ति न होगी। श्री सुभाष चंदर ने व्यंग्य साहित्य का इतिहास लिखकर मेरी इस मान्यता को पुष्ट करने में सहायता की है। साहित्य अकादमी द्वारा व्यंग्य पाठ का आयोजन, 'व्यंग्य श्री', 'शरद जोशी सम्मान', 'हरि शंकर परसाई सम्मान', 'गोयनका सम्मान' तथा विभिन्न राज्यों की अकादमियों के व्यंग्य सम्मानों का बढ़ता कद, मधुसूदन पाटिल, डॉ. बालेंदुशेखर तिवारी, श्री एकलव्य आदि की

परंपरा में डॉ. प्रेम जनमेजय द्वारा 'व्यंग्य यात्रा' का सफल प्रकाशन आदि व्यंग्य विधा की स्थापना, सत्ता तथा महत्ता का उद्घोष नहीं, तो और क्या है?

आइए पुन: लौटते हैं इस व्यंग्य संकलन पर। मेरे प्रथम व्यंग्य संकलन 'बकरी कल्चर' के सात वर्ष बाद प्रकाशित हो रहे इस व्यंग्य संकलन में वर्तमान भारतीय समाज, राजनीति, शिक्षा, संस्कृति, पर्व-त्योहार तो हैं ही, इनमें विद्यमान है—स्वार्थी, संवेदनशून्य, लोलुप, आत्मकेंद्रित, कामचोर, मूल्यहीन, मतलबी होता तथाकथित 'आधुनिक शिक्षित सभ्य' व्यक्ति तथा ऐसे व्यक्तियों से बनता समाज, जो सभ्यता के उघड़ते आवरणों के पीछे से अब साफ झाँकता दिखाई देने लगा है। सबसे चिंतनीय प्रश्न है—भारतीय स्वतंत्रता के बाद पैदा हुई पीढ़ी द्वारा बोए बबूल पर आते फल। अभी ये फल थोड़े हैं, बहुत से आम फूल-फल रहे हैं, लेकिन अंग्रेजी माध्यम से पढ़ी-पली पीढ़ी के अंग्रेजियत में नहाए नौनिहाल जैसे-जैसे बढ़ेंगे; बबूल और फलेंगे। इस संकलन के अधिसंख्य व्यंग्यों में करुणा के स्रोत यही बिंदु हैं। इन रचनाओं के शिल्प पक्ष के संबंध में मैं केवल इतना ही कहना चाहूँगा कि यह एक सतत परिष्कार की प्रक्रिया है, जो अंतहीन है। इस व्यंग्य संकलन की सभी रचनाएँ समय-समय पर देशभर की विभिन्न प्रतिष्ठित पत्र-पत्रिकाओं में प्रकाशित, प्रशंसित तथ पुरस्कृत होती रही हैं, जिससे मैं इनकी पठनीयता तथा पाठकीयता के प्रति आश्वस्त हूँ।

'बिन गुरु ज्ञान कहाँ से पाऊँ', यह स्थिति मेरे साथ कभी नहीं रही। जीवन के विविध क्षेत्रों में अनेक बहुमुखी प्रतिभाओं से मुझे जीवन की समस्याओं को सुलझाने का ज्ञान मिला है। व्यंग्य लेखन में, मेरे सौभाग्य से, मुझे डॉ. हरीश नवल के रूप में ऐसे सुविचारक मार्गदर्शक मिले हैं, जिनमें मैं गुरु, बड़े भाई और सच्चे मित्र की त्रिवेणी पाता हूँ। उनसे मैं सहजतापूर्वक अपने मन की बातें कह लेता हूँ और अधिकारपूर्वक अपनी रचनाओं पर उनके अमूल्य सुझाव प्राप्त कर लेता हूँ। व्यंग्य के बीहड़ पथ पर उन्होंने न केवल मेरा उत्साहवर्धन किया, अंगुली पकड़कर चलना सिखाया, अपितु कभी-कभी कान उमेठकर हलकी चपत भी लगाई, सही राह भी दिखाई, जिसका प्रत्यक्ष प्रमाण है—उनके द्वारा लिखित इस व्यंग्य संकलन की नीर-क्षीर विवेकी भूमिका।

एक सुखद संयोग और डॉ. नवल के निवास पर, उन्हीं की अध्यक्षता में 'शब्द सेतु' द्वारा 'शब्द चौपाल' में प्रथम पांडुलिपि परीक्षण गोष्ठी आयोजित की गई। लगभग पचास चुनिंदा साहित्य मर्मज्ञों के बीच इस गोष्ठी में वरिष्ठ व्यंग्यकार एवं व्यंग्य के मूलभूत प्रश्नों से जूझनेवाले डॉ. शेरजंग गर्ग एवं आज के दौर के प्रखर व्यंग्यकार डॉ. हरीश नवल ने इस पांडुलिपि परीक्षण की सार्थकता सिद्ध करते हुए अपने महत्त्वपूर्ण

सारगर्भित विचार प्रस्तुत किए। श्री सुभाष चंदर एवं श्री राजेंद्र सहगल जैसे सजग-समर्थ व्यंग्यालोचकों ने मेरे इस व्यंग्य संकलन की पांडुलिपि की चीरफाड़ की, इस संकलन की शक्तियों और सीमाओं से परिचित करवाया तथा अनेक अमूल्य सुझाव दिए। श्री बी.एल. गौड, श्री सत्यपाल सिंह 'सुषम' आदि ने भी सटीक मंतव्य व्यक्त किए। बाद में व्यंग्य के युवा शोधार्थी डॉ. राजेश कुमार ने भी मेरी इस व्यंग्य पांडुलिपि का निरीक्षण-परीक्षण करके अपनी राय से मुझे अवगत करवाया। विभिन्न विद्वानों एवं व्यंग्य विशेषज्ञों से प्राप्त इन विचारों एवं सुझावों के आलोक में मैंने इस व्यंग्य संकलन पर पुनः दृष्टिपात किया तथा यथावश्यक सुझावों को समाहित करते हुए इसका परिमार्जन किया। इस प्रकार मेरे इस व्यंग्य संकलन को प्रकाशन पूर्व परिष्कार का पर्याप्त सुअवसर मिला, जो एक दुर्लभ संयोग है। इसके लिए मैं सभी संबद्ध सहयोगियों का हृदय से आभार व्यक्त करता हूँ।

'जैसी संगति बैठिए, तैसो ही फल होत' को चरितार्थ करती मेरी सहधर्मिणी सुधा की व्यंग्योक्तियाँ मुझमें ऊर्जा का संचार करती हैं। अब तो मेरे सुपुत्र रसज्ञ एवं सुपुत्री सुरम्या भी माता-पिता के चरण चिह्नों पर चलते हुए सामान्य बातचीत में भी अभिधा के स्थान पर व्यंजना में बात करने लगे हैं, जो मुझे बहुत अच्छा लगता है। 'सुर-सदन' अब 'व्यंग्य-सदन' होता जा रहा है। क्या इसे व्यंग्य के उज्ज्वल भविष्य का संकेत नहीं कहा जा सकता?

अपने नाम के साथ 'मधुप' उपनाम जोड़ने से संबंधित पाठकों की जिज्ञासा का समाधान करना भी आवश्यक समझता हूँ। इसके दो कारण थे—एक रवि शर्मा नाम आजकल काफी सामान्य-सा होता जा रहा है, अतः उसमें 'मधुप' जोड़ने से विशिष्टता एवं स्पष्टता का बोध होता है। दूसरे, मेरी धर्मपत्नी डॉ. सुधा शर्मा ने विवाह पूर्व के अपने नाम सुधा 'पुष्प' के उत्तरांश 'पुष्प' को पुनः अपने नाम में जोड़ लिया, तो ऐसे में पुष्प पर चिर समर्पित 'मधुप' पीछे कैसे रह सकता था? इसी शाश्वत सत्य का प्रकटीकरण है—मेरा उपनाम 'मधुप'।

इस व्यंग्य संकलन को प्रकाशित कर पाठकों के हाथों तक पहुँचानेवाले श्री प्रभातजी मेरे लिए विशेष सम्मान के पात्र हैं। उन्होंने अत्यंत सुरुचिपूर्ण ढंग से इस पुस्तक को प्रकाशित करके मेरा मनोबल बढ़ाया है। इन रचनाओं को पढ़कर यदि प्रतिक्रिया के दो शब्द लिखकर भेज सकें, तो मैं आप सभी का अनुगृहीत रहूँगा।

वसंत पंचमी, संवत् 2070

—डॉ. रवि शर्मा 'मधुप'

अनुक्रम

देशहित में

नेताजी ने इस्तीफा दे दिया। पूरे देश में खलबली मच गई। सब कारण जानने को व्याकुल थे। पता चला कि इस्तीफा दिया है—देशहित में। सबने हाथ-पैर जोड़े, चिरौरी की, नेताजी के विरोधियों को दल से निकाल बाहर किया। नेताजी मुसकराए। उन्होंने इस्तीफा वापिस ले लिया। क्यों? अरे भई, देशहित में। ऐसा पहली बार नहीं हुआ था। भारत में देशहित में इस्तीफा देने का रिवाज़ ही है। पहले भी कई बार देशहित में इस्तीफे दिए गए, इस्तीफे वापस लिए गए, समर्थन दिया गया, समर्थन वापस लिया गया। दल बनाए गए दल तोड़े गए—सब देशहित में। हमारे कुरसी प्रधान देश के कुरसी प्रिय नेताओं को चुनावों के वक्त अचानक देशहित की याद ऐसे सताने लगती है, जैसे नगर निगम को वर्षा आने पर नालों की सफाई की। तब वे देशहित के लिए छटपटाने लगते हैं, इसीलिए कभी जलूस निकालते हैं, तो कभी पदयात्रा करते हैं, कभी धरना देते हैं और कभी भूख हड़ताल करते हैं। उन दिनों हमारे प्रिय नेताओं का सुबह उठने से लेकर रात को सोने तक, हर काम देशहित में ही होता है।

देशहित की चिंता में हमारे नेता कभी-कभी यह भी भूल जाते हैं कि अब देश की जनता उतनी नासमझ नहीं है, जितनी पहले थी। वह देशहित के मुखौटे के पीछे छिपी स्वहित की वास्तविकता को समझ चुकी है। वह जान गई है कि किस नाटक का क्या अंत होगा। इसलिए किसी नामी नेता के इस्तीफे की बात सुनकर जनता एक बार चौंकती जरूर है, मगर अगले ही क्षण उसकी असलियत समझकर मुसकरा देती है। नासमझ नेता नौटंकी करते रहते हैं। उनके अभिनय में अब दम नहीं रहा। देशहित में बहाए जानेवाले उनके आँसू साफ घड़ियाली आँसू नजर आते हैं, जब वे चिंतित मुद्रा बनाते हैं, तो लोगों को हँसी आ जाती है, जब वे त्याग-बलिदान की बात करते हैं, तो लोगों को रोना आ जाता है।

भारतीय राजनीति का अनिवार्य अंग है—नाटकबाजी। शायद इसीलिए अनेक

अभिनेता सफल नेता साबित हुए हैं और प्रत्येक नेता तो सफल अभिनेता होता ही है। अल्पमत सरकारों के दौर में यह नाटकबाजी अपने चरम उत्कर्ष पर होती है, जिसका जब जी चाहता है, धमकी दे डालता है—सरकार गिराने या बनाने की, मगर सबकुछ होता है—देशहित में। ऐसे छोटे-छोटे क्षेत्रीय दलों या निर्दलियों को, जिन्हें पहले कोई पूछता तक नहीं था, अब देशहित में काफी कुछ करने को मौका मिलता है। मज़े की बात तो यह है कि आज 'क' का समर्थन तथा 'ख' का विरोध, तो कल 'ख' का समर्थन और 'क' का विरोध भी देशहित में ही किया जाता है। अरबों रुपए के घोटाले किए और दबाए जाते हैं, करोड़ों की दलाली खाई और रिश्वत खिलाई जाती है, वह सब भी देशहित में ही।

देशहित के लिए जरूरी है—एक अदद कुरसी। कुरसी के बिना भी भला कहीं देशहित हो सकता है ? इसीलिए हमारे नेतागण सदैव कुरसी के पीछे भागते रहते हैं, आखिर उन्हें देशहित जो करना है। आज कुरसी देशहित की सबसे बड़ी कसौटी बन गई है, जिसके पास जितनी बड़ी और जितनी महत्त्वपूर्ण कुरसी होती है, वह उतना ही ज्यादा देशहित कर सकता है। कुरसी पर बैठते ही दिमाग पर छाया देशहित का भूत अपना रूप बदल लेता है, वह अपनी मायावी शक्ति से सबको चकाचौंध कर देता है। लोगों को वह कुरसीधारक ही देश और देशहित का पर्याय लगने लगता है। उन्हें उसके 'रोम रोम में बसा देशहित' साफ दिखाई देने लगता है, तभी तो मंत्री बनते ही हर नेता देशहित में अपना सर्वस्व समर्पण कर देता है।

देशहित और भारतीय नेता एक-दूसरे के पर्याय हैं। देशहित पर नेताओं का एकाधिकार है। उनका कॉपीराइट और पेटेंट है। देशहित और नेता एक ही सिक्के के दो पहलू हैं। नेता का तो जन्म ही होता है देशहित में और मृत्यु भी होती है देशहित में। एक नेताजी को मंत्री पद पर जमे चार साल हो गए थे। उन्होंने देशहित में बहुत काम किया। उनके देशहित के कामों की भनक जब मीडिया को लगी, तो मीडिया ने खूब विस्तार से नेताजी के कारनामे सचित्र छापे। उनके देशहित के काम देख और सुनकर जनता के होश उड़ गए। थोड़ा बहुत देशहित तो सभी ने किया था, जनता उसकी अभ्यस्त भी हो चुकी थी, मगर इतना देशहित पहली बार किया गया था, इसलिए मीडिया तथा जनता को वह पचा नहीं। उन पर देशहित कम करने का दबाव बढ़ने लगा।

इससे पहले कि दल नेताजी को निकालता, उन्होंने खुद ही देशहित में अपने दल से इस्तीफा दे दिया; मगर देशहित करने की तो उन पर धुन सवार थी, वैसे भी बचपन की आदतें और जवानी की शरारतें कभी साथ नहीं छोड़ती और नेताजी ने तो बचपन, जवानी, बुढ़ापा अर्थात् अपना सारा जीवन ही देशहित में समर्पित कर दिया

था। अतः वे चैन से बैठ नहीं पाए। अगले ही दिन एक संवाददाता सम्मेलन बुलाकर उन्होंने अपना स्वतंत्र दल बनाने की घोषणा कर दी। नाम रखा—देशहित पार्टी। अभी तक तो वे सिर्फ काम ही देशहित में करते थे, अब नाम से भी पूर्णतः देशहित में जुट गए।

देशहित पार्टी का नाम ही इतना आकर्षक था कि सभी नामी नेता उसकी ओर आकर्षित हुए। सदस्य बनने की पहली तथा अनिवार्य योग्यता थी—देशहित का कम-से-कम 20 वर्ष का अनुभव। सदस्य बनने के इच्छुक नेताओं का पिछला रिकार्ड जाँचा गया, देशहित में उनके अब तक किए कार्यों की समीक्षा की गई और तद्नुसार उन्हें देशहित पार्टी में पद प्रदान किए गए। देशहित पार्टी खरपतवार की तरह बढ़ने लगी। उसकी सदस्य संख्या भारतीय जनसंख्या की तरह उत्कर्ष की ओर जा रही थी। देशहित पार्टी के सदस्य देशहित में कुछ भी करने या करवाने को तैयार रहते हैं। दंगे, हड़ताल, बंद, तोड़फोड़ से लेकर भय, भूख, भ्रष्टाचार भड़काने तक। लच्छेदार भाषण-खोखले आश्वासन, कत्ले आम-संसद् जाम, आतंकवाद को बढ़ावा-बेरोजगारों का चढ़ावा, सब देशहित में करते थे—देशहित पार्टी के कुशल, कर्मठ कार्यकर्ता।

भारत विकास करता रहा। देशहित पार्टी राजधानी एक्सप्रेस-सी आगे बढ़ती रही। नेताओं में देशहित की भावना पूर्णिमा में सागर-लहरों सी उफान लेती रही। आम जनता इनकी देशहित भावना से प्रभावित होती रही। नेता हँसते रहे, जनता रोती रही। नेता देशहित में त्याग-बलिदान की बातें करते, देश की समस्याओं पर मगरमच्छी आँसू बहाते रहे, कुछ समझदार लोग मन-ही-मन मुसकराते, शेष सब कराहते रहे। हँसना-रोना, लड़ना-झगड़ना, मिल-बाँटकर खाना-खिलाना, गुलछर्रे उड़ाना, एक-दूसरे की टाँग खींचना, समस्याओं से आँखें मींचना, इस्तीफा देना वापस लेना सबकुछ ज़ोर-शोर से चलता रहा देशहित में।

देशहित पार्टी की कर्तव्यनिष्ठा, ईमानदारी,त्याग-बलिदान से भारतीय भोली-भाली जनता का दिल उसी प्रकार पसीज गया, जिस प्रकार राक्षसों की कठोर तपस्या से भगवान् भोलेनाथ का। जनता ने प्रसन्न होकर कहा; वर माँगो, वत्स।' देशहित पार्टी के प्रमुख ने कहा, 'हे जनदेवी! यदि आप हमसे प्रसन्न हैं तथा हमें कुछ देना ही चाहती हैं, तो हमें ऐसा राज्य दीजिए, जिसमें हम देशहित में कुछ भी कर सकें, हम अपने अधूरे स्वप्न पूरे कर सकें, जनता को सच्चे देशहित का सुख दे सकें, भारत का ऐसा देशहित करें कि फिर कभी किसी को भविष्य में देशहित करने की आवश्यकता ही न पड़े।' जनदेवी ने कहा, 'तथास्तु।' तब से भारत में देशहित पार्टी की सरकार चल रही है और चलती रहेगी। हम भी इसे स्वीकार करते रहेंगे- देशहित में।

❑

जय जुगाड़

पंद्रह साल बाद कल अचानक मेरा एक दोस्त मुझे मिला, तो मेरे मुँह से अकस्मात् निकला—"अरे यार जुगाड़ू, तू! तू तो बहुत बदल गया है। ये सूट-बूट, टाई, वाह क्या बात है! और सुना, आजकल तू क्या रहा है?" जुगाड़ू, मेरा मतलब है जुगदेव राम, जिसे हम प्यार से जुगाड़ू कहा करते थे, मेरा बचपन का खास दोस्त है। स्कूल की पढ़ाई हमने एक ही टाट पर, एक ही टैंट के नीचे साथ-साथ की। स्कूल के दिनों के बाद आज वह पहली बार मिला था। जुगाड़ू बोला, "चल यार पहले कहीं बैठकर चाय पीते हैं, फिर ढेर सारी बातें करेंगे।" चाय पीते हुए उसने कहा, "बस यार! कुछ न पूछ। मज़े-ही-मज़े हैं।" "वह तो पहले भी थे, जब तू स्कूल में पढ़ता था, तब भी तेरे मज़े ही थे। मगर तू आजकल कर क्या रहा है? क्या कोई लॉटरी-वॉटरी निकल आई है?" मैंने हैरानी से पूछा। अपने कॉलर तथा टाई की नॉट ठीक करते हुए जुगाड़ू बोला—"अरे नहीं, कोई लॉटरी नहीं निकली और वैसे तो…अकसर ही निकलती रहती है। मैं आजकल भारत पब्लिक स्कूल में हेडमास्टर हूँ।" "तू और हेडमास्टर!" मुझे इतनी हैरानी हुई मानो किसी बच्चे ने बम का धमाका कर दिया हो। दरअसल मुझे विश्वास ही नहीं हो रहा था कि स्कूल में हमेशा बड़ी मुश्किल से पास होने वाला जुगदेव उर्फ जुगाड़ू, हेडमास्टर भी हो सकता है। यह तो बिलकुल वैसा ही हुआ जैसे क्रिकेट का 'क ख' न जाननेवाले को क्रिकेट टीम का कप्तान बना दिया जाए। "यार तू तो जानता ही है, पढ़ाई-लिखाई से मेरा कभी दूर का भी रिश्ता नहीं रहा। कभी तेरी कॉपी की नकल की, तो कभी दूसरे के पेपर से लिख मारा और होते रहे जैसे-तैसे पास। तुझे याद है बारहवीं में तेरी फर्स्ट डिवीजन आई थी और मेरी थर्ड। लेकिन मैंने भी हिम्मत नहीं हारी। हमारे मुहल्ले में एक प्रोफेसर साहब रहते हैं। मैं उनकी शरण में चला गया। उनके पाँव पकड़ लिए। उन्हें घर की जिम्मेदारियों से मुक्त कर दिया। बच्चों को नहलाना, सब्जी

लाना, कुत्ते को टहलाना—सब सँभाल लिया। बस उनका दिल पसीज गया। उन्होंने मुझे एक स्कूल में क्लर्क लगवा दिया। जोड़-तोड़ द्वारा पत्राचार से बी.ए., बी.एड. भी करवा दिया। फिर एक स्कूल के चेयरमैन साहब अपनी तरफ के मिल गए। अब तुम तो जानते ही हो कि भारत में जब कोई अपनी तरफ का मिल जाता है, तो रिश्तेदारी भी निकल ही आती है। चेयरमैन साहब मेरे ताऊजी के समधी के साढू के खास सगे भाई थे, जब इतनी नजदीकी रिश्तेदारी हो, तो भला कोई मना करता है? उन्होंने मुझे अपने स्कूल में अध्यापक रखवा दिया। उन्हीं की कृपा से मैं पाँच साल में हेडमास्टर बन गया। अब मैं कई सभा-समितियों का सदस्य, सचिव या अध्यक्ष हूँ। खाली समय बहुत मिलता था, तो सोचा थोड़ी समाज-सेवा ही कर ली जाए। इसलिए एक प्रकाशन संस्थान खोल लिया। मेरी लिखी कई पुस्तकों को सरकार से अनुदान भी मिल चुका है। पंद्रह-बीस संस्थाएँ मुझे पुरस्कृत और सम्मानित कर चुकी हैं। सोचता हूँ अगली बार चुनाव में खड़ा होकर और भी समाज कल्याण के काम करूँ क्योंकि समाज सेवा की जितनी संभावना राजनीति में है, उतनी किसी क्षेत्र में नहीं। और सुना, तेरे क्या हाल हैं?'' जुगाड़ू अपना 'नानस्टाप' आत्म प्रशंसा प्रकरण बंद करते हुए बोला। इससे पहले कि मैं अपने बारे में कुछ कहता, जुगाड़ू उठते हुए बोला, ''सॉरी यार। मैं तो बातों-बातों में भूल ही गया कि मुझे एक जरूरी मीटिंग में जाना है। यह लो मेरा कार्ड, फिर किसी दिन फुरसत में बैठकर ढेर सारी बातें करेंगे।'' यह कहकर जुगाड़ू वहाँ से ऐसे निकल गया जैसे सचिन के बल्ले के बीचोबीच आने पर गेंद सीमा रेखा से पार हो जाती है। शायद जुगाड़ू का उद्देश्य पूरा हो चुका था।

जुगाड़ू के जाने के बाद मैं सोचने लगा कि हमने बचपन में इसका बिलकुल ठीक नाम रखा था। वह तो था ही यथा नाम तथा गुण। हमारी कॉपी लेने के लिए साम, दाम, दंड, भेद सभी नीतियाँ अपनाता था। सब अध्यापकों से जान-पहचान निकालता रहता था। एक बार तो सालाना पेपर छापने वाली प्रेस तक भी पहुँच गया था। इसी सब का परिणाम यह हुआ कि मैं प्रथम श्रेणी में एम.ए., बी.एड. करके भी स्कूल में मास्टर-का-मास्टर ही रह गया। मेरे कई लेख, कविताएँ तथा पुस्तकें छपने के इंतजार में पड़े-पड़े पुरानी पड़ गईं और मेरी कॉपियों से नकल करके पास होने वाला जुगाड़ू आज हेडमास्टर, सम्मानित लेखक, नेता, प्रकाशक और न जाने क्या-क्या बन गया तथा आगे न जाने क्या-क्या बनेगा?

हमारे प्रधानमंत्रियों ने 'जय जवान, जय किसान', 'जय विज्ञान' के नारे दिए, मगर सबसे महत्त्वपूर्ण नारा देना, शायद वे भूल गए। वह नारा है—जय जुगाड़। भारत ने विज्ञान एवं तकनीक के क्षेत्र में बहुत प्रगति की है, मगर जिस तकनीक के

हम विशेषज्ञ हैं, वह है—जुगाड़ तकनीक। भारत में बिना जुगाड़ तकनीक के जीना दुश्वार है। कोटा लेना हो या लाइसेंस, दाखिला लेना हो या नौकरी, तरक्की पानी हो या तमगा, सबके लिए जुगाड़ तकनीक का ज्ञान होना पहली अनिवार्य शर्त है। जिसने जुगाड़ तकनीक सीख ली, उसे जीवन में और कुछ सीखने, जानने, करने की जरूरत नहीं रहती। इस तकनीक की सहायता से आप बिना मेहनत परीक्षा में उत्तीर्ण हो सकते हैं, ऊँचे पद पर पहुँच सकते हैं, नाम और दाम कमा सकते हैं और सबसे बड़ी बात तो यह है कि 'गुरु गुड़ रहा और चेला शक्कर हो गया' कहावत को चरितार्थ कर सकते हैं।

मैंने भी जुगाड़ू राम की प्रगति से प्रभावित होकर उसे अपना गुरु बना लिया। उससे मैंने जुगाड़ तकनीक के जो गुर सीखे, उनमें से कुछ आपको बता रहा हूँ, सारे तो न जुगाड़ू ने मुझे बताए हैं, न ही मैं आपको बताऊँगा क्योंकि कहीं मेरी बिल्ली मुझे ही म्याऊँ न करने लगे। हाँ तो सबसे पहले लाज, शर्म, संकोच को त्यागिए। कोई क्या कहेगा, वह बुरा तो नहीं मान जाएगा आदि दकियानूसी विचारों से मुक्ति पाइए। अपना उल्लू सीधा करना, गधे को बाप बनाना, खीसें निपोरना, तलवे चाटना, मक्खन मारना, गंगा गए गंगादास यमुना गए यमुना दास, बे पेंदी का लोटा आदि मुहावरों-लोकोक्तियों के अर्थ समझिए और इन्हें जीवन में अपनाइए। वाक्पटु बनिए। कमीज, टाई, साड़ी, हार, जूते, चश्मे, पैन आदि आदि की प्रशंसा करना सीखिए। झूठी प्रशंसा को सच्ची दिखाने में महारत हासिल कीजिए। काम के व्यक्ति को पहचानने, काम निकल जाने पर निगाहें फेर लेने, संबंध-रिश्ते-नाते जोड़ने और भुनाने की कला में पारंगत होने का प्रयास कीजिए। कृतज्ञता, मेहनत, ईमानदारी, त्याग, निष्ठा जैसे आउटडेटिड गुणों से जितनी जल्दी हो सके छुटकारा पाइए।

जुगाड़ तकनीक की इन मूलभूत बातों को अपनाने के बाद, आप पाएँगे कि धीरे-धीरे आप विकास की सीढ़ियाँ चढ़ने लगे हैं। मान-सम्मान-सफलता आपके चरण चूमने को लालायित होने लगे हैं। आप अपने साथ-साथ अपने पूरे परिवार, मित्र-मंडली, समाज के लिए उपयोगी तथा काम के आदमी बन गए है। आपका जीवन सार्थक होता जा रहा है। इस जुगाड़ तकनीक के सहारे सफलता पाने पर मेरी गुरु दक्षिणा देना मत भूलिएगा। आइए, मेरे साथ मिलकर ज़रा ज़ोर से नारा लगाइए—जय जुगाड़।

❑

सरकारी दामाद

सरकारी कर्मचारी और वह भी भारतीय! वाह! क्या बात है। भारत में सरकारी नौकरी मिलना प्रभु की कृपा है और वह भी छप्पर फाड़ के। सरकारी नौकरी अर्थात् जिसका खाओ उसी पे गुर्राओ। यह मिलती भी मुश्किल से है और छिनती भी मुश्किल से। इसलिए सरकारी नौकरी मिलते ही कर्मचारी हो जाता है—सरकारी दामाद। कोई इसे 'सरकारी साँड़' भी कह देता है जो खा पीकर छुट्टा घूमता है।

सरकारी कर्मचारी ईश्वर द्वारा बनाया अद्‌भुत जीव होता है। नियुक्ति मिलने पर उसे सत्यनिष्ठा, ईमानदारी, कर्तव्यपरायणता आदि की शपथ दिलाई जाती है, बिलकुल उसी तरह जैसे मंत्री आदि को पद एवं गोपनीयता की। भारतीय नेताओं की तरह सरकारी कर्मचारी शपथ खाता है और हजम कर जाता है, फिर जो चीज़ हजम ही हो गई, उसकी कैसी याद? इसीलिए सरकारी कर्मचारी पद ग्रहण करने के बाद सबसे पहले कर्तव्यपरायणता को अलविदा कहता है, फिर धीरे-धीरे ईमानदारी, सत्यवादिता, कर्मनिष्ठा, अनुशासन, सदाचार जैसी पुरानी दकियानूसी मान्यताओं को तिलांजलि देता चलता है। जो जितना जल्दी इनसे छुटकारा पा ले, वह उतना ही सफल कर्मचारी। हाँ, कुछ एक फिसड्डी तथा कम अक्ल कर्मचारी जीवन-पर्यंत इन रूढ़िवादी मान्यताओं से छुटकारा नहीं पा पाते, अत: वे या तो नौकरी छोड़ देते हैं या निकाल दिए जाते हैं या फिर 'ऑड मैन आऊट' 'मिस फिट' आदि विशेषणों से विभूषित होकर 'रेशम में टाट के पैबंद' की भाँति लगे रहते हैं। उनसे न तो उनके उच्चाधिकारी प्रसन्न होते हैं और न ही जनसामान्य क्योंकि वे न तो खुद खाते हैं न दूसरों को मिल-बाँटकर खिलाते हैं, न किसी का नियम विरुद्ध काम करते हैं और न ही किसी की मक्खनबाजी। ऐसे 'आँख की किरकिरी कर्मचारी' सरकारी कर्मचारियों के नाम पर धब्बा हैं, भारत के उदार लोकतंत्र का मखौल हैं।

सरकारी कर्मचारी सरकारी ही होता है, चाहे वह किसी भी दफ्तर में नियुक्त क्यों न हो। एक सरकारी कर्मचारी की दिनचर्या देखिए।

दफ्तर शुरू होने का समय नौ बजे, मगर इन जनाब की घड़ी ठीक आठ पचपन पर खराब (बंद) हो जाती है, लिहाजा यदि ये दस बजे भी दफ्तर पहुँचें, तो समय से पाँच मिनट पहले ही आया मानते हैं।

आते ही सीट पर बैग रखा और हाजिरी लगाई और चले गए बाथरूम। आखिरी इतनी लंबी यात्रा करके जो आए हैं। बाथरूम से तरो ताजा होकर (यदि महिला कर्मचारी हैं तो पुन: षोडषी बाला-सी सँवरकर) सीट पर आए और आते ही फोन पर टूट पड़े। आखिर सरकारी फोन होता ही किसलिए है? आठ-दस फोन करने के बाद जैसे ही किसी फाइल को हाथ लगाया कि तुरंत याद आया, ओह! चाय का समय हो गया। यदि दफ्तर बढ़िया है, तो चाय अपने आप मेज पर पहुँच जाएगी, नहीं तो विभागीय कैंटीन तक जाना पड़ेगा। चाय पी जाए और वह भी अकेले? यह तो सरकारी शिष्टाचार के सरासर विरुद्ध है, अत: या तो स्वयं ही किसी सहकर्मी के पास चले गए या उसे ही टेलीफोन करके बुला लिया। थोड़ी गपशप से पुरुष कर्मचारियों की चाय का मजा दुगना हो जाता है और महिला कर्मचारियों (क्षमा-याचना सहित) का हाजमा दुरस्त।

इसी बीच न जाने कब बारह बज गए। दफ्तर में तो जैसे समय भी सुपर सॉनिक विमान बन जाता है और घर में बैलगाड़ी। घर में पहाड़-सा दिन बीतने में ही नहीं आता, इसीलिए तो सरकारी नौकरी एक पंथ अनेक काज है।

12 बजते ही जठराग्नि कुलबुलाई। खाना गरम होने के लिए रख दिया। थोड़ा सरकारी काम भी किया। आखिर तनख्वाह लेते हैं, दफ्तर के प्रति भी कुछ दायित्व बनता है। साढ़े बारह बजे ही थे कि साथियों की टोली आ पहुँची और शुरू हो गया सामूहिक भोज कार्यक्रम। सहयोग भावना, भाईचारा तथा मिल बाँटकर खाने खिलाने का आदर्श कहीं देखना हो, तो हमारे सरकारी कार्यालय में देखिए। ऊपर से नीचे तक सब मिल-बाँटकर खाते खिलाते हैं, हँसते-हँसाते हैं, एक-दूसरे का काम करते हैं, ध्यान रखते हैं और इस प्रकार सरकारी तंत्र को मजबूत तथा कार्यकुशल बनाते हैं।

सरकारी तौर पर दोपहर के भोजन का समय एक बजे से डेढ़ बजे तक है। मगर वह सरकारी कर्मचारी ही क्या, जो समय का पाबंद हो। यदि इतना ही अनुशासित व समय का पाबंद होना था तो प्राइवेट नौकरी न कर लेते? सर्दियों में बाहर धूप में बैठकर लंच टाइम में ताश खेलने या स्वेटर बुनने का मजा तो वैसा ही

है जैसा सेल के साथ मुफ्त उपहार योजना का मजा। हाँ गरमियों में कमरे में ए.सी. की ठंडक सरकारी नौकरी का महत्त्व गई गुणा बढ़ा देती है।

दोपहर दो बजे बाजी समेटनी या सलाइयाँ सँभालनी शुरू कर दी जाती हैं। दफ्तर में सीट तक पहुँचते-पहुँचते ढाई बज ही जाते हैं, फिर थोड़ा काम करने का मूड बनता ही है कि तभी टेलीफोन की घंटी बज जाती है। यह सरकारी टेलीफोन भी कमाल की चीज़ है। दूर बैठे मित्र परिचितों से जोड़ देता है और वह भी बिलकुल मुफ्त में, न जानेवाली कॉल का खर्च, न आनेवाली का और समय भगाने में तो शक्तिशाली इंजन का काम करता है।

खैर टेलीफोन की बातचीत खत्म होते-होते कब तीन बज गए, पता ही नहीं चला। पता चला तब, जब कैंटीनवाला चाय लेकर आ गया। चाय के साथ पकौड़े भी हों, तो क्या बात है। साढ़े तीन बजे कुछ फाइलों का काम निपटाना शुरू किया, मगर दिन भर की थकान ने अपना असर दिखाया। लिहाजा फाइल को दुबारा अलमारी में सरकाया और बैग से कोई अखबार या पत्रिका निकाली, आखिर कुछ मनोरंजन या आराम भी तो चाहिए न शरीर को। सारा दिन कोल्हू के बैल-सा थोड़े ही जोते रख सकते हैं। अगर काम ही करना होता, तो भारत में बढ़िया नौकरियों की कमी थोड़े ही है।

चार बजते ही घर की याद सताने लगती है, तो सरकारी टेलीफोन फिर सहायता के लिए प्रस्तुत हो जाता है। फोन करके श्रीमती से पूछ लिया कि आज रात को सब्जी कौन सी बना रही हो, टी.वी. पर किस चैनल पर कौन सी फिल्म आनेवाली है और जुकाम का क्या हाल है आदि आदि। यदि महिला कर्मचारी हैं, तो बच्चों को खाने पहनने, होम वर्क संबंधी निर्देश देने में भी सरकारी फोन हाजिर है।

इतने जरूरी काम निपटाते-निपटाते घड़ी ने पाँच बजा दिए। कागज-पत्र सँभालने भी जरूरी हैं, आखिर जिम्मेदारी भी कोई चीज़ होती है। ठीक सवा पाँच बजे यदि बस में जाकर नहीं बैठे, तो मनपसंद सीट नहीं मिलती, एक घंटे का सफर भी करना है और साथ ठीक न हो तो सफर में बहुत 'सफर' करना पड़ता है। अब दफ्तर का समय साढ़े पाँच बजे तक है, तो क्या हुआ? कुछ छूट तो मिलनी ही चाहिए सरकारी कर्मचारियों को। वैसे सुबह देर से आना तथा शाम को जल्दी जाना महिलाओं, यूनियन के नेताओं, अफसरों का जन्मसिद्ध अधिकार होता ही है। बाकी कर्मचारी भी उनसे यथासंभव प्रेरणा लेते ही हैं। तो मित्रो यह तो थी, एक सरकारी कर्मचारी की दिनचर्या। अब देखते हैं—सरकारी कर्मचारियों के कामकाज के ढंग को।

सरकारी नौकरी मिलते ही एक रूखी-सूखी बँधी-बँधाई आमदनी मिलनी शुरू हो जाती है। मगर उससे बनता ही क्या है? हमारे साहित्यकारों ने इसे कृष्ण पक्ष का चंद्रमा, जो प्रतिदिन कम होता जाता है या भाटा अर्थात् लहरों का ऊँचाई से नीचे लौटना आदि कहा है। सूखी तनख्वाह से आप कार, मोबाइल फोन, बच्चों की पब्लिक स्कूल में पढ़ाई, बीवी के लिए तोहफे, नित्य नई साड़ियाँ, चूड़ियाँ कहाँ से लाएँगे? लिहाजा कुछ ऊपरी कमाई का जुगाड़ करना सरकारी कर्मचारी की मजबूरी है। और मजबूरी इनसान से क्या-क्या नहीं करवा देती? इसी मजबूरी की वजह से सरकारी कर्मचारी को कभी रिश्वत रूपी जहर का कड़वा घूँट पीना पड़ता है, तो कभी सेवा शुल्क की चाशनी में लिपटी कड़वी गोली खानी पड़ती है। धन्य हैं हमारे सरकारी कर्मचारी। भगवान् शिव तो एक बार ही जहर पीकर महादेव, नीलकंठ, विषपायी कहलाए जबकि हमारे सरकारी कर्मचारी अपना मान-सम्मान जोखिम में डालकर नित्य भ्रष्टाचार-विष पीते हैं और मुसकराते रहते हैं, ऊफ तक नहीं करते।

कुछ हत भाग्य ऐसे भी होते हैं, जो सरकारी कर्मचारी होने के बावजूद रिश्वत, नहीं-नहीं सुविधा शुल्क से वंचित रहते हैं। वे जानते हैं कि यह विष तुल्य है, फिर भी जिसे जो चीज़ नहीं मिलती, वह उसी के लिए तड़पता है, इसीलिए ऐसे कर्मचारी भी ऊपरी कमाई के स्रोत तलाशने के लिए सतत शोधरत रहते हैं। जब ऊपरी कमाई नहीं होती, तो उनका ध्यान दफ्तर में लगे सूचना पट्ट की ओर जाता है, जिस पर मोटे अक्षरों में लिखा रहता है—सरकारी संपत्ति आपकी अपनी संपत्ति है। बस इसी सूत्र वाक्य को वे राम की खड़ाऊँ की भाँति सिर-माथे पर लगाकर ग्रहण कर लेते हैं और सरकारी संपत्ति को अपनी समझकर उसे घर ले जाना शुरू कर देते हैं। शुरू में वे यह कार्य स्वेच्छावश करते हैं, मगर बाद में यह भी एक मजबूरी बन जाता है। उदाहरण के लिए दफ्तर के काम के लिए मिलनेवाली स्टेशनरी यानी कागज, पैन, गोंद, पिन आदि को ही लें। शुरू में तो सरकारी कर्मचारी अपने निजी उपयोग के लिए इन्हें घर ले जाते हैं। अगले माह उसे घर ले जाना मजबूरी बन जाता है क्योंकि यदि वे घर नहीं ले गए, तो दफ्तर के काम के नाम पर अगली बार वह सामान नहीं मँगवाया जाएगा। यदि कागज, पैन, गोंद आदि कम मँगवाए गए, तो उनकी कर्तव्यनिष्ठता तथा कार्यक्षमता पर प्रश्न चिह्न लग सकता है। उन्हें इस बात के लिए ज्ञापन (जिसे सरकारी कर्मचारी 'मीमो' के रूप में जानते हैं) मिल सकता है कि आप ठीक से काम क्यों नहीं कर रहे क्योंकि पिछले महीनों की तुलना में इस महीने आपने कागज, पैन, स्याही, सिक्के आदि

कम खर्च किए हैं। अब उस बेचारे सरकारी कर्मचारी के लिए वह सब सामान मँगवाना और उसे फिर घर ले जाना मजबूरी बन जाता है।

भारत सरकार का कर्मचारी और वह भी उच्च अधिकारी। यानी करेला और नीम चढ़ा। उच्च अधिकारियों के मजबूत कंधों पर ही सरकार का सारा भार है। यदि वे कंधे उचका दें तो सरकार ही गिर पड़े। इसीलिए सरकार इनका विशेष ध्यान रखती है। सरकारी कर्मचारियों को मिलनेवाली उपर्युक्त समस्त सुविधाएँ तो इन्हें उसी प्रकार स्वत: ही मिल जाती हैं, जैसे बड़े राजकुमार को युवराज पद। ये सरकारी सेवा में मुँह में चाँदी का चम्मच लेकर पैदा होते हैं, अंग्रेजी में इसे कहते है बोर्न विद ए सिल्वर स्पून। इसीलिए इन्हें कई अतिरिक्त सुविधाएँ भी प्रदान की जाती हैं, जैसे इनके आवागमन का कोई हिसाब नहीं रखा जाता क्योंकि ये तो चौबीस घंटे सरकारी ड्यूटी पर रहते हैं। शायद यही कारण है कि इनके दफ्तर में आने जाने की उपस्थिति दर्ज नहीं की जाती। जब भी कोई पूछे तो इनका होशियार चपरासी कह देता है कि साहब दौरे पर हैं या साहब मीटिंग में हैं। ये दौरे या मीटिंगें 'हरि अनंत हरि कथा अनंता' की तरह चलती रहती हैं। कोई-कोई चपरासी, जो साहब से खुश नहीं होता, साहब की गैर-हाजिरी से संबंधित हर प्रश्न का एक ही उत्तर देता है—पता नहीं। साहब कहाँ गए हैं कब आएँगे, कल मिल सकते हैं या नहीं, उनका टेलीफोन नंबर क्या है आदि कुछ भी पूछिए, सबका उत्तर एक ही होगा—पता नहीं।

उच्च अधिकारी सरकार के विश्वास पात्र होते हैं। सरकार को उन पर, और सिर्फ उन्हीं पर भरोसा होता है। अत: सरकार इन्हें 'राजपत्रित अधिकारी' घोषित करके विभिन्न कागज पत्रों की सत्यता, प्रामाणिकता आदि साक्ष्यांकित करने का अधिकार दे देती है। ये उच्च अधिकारी कोई गलती नहीं कर सकते, ऐसा मानकर जब भी कोई गलती होती है तो सरकार अव्वल तो कोई कार्रवाई करती ही नहीं, यदि करती भी है तो नीचे के कर्मचारियों पर। वैसे भी कार्रवाई करने या न करने, कब किसके विरुद्ध करने आदि के निर्णय तो उच्च अधिकारी ही लेते हैं। ऐसे में वे अपने ही बिरादरीवालों के साथ अन्याय तथा विश्वासघात कैसे कर सकते हैं? आखिर नैतिकता, भाईचारा, आपसी सहयोग भी तो कोई चीज़ होती है या नहीं?

अधिकारी शब्द बना ही है अधिकार से। जिसके पास अधिकार हो वही अधिकारी। इसी नियम के तहत सरकार के उच्च अधिकारियों के पास उच्च अधिकार होते हैं। वे जब चाहें, जो चाहें कर सकते हैं। नियम कानून उन पर लागू नहीं होते वे तो नीचे के कर्मचारियों के लिए बनाए जाते हैं। वह अधिकार ही क्या

जिसका उपयोग न हो, अत: सरकारी उच्च अधिकारी अपने अधिकारों का पूरा सदुपयोग करते हैं। अब लोगों को वह दुरुपयोग नजर आता है तो आए। भारत के लोगों को तो हर चीज़ में कमी ढूँढ़ने की आदत ही पड़ गई है, इसीलिए उन्हें सरकारी कर्मचारियों के गुण भी अवगुण ही नजर आते हैं। उच्च अधिकारियों को उनके स्तर के अनुरूप ही मकान या मकान किराया भत्ता, महँगाई भत्ता, दैनिक भत्ता, टेलीफोन, समाचार-पत्र आदि की अनेकानेक सुविधाएँ दी जाती हैं। आखिर क्यों न हो, जब तन-मन-धन से संतुष्ट होंगे तभी तो सरकार की सेवा, मेरा मतलब है जनता की सेवा क्योंकि लोकतंत्र में जनता ही सरकार होती है, कर सकेंगे।

अब तो आप समझ ही गए होंगे कि भारत में हर कोई सरकारी कर्मचारी क्यों बनना चाहता है। क्या कहा, अभी भी नहीं समझे, तो इसका मतलब है कि आप भी हैं या हो सकते हैं—सरकारी दामाद!

❑

संपादन-सुख

मनमौजी राम संपादक थे। संपादक भी एक नामी पत्रिका के। उससे पहले वे कई मासिक, त्रैमासिक, वार्षिक पत्रिकाओं से लेकर छोटे-मोटे अखबारों तक में प्रूफ रीडर से लेकर उपसंपादक, सहायक संपादक, सहसंपादक की जिम्मेदारियाँ बखूबी निभा चुके थे। मनमौजी राम को उनके यार दोस्त प्यार से 'मौजी भाई' कहते थे।

मौजी भाई पैदायशी संपादक थे। गर्भावस्था में ही सबसे पहले तो उन्होंने गर्भकाल में ही काट-छाँटकर दी तथा नौ महीने की बजाय सात महीने के बाद ही वे इस संसार में अवतरित हो गए। पैदा होने के तुरंत बाद ही उन्होंने संपादन का कार्य शुरू कर दिया। क्या खाना है, कितना खाना है, कब खाना है, क्या, कितना, कब पीना है, इन सबमें वे अपनी रुचि-अरुचि के अनुरूप काट-छाँट, संशोधन तथा संपादन कर दिया करते थे। किसे देखकर मुसकराना है, किसे देखकर रोना है। यह भी वे स्वयं ही तय करते थे। पहनना-ओढ़ना, घूमना-फिरना, पढ़ना-लिखना आदि के बारे में शुरू से ही उनकी दृष्टि बड़ी स्पष्ट थी। बचपन में उन्हें जो शिशु गीत या बालगीत याद करवाए जाते थे, उनमें भी वे हमेशा ही कुछ-न-कुछ संशोधन कर देते थे। जब माँ डाँटती तो वे कहती 'नहीं माँ, तुझे नहीं पता। ये ऐछे ही होता है।' पूत के पाँव पालने में ही दिखने शुरू हो गए थे। वे जब थोड़े बड़े हुए तो स्कूल की पत्रिका के संपादक बना दिए गए। अध्यापक भी तो आखिर जौहरी ही होता है। वही हीरे की कद्र कर सकता है। अच्छा अध्यापक वही है, जो अपने शिष्य की छुपी प्रतिभा को पहचान कर उसे प्रस्फुटित तथा पल्लवित-पुष्पित होने की प्रेरणा प्रदान करे। मनमौजी भाई के अध्यापक अच्छे अध्यापक थे। स्कूल पत्रिका के संपादक बनते ही मौजी भाई को जैसे अधिकार मिल गया, दूसरों की रचना में कमियाँ निकालने, उन्हें काटने-छाँटने, सुधारने का। धीरे-धीरे यह उनकी

आदत बन गई। वे खुद कम लिखते, दूसरों के लिखे पर टीका-टिप्पणी ज्यादा करते।

बड़े होने पर उन्होंने नौकरी के लिए कई जगह हाथ पैर मारे, मगर संपादन की अपनी आदत की वजह से हर जगह असफल हुए। कभी प्रश्नपत्र का ही संपादन करने में इतना समय निकाल देते कि उत्तर लिखने का समय ही नहीं बचता, कभी नौकरी के विज्ञापन, तो कभी इंटरव्यू में प्रश्नकर्ता के प्रश्न का ही संपादन कर देते। अंत में उन्हें एक समाचार-पत्र में प्रूफ रीडर की नौकरी मिल ही गई। यह काम उनकी रुचि के कुछ अनुकूल था। उच्च अधिकारी उनके कार्य से प्रसन्न हुए। मौजी भाई प्रगति-पथ पर अग्रसर होते गए। आधुनिक भारत में अन्य टूटी-फूटी सड़कों की ही भाँति प्रगति-पथ भी बहुत ऊबड़-खाबड़ तथा कंटीला है। असफलता के गड्ढों पर जगह-जगह चापलूसी, भाई-भतीजावाद, रिश्वत, सिफारिश के पैबंद लगे हैं। परिश्रमी, ईमानदार, कर्तव्यनिष्ठ व्यक्ति तो प्रगति-पथ में मौजूद गड्ढों-काँटों से परेशान होकर आगे बढ़ने का प्रयास ही छोड़ देता है। इसी कारण वह प्राय: वहीं-का-वहीं रह जाता है, जहाँ से शुरू करता है, जबकि अन्य लोग उसके आसपास से उसे 'ओवरटेक' करते हुए प्रगति-पथ पर पैबंदों के सहारे सरपट आगे बढ़ते जाते हैं। मौजी भाई भी परिश्रमी, ईमानदार और कर्तव्यनिष्ठ थे, मगर इन सबसे बढ़कर उनमें जो गुण था, वह था—समय की नब्ज पहचानने का, जैसा देश वैसा भेष अपनाने का, जरूरत पड़ने पर गधे को बाप बनाने का। आधुनिक भारत में व्यक्तिगत विकास का यह रामबाण तरीका है। इसकी सहायता से मार्ग के सारे अवरोध, सारे शत्रु धराशायी हो जाते हैं। मौजी भाई ने स्थिति को समझा, अपनी रणनीति बनाई तथा उस पर अमल करना शुरू कर दिया। परिणाम सामने था। वे प्रगति पथ पर उछलते-कूदते आगे बढ़ने लगे। उन्होंने जल्दी-जल्दी नौकरी बदलनी शुरू कर दी। भाव-ताव और सौदेबाजी में भी वे निपुण होते गए। जल्दी ही वे एक बड़ी पत्रिका के संपादक पद पर विराजमान हो गए। कई पत्र-पत्रिकाओं के संपादन का उनका अनुभव वहाँ बड़ा काम आया। कौन सी खबर छापनी है, कौन सी छिपानी है, किस की खबर देनी है, किस की खबर लेनी है आदि वे बखूबी जानते थे। उनके पास ढेरों रचनाएँ आया करती थीं। रचना को परखने की उन्होंने अपनी अलग ही कसौटी बनाई हुई थी। कम समय में अधिक रचनाओं को कैसे 'रिजेक्ट' किया जाए, इसके लिए वे सबसे पहले लेखक का नाम देखते थे। यदि लेखक का नाम या उपनाम पसंद नहीं आया, तो उनके वहाँ रहते उस लेखक की कोई रचना उस पत्रिका में छप नहीं सकती। इसका मुख्य

कारण यह था कि रचना या रचना का शीर्षक पसंद न आने पर वे उसमें काट-छाँट और संशोधन कर सकते थे। मगर लेखक के नाम में संशोधन या काट-छाँट करने का दुस्साहस वे नहीं कर सकते थे। लेखक का नाम पसंद आने के बाद वे रचना के शीर्षक पर अपना ध्यान ऐसे केंद्रित करते थे जैसे बगुला आँख बंद करके मछलियों पर। फिर शुरू हो जाता रचना के शीर्षक के संशोधन का काम, क्योंकि उन्हें कोई भी शीर्षक पसंद आता ही नहीं था। कभी-कभी तो इतनी बार शीर्षक में संशोधन करते कि वे घूम-फिरकर लगभग उसी शीर्षक पर पहुँचते जो लेखक ने दिया होता था, मगर फिर भी उन्हें आत्मसंतुष्टि होती थी कि मैंने कितनी मेहनत की है इस शीर्षक को चुनने में। शीर्षक ठीक होने के बाद शुरू होती—रचना की चयन प्रक्रिया। मौजी भाई को ऐसी रचनाएँ बिलकुल पसंद नहीं थी, जिनका वाक्य गठन, शब्द चयन प्रस्तुतीकरण बहुत बढ़िया हो, इसलिए नहीं कि वे अपनी पत्रिका में घटिया रचनाएँ छापना चाहते थे, अपितु इसलिए कि ऐसी रचनाओं में उनके करने लायक कुछ बचता ही न था और जब तक वे रचनाओं को हरा न कर दें, उन्हें मजा ही नहीं आता था। दरअसल मौजी भाई संपादन का सारा काम हरी स्याही के पैन से करते थे, ताकि वे दूर से ही अपने संशोधनों को पहचान सकें तथा अन्य लोगों द्वारा किए गए संशोधन से इनके संशोधन अलग नजर आएँ। लिहाजा मौजी भाई को वे ही रचनाएँ पसंद आती थीं, जिनमें काट-छाँट और संशोधन-संपादन की भरपूर गुंजाइश हो। ऐसा करने से उन्हें सकून मिलता था, अहं तुष्ट होता था, मन में गर्व की अनुभूति और 'जॉब सेटिस्फेक्शन' होती थी। इसीलिए उन्हें साफ-सुथरी, अच्छी रचनाओं से चिढ़ थी।

मौजी भाई के लिए संपादन का दूसरा सुख था—नवोदित लेखिकाओं से परिचय। लेखक का नाम पसंद करते समय एक आधार यह भी होता था कि रचना लेखक ने लिखी है या लेखिका ने। यदि रचना लेखिका ने लिखी है, तो समझो रचना स्वीकृत हो गई। महिलाओं के प्रति भारतीय पुरुषों के हृदय के कई कोनों में विशेष कोमल भाव होते हैं, यह बात काम-मनोविज्ञान के 'विपरीत लिंगी आकर्षण' नियमों द्वारा भी साबित हो चुकी है। इसी कारण प्रत्येक भारतीय पुरुष का, चाहे वह युवा हो या अधेड़, अमीर हो या गरीब, ऊँची जाति का हो या नीची जाति का, हृदय-वाद्ययंत्र किसी भी हम उम्र या कम उम्र हसीना को देखकर उसी प्रकार स्वयं ही बज उठता है, जैसे केश कांबली की असाध्य वीणा। मौजी भाई भी पुरुष थे। एक भारतीय पुरुष और उस पर एक नामी पत्रिका के संपादक। वैसे भी अभी भारत में पत्रिकाओं के संपादक प्राय: पुरुष ही होते हैं, हाँ सहायक या सहसंपादक

के रूप में वे अपने साथ अवश्य ही किसी महिला को रखने के लिए लालायित रहते हैं। तो मौजी भाई लेखिकाओं, विशेषकर नवोदित, की रचनाओं को तुरंत स्वीकार कर लेते थे, शायद इस उम्मीद में कि किसी दिन केाई लेखिका उन्हें भी स्वीकार कर लेगी। इस प्रकार वे अपना भविष्य सँवारने में लगे थे। लेखिकाओं की रचनाओं के साथ यह भी सुविधा थी कि उन्हें जितना चाहो संपादित-संशोधित कर लो, लेखिका बुरा नहीं मानती थी, अपितु प्रसन्न ही होती थी और कभी-न-कभी लेखिका के प्रभावित होने का भी चांस था।

उन्हें ऐसे लेखकों से बहुत चिढ़ थी, जो रचना भेजने के बाद संपादक से यह उम्मीद करते थे कि वह उन्हें रचना की स्वीकृति या अस्वीकृति की सूचना दे। अरे भई, लेखकों को भी सोचना चाहिए कि संपादक कोई खाली थोड़े ही बैठा है कि रचना पढ़े भी, संशोधित भी करे, फिर उसकी स्वीकृति/ अस्वीकृति की सूचना भी दे, अस्वीकृत रचना को लौटाए भी तथा रचना छपने पर पत्रिका की एक प्रति भी निःशुल्क भेजे। भला यह भी कोई बात हुई। एक बार रचना भेजकर आप तो हो गए निश्चिंत और संपादक का कर दिया हाल बुरा। ऐसे लेखक तो मौजी भाई को जले पर नमक की तरह लगते थे, जो रचना छपने पर पारिश्रमिक की भी उम्मीद रखते थे। अरे ज़रा सोचो कि यही क्या कम है कि तुम्हारी रचना महामहिम संपादक महोदय ने छाप दी। अँगुली पकड़कर पहुँचा पकड़ने लगे। कृतज्ञ होने की बजाय कृतघ्न हो रहे हैं।

मौजी भाई की संपादन-गाथा वैसे तो बहुत छोटी थी, परंतु संपादक महोदय संपादन-सुख से वंचित न रहें, अतः मैंने इसका थोड़ा विस्तार कर दिया है। मुझे पूरा विश्वास है कि इस रचना पर संपादक महोदय की कृपा दृष्टि होगी तथा यह अवश्य प्रकाशित होगी।

❑

बोए पेड़ बबूल के...

ताऊ भीम सिंह जब आज अखबार सहित मेरे घर में पधारे, तो मैं समझ गया कि अवश्य ही किसी बात ने उनके दिलो-दिमाग में हलचल मचा दी है। ताऊ कौन? अरे, आप ताऊ भीम सिंह को नहीं जानते! हाँ जानेंगे भी वैसे? मैंने अभी तक आपको उनसे परिचित ही नहीं करवाया। ताऊ भीम सिंह 'यथा नाम तथा गुण' अर्थात् लंबा-चौड़ा कसरती बदन, बदन पर कुरता-पायजामा और सिर पर पगड़ी। सारा जीवन गाँव में कुश्ती लड़ने और लड़वाने के साथ-साथ गाँव के स्कूल में पी.टी. आई. के रूप में नौकरी करके अब सेवानिवृत्ति के बाद शहर में रह रहे अपने बेटे-बहू के पास आ गए हैं। संयोग से मेरे ही पड़ोस में। बेटा-बहू दोनों ही बहुराष्ट्रीय कंपनी में कार्यरत हैं और जैसा कि होता ही है कि बहुराष्ट्रीय कंपनियाँ हमारे युवाओं के दिन का चैन और रात की नींद मोटी रकम का लालच देकर खरीद रही हैं। बहुराष्ट्रीय कंपनियों में काम करनेवाले अन्य युवाओं की तरह ही ताऊ के बेटा-बहू भी व्यस्त, अतिव्यस्त से आगे बढ़कर अस्त-व्यस्त की स्थिति में पहुँच गए हैं। वास्तव में इन कंपनियों की नौकरी की यही विशेषता है कि वे खूब रुपया-पैसा और सुख-सुविधाएँ तो दे देती हैं, परंतु उनका उपभोग करने के लिए समय नहीं देते, ठीक उसी प्रकार जैसे आधुनिक भारतीय व्यवस्था हमें बिजली के तमाम उपकरण तो उपलब्ध करा देती है, परंतु उनका सदुपयोग करने के लिए आवश्यक बिजली ही नहीं दे पाती। लिहाजा ताऊ के बहू-बेटे के पास उनके लिए समय ही नहीं होता था। उनका दफ्तर जाने का समय तो निश्चित था, परंतु वापसी अनिश्चित समय पर। ऐसे में ताऊ चले आते हैं मेरे पास, अपना सुख-दुःख, चिंतन-मनन बाँटने। ताऊ की दो आदतें सत्तर वर्ष की अवस्था में भी बरकरार हैं—एक, सुबह नियमित सैर-कसरत करना तथा दूसरी, प्रतिदिन हिंदी-अंग्रेजी के समाचार-पत्रों का गहन पठन एवं विश्लेषण। इसमें भी युवाओं से संबंधित प्रश्नों

और समाचारों पर उनकी दृष्टि कुछ अधिक ही रहती है, क्योंकि युवाओं को ही वे देश-जाति का भविष्य मानते हैं।

हाँ तो ताऊ के आते ही मैंने कहा, ''राम-राम ताऊजी! और सुनाइए क्या समाचार हैं?'' ताऊ बोले, ''प्रोफेसर साहब, यह हमारे युवाओं को हो क्या रहा है!'' मैं चौंका, ''क्यों क्या बात है?''

ताऊ ने अखबार दिखाते हुए कहा, ''यह देखिए, सितंबर महीने में पूरा देश हिंदीमय हो जाता है, मगर हमारे कुछ युवा 'आई डोंट नो हिंदी' कहने में ही गर्व महसूस करते हैं। वे अंग्रेजी का ही गुणगान करते हैं। उनके लिए विश्व में जो भी ज्ञान-सम्मान है, वह अंग्रेजी में ही है। उन्हें अंग्रेजी भाषा ही नहीं, अपितु वेशभूषा, भोजन, नृत्य, संगीत यानी अंग्रेजियत से मोह है। अंग्रेजी उनके लिए 'तुम्हीं हो माता, पिता तुम्हीं हो' की तरह है। इसी युवा पीढ़ी पर भारत का भविष्य टिका है तो सोचिए हिंदी के बिना भारत का भविष्य कैसा होगा? क्या हिंदी के बिना हमारी युवा पीढ़ी की या हमारे देश की कोई पहचान बनेगी?''

मुझे लगा कि उनकी बात में दम तो है, पर है वह एकांगी। इसलिए मैंने ताऊ को टोकते हुए कहा, ''मगर ताऊजी आप यह क्यों भूलते हैं कि यह बात तो पब्लिक स्कूलों में पढ़नेवाले पाँच-दस प्रतिशत शहरी युवाओं पर ही लागू होती है। भारत के गाँवों, कस्बों और दूर-दराज के इलाकों में रहनेवाले युवा तो हिंदी और अन्य भारतीय भाषाओं में ही पढ़ते, सोचते और अपना काम चलाते हैं।'' ताऊ ने कुछ क्षण सोचा और कहा, ''वाह-वाह! क्या काम चला रहे हैं! अंग्रेजी उनके लिए हौव्वा है तो हिंदी घर की मुरगी। परंपरा में उनकी अटूट आस्था है, इसलिए वे नएपन से, परिवर्तन से दूर भागते हैं। 'एक चुप सौ सुख' की कहावत को चरितार्थ करते हुए वे कक्षा, सभा या संगोष्ठी में मौन रहना ही पसंद करते है। अपनी असफलता के लिए बहाने बनाते हैं। हीन भावना उनमें इतनी अधिक होती है कि वे हिंदी की शक्ति, सामर्थ्य और संभावनाओं से अपरिचित रहते हैं। वे मीडिया में छा रही हिंदी पर नाक-भौं सिकोड़ते हैं, हिंदी कंप्यूटिंग, इंटरनेट आदि को अपनाना पाप समझते हैं। वाह! कैसे आगे बढ़ रहे हैं ये हिंदी भाषी युवा!'' मेरे मुँह से निकला, ताऊजी यह तो ठीक है, मगर इसके लिए दोषी क्या यह हमारी युवा पीढ़ी ही है या हम खुद हैं?'' ताऊ चौंके, ''हम! हम कैसे दोषी हुए?'' मैंने कहा, ''जब हमने बोए पेड़ बबूल के तो आम कहाँ से होएँ? आजादी के बाद हमने खुद ही तो अंग्रेजी को सिर-आँखों पर बिठाया। आज जो बहुराष्ट्रीय कंपनियाँ या निजी कंपनियाँ सब जगह 'फलूएंट इन इंग्लिश' की माँग कर रही हैं, उन्हें हमने

ही तो निमंत्रित किया है। एक-दो साल के छोटे बच्चे को आईज, नोज, टीथ, लिप्स, टंग सिखाकर; 'ट्विंकल-ट्विंकल लिटिल स्टार' या 'बा बा ब्लैकशीप' सुनाने पर ताली बजाकर, अंग्रेजी की घुट्टी भी तो हमने ही पिलाई। फिर इन युवाओं को चौदह साल हमने ही तो पब्लिक स्कूलों में पढ़ाया, ताकि वे अंग्रेजी सीखकर विदेशी कंपनियों में काम करके 'डॉलर' कमा सकें।''

ताऊ को शायद मेरी बात चुभ गई। वे तुरंत उठकर चले गए। मैं सोचने लगा कि हिंदी-अंग्रेजी के बीच फँसी इस युवा पीढ़ी की गाड़ी भारतीय भाषा-संस्कृति की पटरी पर कैसे लाई जाए।

❑

बाप बड़ा न भैया...

हमारी आज की युवा पीढ़ी का आदर्श वाक्य है—'बाप बड़ा न भैया, सबसे बड़ा रुपैया।' नहीं-नहीं, इसमें थोड़ा संशोधन करना पड़ेगा, क्योंकि रुपए का मूल्य तो लगातार उसी प्रकार गिर रहा है जैसे दया, करुणा, परोपकार आदि भारतीय जीवन-मूल्यों का। हमारे युवाओं का नया नारा है—"डॉलर मुझे है पाना, चाहे कुछ भी पड़े गँवाना।" अपना नाम, ग्राम, रिश्ते, नाते, मातृभूमि या मातृभाषा वे सबकुछ गँवाने को तैयार हैं। ऐसे युवाओं का जीवन-दर्शन रहीम के एक पुराने दोहे के नए रूप में प्रस्तुत है—

'रविमन 'मनी' राखिए, बिन 'मनी' सब सून।
'मनी' गए न ऊबरे, यह मानुस की जून॥

हमारे युवाओं को भारतीय संस्कृति से इतना अधिक प्रेम है, इतना अधिक प्रेम है कि वे इसे 'शो-केस' में सजाकर रखने को तैयार हैं, या मंदिर में प्रतिष्ठित मूरत की तरह किसी कोने में स्थापित करना चाहते हैं, मगर उसे जीवन में अपनाने को तैयार नहीं, क्योंकि यह बात-बात पर रोकती है, टोकती है, समझाती है, सिखाती है। और वह युवा ही क्या, जो रोक-टोक को सहे, समझाने-सिखाने पर कान दे। भारतीय संस्कृति बात करती है—'सादा जीवन उच्च विचार' की। यह 'सादा जीवन' की बात ही युवा के गले नहीं उतरती। उन्हें भाती है—वह पश्चिमी संस्कृति, जो कहती है—'खाओ-पीओ और मौज करो।' जिंदगी चार दिन की है—स्वर्ग-नरक किसने देखा है? इसलिए इस संसार का, इस संसार की हर चीज़ का, हर संबंध का भोग करो। भोग ही परम सत्य है। भोग ही जीवन लक्ष्य है। भोग से भागकर जीवन क्या जीया? भारतीय युवाओं को यह बात बड़ी सुखद लगती है। इसीलिए वे जीवन के हर क्षण को भोगना चाहते हैं और इसके लिए चाहिए—पैसा।

पैसा कमाने के लिए आज का युवा क्या-क्या नहीं करता? कभी टाई गले में कसे घर-घर में माल बेचता है, कभी फोन-पर-फोन करके ऋण लेने का अनुरोध करता है, कभी खुशी-खुशी मैकडोनाल्ड में 'वेटर' का काम करता है, तो कभी मल्टीप्लैक्स में टिकट विक्रेता का। बेचारा आज का युवा पैसा कमाने के लिए अंग्रेजी सीखता है, अंग्रेजियत अपनाता है, कभी कंप्यूटर कोर्स करता है, तो कभी कॉल सेंटर (जो असल में 'काल (मौत) सेंटर' ज्यादा है) या मेडिकल ट्रांस्क्रिप्शन की ट्रेनिंग लेता है। उसे पैसा चाहिए हर हाल में, किसी भी कीमत पर। वह जानता है कि पैसा आज के युग का भगवान् है, सबसे बड़ी शक्ति है। उसे पता है कि आज सबकुछ बिकाऊ है, यदि आपके पास पैसा है, तो आप कुछ भी खरीद सकते हैं—प्रेम, नैतिकता, ईमानदारी, देशभक्ति सबकुछ।

पैसा कमाने की इस अंधी दौड़ में लड़कियाँ भी किसी से कम नहीं हैं। कभी-कभी तो लगता है कि पैसे का जादू उनके सिर पर चढ़कर कुछ ज्यादा ही ज़ोर से बोला है। उन्होंने लड़कों से भी जल्दी यह समझ लिया कि मेहनत से पैसा कमाना कठिन है। पैसा कमाने के शार्टकट ढूँढ़ने की कोशिश में उनके हाथ लगा एक नायाब तरीका—देह! उन्होंने सूँघ लिया कि भूमंडलीकरण के इस दौर में सारी सुख-सुविधाओं का केंद्र है—देह। आत्मा-परमात्मा, जीवन मूल्य, साहित्य-कला सब देह तले दबे गए हैं। इसी देह के महत्त्व को पहचानकर लड़कियों ने देह-दर्शन पर ध्यान केंद्रित किया। कोई भी विज्ञापन देख लीजिए या वीडियो एलबम, फिल्म देखिए या धारावाहिक, फैशन शो हो या स्टेज शो। सब ओर अधिकाधिक देह दर्शन और वह भी दूर से दर्शन नहीं-बिलकुल आपके निकट से दर्शन आपके ड्राइंगरूम-बैडरूम के भीतर घुसकर। अब आपको देह दर्शन के लिए किसी सिनेमा हॉल, कैबरे या कोठे पर जाने की जरूरत नहीं है। आपके सब ओर है—मादक उन्मादक देह, जिसे कभी 'काँटा लगता है', तो कभी 'मिस कॉल से पटाया' जा सकता है और जिसके 'जिगर माँ बड़ी आग है'। आज की लड़कियों ने अपनी देह के महत्त्व को पहचानकर जीवन में पैसा कमाने और आगे बढ़ने का जो सरल मार्ग ढूँढ़ निकाला है, वह सचमुच उनकी अद्‌भुत प्रतिभा और मौलिक सूझ का प्रमाण है। भारतीय युवाओं की पैसा कमाने की इस क्षमता और भूख को जानकर भी क्या आप कह सकते हैं कि भारत का भविष्य उज्ज्वल नहीं है।

❑

मजबूत कंधे

देश हो या कोई संस्थान वह किसी-न-किसी के कंधों पर तो टिका ही होता है। अब उन कंधों पर ही सारा दारोमदार आ जाता है—उस देश या संस्थान को बचाने का, उठाने का। अब यदि कंधे मजबूत नहीं हुए, तब तो हो गया 'राम नाम सत्य'। नेताजी को अपने कंधों की मजबूती का पूरा विश्वास था। वैसे तो नेताजी का पूरा नाम नेक चंद चकरौता था, मगर बचपन में ही उनके मित्रों ने उनकी प्रतिभा को पहचानकर उनके नाम का समाहार करके समस्त पद बना दिया—नेता। अब नेता के साथ जी लगाना जरूरी भी है और मजबूरी भी। नेताजी अपने मित्रों की किसी बात का विरोध नहीं करते थे, सो वे बन गए नेताजी। उन्होंने सिर झुकाकर इस उपनाम को स्वीकार किया तथा उसे चरितार्थ करने पर तुल गए। बच्चों के दंगे फसाद से लेकर क्षेत्र के जुलूस तक का नेतृत्व वे करने लगे।

समय के साथ-साथ नेकचंद आगे बढ़ता रहा। कॉलेज में नेतागिरी करके थर्ड डिवीजन में बी.ए. पास कर लिया। कॉलेज के प्रधानाचार्य उसकी नेतृत्व क्षमता से प्रभावित हुए। लिहाजा नेक चंद को उन्होंने क्लर्क लगवा दिया। प्रधानाचार्य के घर दाल-चावल सब्जी पहुँचाते-पहुँचाते न जाने कब नेक चंद उनकी बेटी के दिल में पहुँच गया। दिल का मामला था। प्रधानाचार्य ने नेक चंद को दामाद बना लेने में ही समझदारी समझी। प्रधानाचार्य का दामाद और कॉलेज में क्लर्क! इससे अधिक लज्जाजनक स्थिति क्या हो सकती थी? प्रधानाचार्य की पत्नी ने उन्हें उनकी शक्तियों का अहसास कराया। प्रधानाचार्य की बुद्धि पर छाए अज्ञान के बादल छँट गए। उनकी स्थिति जामवंत के वचन सुनकर पुलकित हनुमान जैसी हो गई। दामाद तो आखिर दामाद ही होता है, जो अज्ञानी व्यक्ति अपने दामाद की इज्जत नहीं करता वह अपने हाथों अपनी बेटी के हाथों से सुख की रेखा मिटा देता है। प्रधानाचार्य अज्ञानी व्यक्ति नहीं थे। तुरंत कार्य योजना बनी। दामाद साहब को आनन-फानन में एम.ए., पी-

एच.डी. करवाई गई। कॉलेज में एक पद सृजित किया गया। पद सृजन का खेल भी निराला ही है। यदि कोई सुपात्र कृपापात्र पद के लिए पात्र है, तो पद तुरंत सृजित हो जाता है, अन्यथा पदसृजन का गर्भकाल गांधारी के गर्भकाल की भाँति बढ़ता ही जाता है। रिटायर होने से पूर्व प्रधानाचार्य ने अपने अधिकारों का सदुपयोग करते हुए दामाद को कॉलेज में लेक्चरर लगवा ही दिया। वह अधिकार ही क्या, जिसका सदुपयोग न हो? अब कॉलेज का सारा भार नेकचंद के मजबूत कंधों पर आ गया। वह-जी जान से कॉलेज की सेवा में लग गया। उसमें अचानक प्रतिभा का विस्फोट हो गया। संपर्क तथा वाक्पटुता का वही साथ है, जैसा घी-दूध का या चोली-दामन का। संपर्कों से, मिलने-जुलने से वाक्पटुता बढ़ती है और वाक्पटुता से संपर्क बढ़ते हैं। जिसके पास दोनों हों, तो सोने पे सुहागा। नेक चंद के पास दोनों विशेषताएँ थीं। उसने कॉलेज का सारा भार अपने मजबूत कंधों पर ले लिया। वह कॉलेज में 'पढ़ाता' भी था, किताबें भी 'लिखता'। विश्वविद्यालय के पेपर बनाता भी और जाँच भी करता, चुनाव भी लड़ता और प्राइवेट कोचिंग भी करता। सब तरफ वही वही था। नए प्रधानाचार्य को नेकचंद का बात-बात पर यह कहना अच्छा नहीं लगता था कि सारा कॉलेज मेरे ही कंधों पर है। एक दिन झुंझलाकर प्रधानाचार्य ने कह ही दिया— "सुनो सुनो नेकचंद। तुम अपने कंधे कॉलेज के नीचे से निकाल ही लो। कॉलेज को गिर जाने दो।" नेकचंद यह सुनकर आसमान से धरती पर धम्म से गिरा। हाँ, कॉलेज जरूर नहीं गिरा।

अब नेताजी ने अपना पूरा समय राजनीति को समर्पित करने की नीति बनाई। विशिष्ट प्रतिभा तो उसमें थी ही, अनुभव भी काफी था। वह हिंदी में राजनीति करने लगा। कॉलेज स्टाफ एसोसिएशन के ज्वॉइंट सेक्रेटरी से लेकर प्रेसिडेंट तक के पद उसने एक-एक करके हथिया लिए। प्रतिभाशाली व्यक्ति रुकना नहीं जानते। वे काँटों के बीच भी अपना मार्ग बना ही लेते हैं। नेकचंद तो विशिष्ट प्रतिभाशाली था। अब उसने विश्वविद्यालय स्तर की राजनीति का राज जानना शुरू किया। पढ़े-लिखे लोगों को चुनावी शतरंज की किन चालों से मात देनी होती है, वह जल्दी ही सीख गया। उसकी विलक्षण प्रतिभा से प्रभावित होकर एक दल ने उसे अपना उम्मीदवार बना दिया। अपनी कुशल रणनीति से चुनाव जीतकर नेताजी ने विश्वविद्यालय में अपनी धाक जमा ली।

इस बीच एक कॉलेज में प्रधानाचार्य का पद रिक्त हुआ। नेकचंद ने फार्म भरा। अनेक योग्य उम्मीदवारों की रातों की नींद उड़ गई। उनके पास योग्यता थी, नेकचंद के पास विशेष योग्यता थी। वही हुआ, जिसका उन्हें डर था। सबसे निचली

सीढ़ी पर खड़ा नेकचंद अपनी विशेष योग्यता के बल पर प्रधानाचार्य के पद-लक्ष्य पर पहुँच गया, ऊपर खड़े योग्य उम्मीदवार खड़े-के-खड़े ही रह गए। यही तो विशेषता है हमारे देश की। और यही महिमा है कलियुग की, जिसके बारे में कहा भी गया है—हंस चुगेगा दाना तिनका, कौआ मोती खाएगा। हंस के पंख लगाए कौए भी अगर हंस मान लिए जाएँ, तो दोष किसका? प्रधानाचार्य बनते ही नेक चंद ने सबसे पहले कॉलेज के पिछले दरवाजे को बंद करवाया, ताकि कॉलेज में कोई 'बैक डोर एंट्री' न हो सके। सीढ़ी के सहारे मंजिल पर पहुँचनेवाला सबसे पहले उस सीढ़ी को धक्का देकर गिराता है, जिसके सहारे वह ऊपर पहुँचता है। कुरसी छिन जाने का भय कुरसी न मिल पाने की हताशा से कहीं अधिक घातक होता है। नेकचंद ने भी अपनी कुरसी को छिनने से बचाने के पुख्ता इंतजाम किए। राजनीति तो उसके बाएँ हाथ का खिलौना थी ही। कॉलेज में पहले से मौजूद, सभी धुरंधर नेताओं को उसने एक-एक करके किनारे किया। 'साम दाम दंड भेद' चारों पर उसका पूर्ण अधिकार था। धीरे-धीरे उसने सारी शक्तियाँ अपने में केंद्रित करनी शुरू कर दीं। कमियाँ निकालना, दोष गिनाना, आधा गिलास खाली देखना, उसका स्वभाव बन गया था। योग्य और बुद्धिमान सहयोगियों को इतना प्रताड़ित, हतोत्साहित तथा उपेक्षित किया कि उन्होंने कॉलेज में दिलचस्पी लेनी बंद कर दी। स्थायी नियुक्तियों से नेकचंद को चिढ़ थी। वह चाहता था कि कॉलेज में उसके अतिरिक्त कोई स्थायी न हो। इसी नीति के अंतर्गत उसने खाली होते पदों को अतिथि तथा तदर्थ प्राध्यापकों से भरना शुरू किया। पुराने प्राध्यापक तथा कर्मचारी तो उसे घास नहीं डालते थे, वह भी उनसे बचना चाहता था, क्योंकि वे उसका कच्चा चिट्ठा खोल देते थे। नवनियुक्त अस्थायी कर्मचारियों पर वह अपनी विद्वता, ज्ञान और उपलब्धियों की धाक बखूबी जमा सकता था। उनके पास 'यस सर' 'वेरी गुड सर' कहने के अतिरिक्त चारा ही क्या था? गिरे हुए को गिराना, दबे को दबाना, डरे हुए को डराना, मानव अहं की तृप्ति का सबसे सरल साधन है। इसीलिए सभी अधिकारी-नियोक्ता अस्थायी नियुक्तियों को प्राथमिकता देते हैं, उसपर भी यदि नियुक्ति के लिए कोई उम्मीदवार महिला मिल जाए तो कहना ही क्या? कॉलेज का सारा भार नेकचंद के मजबूत कंधों पर था। एक कॉलेज क्या, अनेक कॉलेज, संस्थान या यूँ कहें कि सारे देश का भार ही नेकचंदों के मजबूत कंधों पर है, तो क्या यह अतिशयोक्ति होगी?

❑

विशेष जन

संसार सचमुच विचित्र है। इसमें सब तरह के लोग हैं। कुछ लोग ऐसे हैं, जो देखने में तो सामान्य जैसे दिखते हैं, किंतु वे सामान्य मनुष्य और मनुष्यता से बहुत ऊँचे उठ चुके होते हैं। इन्हें 'विशेष जन' कह सकते हैं। सामान्य लोग जिन हादसों से, प्राकृतिक आपदाओं से डरते हैं, भगवान् से उन्हें टालने की प्रार्थना करते हैं, ये विशेष जन भगवान् से इन्हें माँगते हैं। भला क्यों? क्योंकि इनकी रोजी-रोटी ऐसे अवसरों पर ही घी-चुपड़े पकवान में बदल जाती है। इसीलिए ऐसे अवसरों पर इनकी बाँछें खिल जाती हैं, पाँचों अंगुलियाँ घी में होती हैं और ये बाग-बाग हो जाते हैं। नहीं, नहीं! मैं कोई पहेलियाँ नहीं बुझा रहा हूँ, यदि आप थोड़ा ध्यान से अखबार पढ़ेंगे, रेडियो या टी.वी. समाचारों को ठीक से सुनेंगे-देखेंगे, तो मेरी बात आसानी से समझ जाएँगे।

दरअसल ऐसे विशेष जन दया, करुणा, ममता, परोपकार जैसे क्षुद्र मानवीय भावों से ऊपर उठ चुके होते हैं। वे केवल कर्म में विश्वास रखते हैं। स्वर्ग-नरक, पुण्य-पाप, वरदान-अभिशाप को वे समान दृष्टि से देखते हैं। समदर्शी कहलाने वाले प्रभु के अंश को वे संपूर्णता से ग्रहण करते हैं। इसीलिए चाहे सुनामी का कहर हो या बिहार में बाढ़ की लहर, गुजरात में भूकंप का तांडव हो या उत्तराखंड में बादल का फटना, रेल दुर्घटना हो या दंगा-फसाद, सामान्य जन की भाँति ये विशिष्ट जन भी तुरंत सक्रिय हो जाते हैं, लेकिन इनकी सक्रियता का क्षेत्र तथा पद्धति ही तो इन्हें सामान्य जन से ऊपर उठाकर 'विशेष जन' के उच्चासन पर बिठाती है। जहाँ एक ओर सामान्य जन पीड़ित लोगों की सहायता के लिए तन-मन-धन से समर्पित हो जाते हैं, वहीं ये विशेष जन भी अपने-पराए में भेद न करते हुए, उनकी सहायता को अपनी सहायता और अपनी सहायता को उनकी सहायता मानकर तन-मन-धन के लिए अर्पित हो जाते हैं। गोस्वामी तुलसीदास को ये

अपना आदर्श मानते हैं। उन्होंने 'स्वांत: सुखाय' के लिए 'रघुनाथ गाथा' लिखी थी, ये भी 'स्वांत: सुखाय' के लिए 'राहत गाथा' लिखने लगते हैं।

ये विशेष जन सामान्य जन के भीतर उसी प्रकार घुले-मिले रहते हैं, जैसे दूध में पानी, गेहूँ में घुन या राजनीति में भ्रष्टाचार। इसीलिए विशेष होते हुए भी ये ऊपर से सामान्य जन ही प्रतीत होते हैं। इन्हें अलगा पाना या पहचान पाना असंभव नहीं, तो कठिन अवश्य होता है। वैसे भी ये किसी जाति, धर्म, वर्ग या कार्यक्षेत्र की सीमा में नहीं बँधे होते। 'सर्वधर्म समभाव' और 'देशकालातीत' के समान ऐसे विशेष जन यत्र-तत्र-सर्वत्र मिल जाएँगे। 'चोर-चोर मौसेरे भाई' की तर्ज पर 'विशेष जन-विशेष जन सगे भाई' होते हैं।

हाँ, तो मैं ज़रा इनकी कार्यप्रणाली से भी आपको परिचित करवा दूँ। आपदा आते ही इनकी सक्रियता उसी प्रकार बढ़ जाती है जैसे मीठा गिर जाने पर चींटी की। यदि इन्होंने समाज सेवक का चोला पहना है, (विशेष जन अलग-अलग प्रकार का वेश धारण किए होते हैं तथा अवसर के अनुरूप वेश बदलने में भी निपुण होते हैं।) तो ये तुरंत बाढ़/सूखा/सुनामी पीड़ित राहत कोष स्थापित कर लेते हैं तथा रसीद बुक या कटोरा लेकर निकल पड़ते हैं—खाली कोष को भरने। कभी ये राहत शिविर लगाकर धन-धान्य एकत्र करते हैं। चूँकि ये दूसरों की पीड़ा को अपनी ही पीड़ा समझते हैं, अत: पीड़ित राहत कोष के नाम पर उगाहा गया धन-धान्य भी आत्मपीड़ा हरने के लिए अपने पास ही रख लेते हैं। यदि ये व्यापारी के वेश में हों, तो सरकार द्वारा पीड़ितों के लिए भेजी जानेवाली खाद्य सामग्री, घरेलू समान, तिरपाल, कपड़े आदि से स्वयं को राहत पहुँचाने का प्रयास करते हैं। गेहूँ-चावल के ट्रक-के-ट्रक इनके गोदामों के खाली पेट को राहत पहुँचाने लगते हैं। यदि ये विशेष जन राजनेता का चोगा पहने हों, फिर तो कहना ही क्या! ऐसे विशेष जन की प्रशंसा के पुल बाँधने के लिए मेरे पास शब्द कम पड़ रहे हैं। प्रधानमंत्री राहत कोष, मुख्यमंत्री सहायता कोष, पार्टी राहत कोष आदि के नाम पर जमा करोड़ों का चंदा इनकी तथा इनके दल की कई सालों की आर्थिक समस्या सुलझा देता है तथा इन्हें भरपूर राहत प्रदान करता है। यदि ऐसे विशिष्ट जन कहीं मंत्री आदि हुए तो हवाई जहाज से सर्वेक्षण, विदेशों में आपदा प्रबंधन की प्रचलित पद्धतियों का वहाँ जाकर अध्ययन आदि का सुअवसर भी सुलभ हो सकता है। अगर कहीं ये विशिष्ट जन किसी अफसर के रूप में कार्यरत हुए, तब भी अपने भीतर व्याप्त हो गई परपीड़ा हरने के लिए इनके पास योजनाओं और कार्यक्रमों की कमी नहीं होती। ये पीड़ितों को राहत पहुँचाने, राहत सामग्री बँटवाने, उनके पुनर्वास

का प्रबंध करने के नाम पर लगातार बैठकें-संगोष्ठियाँ कर सकते हैं, अन्य क्षेत्रों में कार्यरत विशेष जन के साथ मिलकर राहत सामग्री को उसके 'उचित हकदार' तक पहुँचाने की व्यवस्था कर सकते हैं। यदि ये विशेष जन किसी सरकारी, राजनीतिक संस्था, दल या पद से संबंधित न भी हुए, तो भी ये किसी गैर सरकारी संगठन का गठन करके स्वतंत्र रूप से ही 'स्वयं सेवा कार्य' (अर्थात् स्वयं की सेवा का कार्य) में लग जाते हैं। तब ये पीड़ितों को मुआवजा दिलाने, सरकार द्वारा घोषित धनराशि या राहत सामग्री का परमिट, लाइसेंस या चैक दिलवाने में मदद करने जैसा पुण्य कार्य केवल नाममात्र के सेवाशुल्क पर करने लगते हैं। जब से सरकार ने 'सेवा शुल्क' वसूलना औपचारिक रूप से शुरू किया है, तब से सभी क्षेत्रों में 'सेवा शुल्क' का लेन-देन पूर्णत: औपचारिक, वैधानिक तथा न्यायसंगत हो गया है। जब सरकार बिना सेवा किए ही सेवा शुल्क वसूल सकती है, तो ये विशेष जन तो सेवा करके शुल्क लेते हैं, फिर इसमें गलत ही क्या है? दंगा-फसाद होने पर ये विशेष जन दोनों पक्षों के शुभचिंतक बनकर उनके साहसपूर्ण कार्य के लिए उन्हें शाबाशी देकर और भी साहसी बनने के लिए प्रेरित करते हैं।

कुछ विशेष जन विशेष होने के बावजूद अपने तुच्छ संस्कारों के कारण मौका मिलते ही अपनी असली औकात पर उतर आते हैं। ऐसे में वे पीड़ितों के कीमती सामान (चाहे वह घड़ी, सोने की चेन आदि घायल या मृत व्यक्ति की ही क्यों न हो) पर भी हाथ साफ करने से नहीं चूकते। उजड़े, जले, क्षतिग्रस्त मकानों-दूकानों को लूटने-हथियाने में इन्हें विशेष दक्षता प्राप्त होती है। ऐसी नीच मनोवृत्ति वाले विशेष जन के कारण ही इनकी पूरी जाति वैसे ही बदनाम हो जाती है, जैसे एक मछली पूरे तालाब को गंदा कर देती है। मीडिया वालों की विशेष जन पर विशेष मेहरबानी होती है। वे हाथ धोकर इनके पीछे पड़े रहते हैं और इनके परोपकार के कारनामों को नमक-मिर्च लगाकर सचित्र प्रकाशित या प्रसारित कर देते हैं।

विशेष जन की विशेषता इसी में होती है कि जब सामान्य जन रोते हैं तब ये हँसते हैं, जब वे प्राणों की भीख माँगते हैं ये नोटों की, वे फाके करते हैं ये गुलछर्रे उड़ाते हैं, वे बर्बाद होते, ये आबाद होते हैं। क्या आप अपने आसपास ऐसे किसी विशेष जन को पहचान पा रहे हैं? भगवान् उससे आपकी रक्षा करे।

❑

महागुरु का उदय

गुरु की महिमा अपरंपार है और जब वह गुरु नए जमाने का हो तो, फिर क्या कहना? कई वर्ष पहले की बात है—मेरे एक मित्र ज्योतिष तथा कर्मकांड के द्वारा जन सेवा के नाम पर स्वयं सेवा कर रहे थे। वैसे जनसेवा पर राजनीतिज्ञों के सर्वाधिकार उसी प्रकार सुरक्षित हैं, जैसे पुस्तक पर लेखक या प्रकाशक के, फिर भी जैसे लेखक या प्रकाशक दूसरे के लेख या पुस्तक के बड़े हिस्से को पूरी सफाई तथा सावधानी से उड़ाकर अपने नाम कर लेते हैं, उसी प्रकार मेरे मित्र पं. देवज्ञ तिवारी ने जन सेवा पर राजनेताओं तथा स्वयं सेवकों के एकाधिकार को चुनौती देकर उनकी आँखों में धूल झोंकते हुए, उस पर हाथ साफ कर डाला था। एक दिन अचानक जब मैं अपने मित्र से मिलने गया, तो यह देखकर दंग रह गया कि उनके घर अचानक एक 'महान् आत्मा' का प्रादुर्भाव हो चुका है। उसके बड़े-बड़े रंगीन चित्र उनके ऑफिस कक्ष में स्थापित थे। पूछने पर पता चला कि उनके सुपुत्र हैं। मैंने हैरान होकर आँखें मल-मलकर देखा। मुझे अच्छी तरह याद था कि इस बच्चे को मैंने उनके घर में देखा तो जरूर था, लेकिन इस भव्य रूप में कभी नहीं। पं. देवज्ञ तिवारी ने बताया कि उनका यह होनहार सपूत जब 12-13 वर्ष का था, तभी से इसमें ध्यानस्थ होने (सामान्य शब्दों में कहें तो गायब होने या घर से भाग निकलने) की प्रवृत्ति विकसित हुई। इसकी बातें आश्चर्यजनक रूप से सत्य होने लगीं। और एक रात तो कमाल ही हो गया। स्वप्नावस्था में मेरे मित्र को उनके पुत्र ने बताया कि वह पिछले जन्म में उनका दादा था तथा उन्हें ज्ञान दिया। फिर उनके अनुरोध पर ही इस जन्म में संसार के कष्ट, पीड़ा तथा चिंताएँ मिटाने के उद्देश्य से उनके घर जन्म लेकर अवतरित हुए हैं। उनके पुत्र ने आदेश दिया कि इस बात का व्यापक प्रचार देश-विदेश में करो, ताकि अधिकाधिक जनता लाभान्वित हो। तभी उनका स्वप्न भंग हो गया और अगले ही दिन पितामह पुत्र के आदेशानुसार

हमारे मित्र रात में भंग हुए स्वप्न को साकार करने में दिन-रात जुट गए। उन्होंने उस अवतारी किशोर के अवतार ग्रहण के उद्देश्य का समाचार सब ओर फैला दिया। इसके लिए टेलीफोन, मोबाइल, एस.एम.एस., पत्र, पोस्टर, पर्चे आदि का सहारा लिया, जब इतने से संतोष न हुआ तो एक संस्था का गठन कर दिया। हमारे देश में संस्था बनाना अत्यंत सरल है। एक आकर्षक तथा प्रभावशाली नाम सोचिए। उच्च आदर्शयुक्त उद्देश्य लिखिए, कुछ मित्र-परिचितों को विभिन्न पदनाम देकर उपकृत कीजिए, लो हो गई संस्था तैयार। इसके बाद 'जितना गुड़ उतना मीठा' की तर्ज पर 'जितना प्रचार उतना लाभ' पाइए। संस्था बनाने के बाद समझदार लोग जो अगला महत्त्वपूर्ण कार्य करते हैं—वह है पत्रिका निकालना। मेरे मित्र चूँकि बहुत समझदार थे, अतः उन्होंने भव्य, रंगीन-आकर्षक पत्रिका निकाली। उसमें नव गुरु प्राकट्य की कथा, उनकी महिमा का गुणगान, उनके अवतार ग्रहण का उदात्त उद्देश्य, उनकी शरण में आने की विधि, उससे होने वाले अनुपम लाभों का विस्तार से विवेचन किया था। 'सैयां भए कोतवाल' की तर्ज पर समधी भए संपादक तो अभाव काहे का। अपनी घर की पत्रिका, अपना संपादन मंडल और भक्त जनों की वार्षिक चंदे की पर्ची काट-काटकर मित्र ने पत्रिका की खूबसूरती में 16 चाँद लगा दिए। 4 चाँद से जितना सौंदर्य होता, उससे भी चार गुना अधिक। पत्रिका में भक्तों को प्रवचन-आशीर्वाद देते, प्रसाद देते, भंडारा करते नए अवतारी किशोर महागुरु के रंगीन आकर्षक चित्र छपने लगे। महागुरु के चमत्कारों, सिद्धियों का उपकृत भक्तों द्वारा अत्यंत श्रद्धापूर्वक गुणगान पत्रिका में छपने लगा। श्रद्धालु भक्त कल्पना के पंख लगाकर उड़ने लगता है। अतिशयोक्ति अलंकार उसे आप्लावित कर लेता है। ऐसे श्रद्धालु भक्त बिना तिल के ताड़ बना सकते हैं, हथेली पर सरसों, मक्का, धान कुछ भी उगा सकते हैं, दिन को रात या रात को दिन बना सकते हैं। श्रद्धालु भक्तों से प्रचार होता है और प्रचार से श्रद्धालु भक्त पैदा होते हैं। श्रद्धालु भक्तों और प्रचार का ऐसा ही अन्योन्याश्रित संबंध है। खैर जैसे-जैसे प्रचार बढ़ता गया, भक्त बढ़ते गए। भक्तों से भंडार बढ़ता गया। प्रवचनों की भव्यता बढ़ती गई। रही-सही कसर छुटभय्यै अखबारों और केबल टी.वी. के भक्ति चैनलों तथा आक्रमक चैनलों ने पूरी कर दी। किशोर महागुरु का महात्म्य बढ़ता गया। उनकी जय-जयकार गली, मुहल्ले, शहर, प्रदेश से आगे बढ़कर देश-विदेश में गूँजने लगी। शोहरत बढ़ने के साथ-साथ वी.आई.पी. भक्त और वी.आई.पी.भक्तों के कारण शोहरत बढ़ने लगी। महागुरु वी.आई.पी. भक्तों और वी.आई.पी.भक्त महागुरुओं के आशीर्वाद के आकांक्षी होते ही हैं। दोनों को एक-दूसरे से लाभ हैं,

दोनों एक दूसरे की स्वार्थपूर्ति में सहायक हैं।

संस्था तथा पत्रिका के बाद इच्छा उत्पन्न होती है—आश्रम स्थापित करने की। इच्छा की विशेषता ही है—एक से अनेक हो जाना। अत: एक आश्रम से अनेक आश्रम होने की इच्छा स्वाभाविक ही है। किशोर महागुरु इस बीच युवा हो गए। युवावस्था वैसे ही विशेष होती है। उस पर यदि युवावस्था तक आते-आते ही व्यक्ति गुरु, महागुरु, विश्वगुरु होकर महात्म्य, देवत्व आदि को प्राप्त कर ले, तो कहना ही क्या? हमारे मित्र एक अवतारी किशोर को अवतारी युवा में विकसित होते देखकर उसी प्रकार प्रसन्न थे, जैसे एक लघु उद्यमी अपने कुटीर उद्योग को बहुराष्ट्रीय कंपनी बनते देखकर। मेरे मित्र अब निश्चिंत थे। उनके पुत्र के पहले आश्रम के दौरान ही चार आश्रम बन गए थे, चार आश्रमों के दौरान तो चालीस आश्रम बन जाने की पूरी संभावना थी। सुख-सुविधा के जिन साधनों को जुटाने के लिए मेरे मित्र को एड़ी-चोटी का ज़ोर लगाना पड़ता था, अब वे उसी प्रकार सहज-सुलभ थे, जैसे वर्षा काल में खर-पतवार। मेरे मित्र की अगली कई पीढ़ियों का उद्धार उनके पितामह उर्फ अवतारी किशोर ने कर दिया था। श्रद्धालु भक्त भाव-विभोर थे। वे अपना धन-धान्य अर्पित करके स्वयं को धन्य समझते थे। अवतारी युवा नि:स्वार्थ कर्म, त्याग, अपरिग्रह, मायामोह से दूर रहने की परम मनोहर सीख देते रहते थे, क्योंकि उनके अनुसार ये सब कष्ट का आधार थे और भगवान् अपने भक्तों के कष्ट स्वयं ओढ़ लेते हैं। इसी नियमानुसार भक्तों द्वारा त्यागी माया, धन, संपत्ति, भौतिक वस्तुएँ वे बड़े कष्ट के साथ ग्रहण करते रहते थे, ताकि भक्तों के कष्ट कम हो सकें। भक्त अपने कष्ट कम होने की अनुभूति से प्रसन्न थे और अवतारी महागुरु अपने तथा अपने सभी सगे-संबंधियों के कष्ट कम होने से प्रसन्न थे। चारों ओर प्रसन्नता का वातावरण था। मेरे मित्र सर्वाधिक प्रसन्न थे।

❑

पछुआ हवा

ताऊ भीमसिंह कल मुझे बाजार में मिल गए। महानगर के अन्य इलाकों की भाँति हमारा इलाका और बाजार भी भूमंडलीकरण की कृपा से विकास की सीढ़ियाँ तेजी से चढ़ रहा है। हमारे बाजार में भी मॉल, प्लाजा, पब, बार, मल्टीप्लैक्स आदि खुल गए हैं। उसी समय दो आधुनिकाएँ ताऊ की बगल से गुजरीं। उनका पहनावा तथा रंग-ढंग देखकर ताऊ के चेहरे पर चिंता की रेखाएँ गहरी हो गईं। वे बोले, ''प्रोफेसर साहब, देखिए इन छोरियों को। इन्हें देखकर क्या कोई कह सकता है कि ये उसी भारत की हैं, जिसमें सीता, सावित्री, दमयंती, लक्ष्मीबाई जैसी नारियाँ पैदा हुई थीं। कैसे कपड़े पहने हैं इन्होंने! ऐसा लगता है कि ये कपड़ों से शरीर छुपाना नहीं, दिखाना चाहती हैं। लंबे बाल जो नारी की सुंदरता की निशानी थे, सिर पर दुपट्टा या पल्ला, जो इनकी मर्यादा की पहचान था, नीची नजरें जिनमें बड़ों के प्रति आदर भाव होता था, वे सब तो गायब ही हो गए हैं।

मैं बोला, ''ताऊजी, जमाना बदल गया है और परिवर्तन तो प्रकृति का नियम है। कुछ पाने के लिए कुछ खोना पड़ता है, आगे बढ़ने के लिए कुछ पीछे छोड़ना पड़ता है। ये पढ़ी-लिखी युवतियाँ आज आत्मनिर्भर हैं, अपने निर्णय लेने के लिए स्वतंत्र हैं। अब ये अबला नहीं, सबला हैं।'' ताऊ बोले, ''हाँ-हाँ खूब परिवर्तन हो रहा है। अपने संस्कारों और मर्यादाओं को छोड़कर, शर्म-हया त्यागकर ही तो आगे बढ़ा जा सकता है न? क्या इन्हें पता है कि ये पीतल पाने के लिए सोना खो रही हैं। और कैसी आत्मनिर्भर हैं ये! न शादी करने के लिए माँ-बाप से पूछना, न शादी तोड़ने से पहले पति और बच्चों के बारे में सोचना। वाह! कैसी स्वतंत्रता है निर्णय लेने की। पैसे के लिए कुछ भी करने की स्वतंत्रता, देह को वस्तु की तरह स्वयं ही स्वेच्छा से बेचने की स्वतंत्रता। अरे प्रोफेसर साहब, ये लड़कियाँ न तो अबला हैं न सबला, ये तो बला हैं बला।'' मुझे ताऊ के ये दकियानूसी विचार

अच्छे नहीं लगे। इसके पीछे उनकी पुरुषवादी पुरातन सोच ही व्यक्त हो रही थी।

मुझसे रहा न गया, ''लेकिन ताऊजी आप इन लड़कियों को ही क्यों कोस रहे हैं? क्या आज के लड़के बड़े साधु-संत हैं? क्या वे चोरी, डकैती, हिंसा, बलात्कार, धोखाधड़ी में नहीं लिप्त हो रहे हैं?'' ताऊ समझ गए कि उनकी एकतरफा सोच ने मुझे उद्वेलित कर दिया है। अतः मुझे समझाते हुए वे बोले, ''नहीं-नहीं, प्रोफेसर साहब! मेरा यह मतलब नहीं था कि लड़के दूध के धुले हैं। सच तो यह है कि लड़के तो सदा से ही उच्छृंखल, उद्दंड और लापरवाह रहे हैं। उन्हें सही राह पर लानेवाली स्त्री ही है। वह कभी माँ के रूप में, तो कभी बहन या पत्नी के रूप में पुरुष को दिशा दिखाती है। इसीलिए तो किसी विद्वान् ने कहा है कि 'यदि पुरुष स्त्री के गुणों को अपना ले, तो वह देवता बन जाता है और 'यदि स्त्री पुरुष के 'गुणों' को अपना ले तो पतिता और कुलटा।' अभी तक तो हम केवल लड़के की ओर से ही चिंतित होते थे, मगर साथ ही हमें यह आशा भी होती थी कि उसकी सुधारक के रूप में स्त्री मौजूद है। लेकिन जब लड़का और लड़की दोनों ही दिग्भ्रमित हो रहे हैं तो समाज का क्या होगा? यदि दोनों ही पतन की राह पर चल पड़ेंगे, तो कौन किसे रोकेगा और कैसे? पछुआ हवा न पहले सुख-समृद्धि लाती थी, न अब लाएगी। पश्चिम की इस भौतिक उपभोगवादी आँधी से हमारी युवा पीढ़ी के पाँव कहीं भारतीय संस्कृति रूपी जमीन से ही न उखड़ जाएँ। इसके लिए हम सबको सोचना पड़ेगा, कुछ करना पड़ेगा। नहीं तो, हम कहीं के नहीं रहेंगे प्रोफेसर साहब।'' ताऊ के ये शब्द अभी तक मेरे कानों में गूँज रहे हैं।

❑

मेरा सिर झुका है

सिर झुकाना विनम्रता का प्रतीक है। कभी-कभी यह लज्जा, दीनता और हीनता को भी व्यक्त करता है। लेकिन इस बार तो कमाल हो गया, 21 साल पहले हुए दंगों की रिपोर्ट से भारत के प्रधानमंत्री का सिर शर्म से झुक गया। यह पता नहीं चल पाया कि रिपोर्ट देर से आने के कारण सिर शर्म से झुका था या उनकी पार्टी के कुछ सांसदों के साफ दोषमुक्त हो जाने पर। खैर कारण जो भी रहा हो, सिर शर्म से झुका ही रहा। इस झुके सिर ने कइयों के सिरों पर कयामत बरसा दी। प्रधानमंत्री सांसदों का मुखिया होता है, अत: मुखिया के पदचिह्नों पर चलनेवालों के सिर गर्व से तने कैसे रह सकते थे? कुछ कट्टरपंथी (कांग्रेसी) इस पर बहुत भुनभुनाए, तिलमिलाए। भला यह भी कोई बात हुई सिर झुकाने की। दुनिया में कहीं भी देख लो हिटलर-मुसोलिनी से लेकर सद्दाम-लादेन तक, कैनेडी-क्लिंटन से लेकर बुश-ब्लेयर तक, क्या कभी किसी का सिर शर्म से झुका है? 1947 के बाद से इस देश में कितनी बार दंगे हुए, कत्ले आम हुए, मंदिर-मसजिद तोड़े गए, किंतु कभी किसी प्रधानमंत्री तो क्या मंत्री, सांसद या विधायक, पार्षद तक का सिर शर्म से नहीं झुका। अरे भई मामलों को दबाने, टालने के लिए आयोग-जाँच समितियाँ बनाई जाती रही हैं। वे कुछ लीपापोती कर देती हैं तथा हर जाँच समिति कुछ बड़े लोगों को 'अपराध मुक्त' घोषित कर देती है। यही तो है—लोकतंत्र का मंत्र। हजारों लोग मारे गए, घर उजड़ गए, संपत्ति नष्ट हो गई, लेकिन दोषी कोई नहीं। लगता है सब गुनाह, दोष ऊपरवाले के ही हैं, क्योंकि भगवान् श्री कृष्ण ने गीता में कहा था, 'सब में मैं, मुझ में सब समाहित हैं।' अब यदि भगवान् स्वयं ही आकर कुछ पतितों का दंगों आदि के दौरान 'उद्धार' कर जाएँ, तो भला कोई मनुष्य दोषी कैसे? दिल्ली, मुंबई, गुजरात, अयोध्या, कश्मीर आदि में क्या कुछ नहीं हुआ? किंतु दोषी कोई मानव नहीं, अपितु कोई अमानवीय शक्ति है।

प्रधानमंत्री का सिर शर्म से झुका, तो जैसे भूचाल-सा आ गया। एक मजबूत मंत्री को त्याग करना पड़ा, एक बाहुबली सांसद को महत्त्वपूर्ण पद छोड़ना पड़ा। इतना ही नहीं, अगले दिन संसद् में सांसदों ने राजधानी में महिलाओं के यौन उत्पीड़न की बढ़ती घटनाओं पर सिर शर्म से झुका लिया। अब तो मुझे चिंता होने लगी है कि कहीं सिर झुकाने की यह बीमारी संक्रामक रोग का रूप न धारण कर ले, नहीं तो हॉकी और कुश्ती में लगातार हार से कप्तानों और कोचों का, गड्ढेदार सड़कों से इंजीनियरों और ठेकेदारों का, बिना इलाज के मरते मरीजों से डॉक्टरों का, पढ़े-लिखे नौजवानों द्वारा बढ़ते अपराधों से उनके अभिभावकों का, बेरोक-टोक खुले घूमते अपराधियों से पुलिस आयुक्त का, न्यायालयों में मुकदमों में हो रही बेतहाशा वृद्धि से न्यायाधीशों का, बेकाबू होती महँगाई से आर्थिक नीति-निर्माताओं का, बेलगाम बढ़ते भ्रष्टाचार से विजीलेंस विभाग का, उद्दंड होते बच्चों से शिक्षकों का, फैशन के नाम पर अर्धनग्न घूमती युवतियों से माँओं का, रिश्वत लेकर प्रश्न पूछनेवाले सांसदों से संसद् का, भीषण शीत में रैन बेसेरे की तलाश में भटकते लोगों से उच्च अधिकारियों का सिर शर्म से झुक जाना चाहिए, किंतु भगवान् का शुक्र है कि इन सबका सिर नहीं झुका। शायद इन सबको गाने की ये पंक्तियाँ बहुत पसंद आती हैं—''न सिर झुका के जीओ और न मुँह छिपा के जीओ।'' इसलिए इस देश में हो रहे तमाम किस्म के अन्याय, अत्याचार, शोषण, उत्पीड़न और गलत कामों के बावजूद इनके लिए उत्तरदायी लोग न तो सिर झुकाते हैं न मुँह छिपाते हैं, बल्कि सीना तानकर मीडिया को मुँह चिढ़ाते हैं और विपक्षियों को ललकारते हैं—''और लगाओ हम पर आरोप। बिठा लो जाँच कमीशन। हमारा कोई कुछ नहीं बिगाड़ सकता।'' उनकी यह बेशर्मी देखकर जनता का सिर भले ही शर्म से झुक जाए, लेकिन ऐसे महानुभाव कभी सिर नहीं झुकाते।

प्रधानमंत्री का झुका सिर देखकर सिर झुकानेवाले मंत्रियों और सांसदों के लिए देर तक सिर झुकाए रखना मुश्किल हो रहा था। वे जब से राजनीति में आए थे, पाँच साल में केवल एक बार कुछ दिन के लिए सिर झुकाते थे, शेष समय तो औरों के ही सिर उनके सामने झुके रहते थे। सिर झुकाने से जब गरदन में दर्द होने लगा तो एक मंत्री ने चुपके से सिर उठाकर दाएँ-बाएँ देखा। पाया कि शेष मंत्री भी उसी की तरह दर्द से छटपटा रहे थे और दाएँ-बाएँ देख रहे थे। देखा-देखी सबके सिर उठने लगे। भेड़चाल भारत में हर जगह है, संतरी से मंत्री तक कोई भी इससे अछूता नहीं है। किंतु प्रधानमंत्री का झुका सिर ऊपर उठने का नाम ही नहीं ले रहा था। वे जैसे ही सिर उठाने की कोशिश करते, किसी-न-किसी दंगा पीड़ित का

चेहरा उनके सामने आ जाता और सिर उठने से पहले ही फिर झुक जाता। इसी बीच मीडिया ने पुलिस और अफसरशाही के चेहरे पर लगा मानवता का मुखौटा उतारने के बाद नेताओं का मुखौटा भी उतार फेंका। इसमें मीडिया को ज़रा भी मुश्किल नहीं हुई, क्योंकि यह मुखौटा पहले ही इतना पुराना तथा जर्जर हो चुका था कि छूते ही उतरकर गिर गया और फिर ऑपरेशन 'दुर्योधन' या 'चक्रव्यूह' तो नाम ही ऐसे जबरदस्त हैं कि भोले-भाले सांसद खा गए गच्चा, क्षेत्र की विकास निधि में हिस्सा या लोकसभा में प्रश्न पूछने का पारिश्रमिक, भोलेपन में मारे गए बच्चा। प्रधानमंत्री के साथ-साथ पूरी संसद् का सिर फिर शर्म से झुक गया, मगर पकड़े गए सांसदों का सिर फिर भी नहीं झुका। वे अपने को निर्दोष और मीडिया को दोषी ठहराते रहे। कभी न्यायालय का द्वार खटखटाते, लेकिन सिर नहीं झुकाते। उधर प्रधानमंत्री, कहें या न कहें, उनका सिर झुका ही रहा और देश के जो हालात हैं उससे लगता है कि शायद झुका ही रहेगा, सदा के लिए।

❑

खादी के मज़े

''क्यों नेताजी, क्या आज कोई जनसभा है? अरे अरे, याद आया स्वतंत्रता दिवस समारोह है, तभी तो झकाझक खादी का कुरता-पायजामा और गांधी टोपी पहने हैं। वाह! क्या बात है। आपका भी जवाब नहीं।'' नेताजी पल भर के लिए सकुचाए, मगर तुरंत उनकी नेतृत्व क्षमता जाग उठी और वे हाथ जोड़कर हीं...हीं...करते हुए बोले—''अरे सरमाजी, आप भी अच्छा व्यंग्य कर लेते हैं। हम तो हैं ही खादी और गांधी के पुजारी। गांधी बाबा ने ही तो हमें सुराज का राज समझाया था और खादी को हथियार बनाकर अंग्रेजों को भारत से मार भगाया था। ये खादी तो हमारे देस की सान है और यह गांधी टोपी सिर्फ टोपी नहीं है, हमारे सिर का ताज है।'' मैं समझ गया कि नेताजी आज मूड में हैं और समारोह में भाषण देने की पूरी तैयारी करके जा रहे हैं। मैंने जान-बूझकर बात आगे बढ़ाई, ''मगर नेताजी आज हमारे देश की यह शान और सिर का ताज बहुत दुर्लभ हो गए हैं, जिस कांग्रेस ने इनका आविष्कार किया था, उसी के अधिकतर सदस्य इनसे मुँह मोड़ चुके हैं। न उन्हें स्वदेशी की परवाह है, न गांधी दर्शन की। जन-जन की खादी आज उसकी पहुँच से बाहर हो चुकी है। खादी के दाम नई ऊँचाइयाँ छू रहे हैं। खादी में भी रेशमी खादी, सुपर फाइन खादी, डिजाइनर खादी का फैशन है। खादी पहनना आज गर्व या स्वाभिमान का प्रश्न नहीं रह गया है, अपितु प्रदर्शन या फैशन का पर्याय बन गया है। धोती-कुरता का स्थान पैंट, कमीज और टाई ने ले लिया है और इनके साथ गांधी टोपी मैच नहीं करती। इसलिए आज यह केवल नाटकों या फिल्मों में ही दिखाई देती है या कभी-कभार किसी जनसभा को संबोधित करने के लिए आप जैसे कुछ 'महान्' नेता इसे धारण कर लेते हैं।

मेरे द्वारा अपने लिए प्रयुक्त 'महान्' शब्द को अभिधा में ग्रहण करके नेताजी फूलकर कुप्पा हो गए। वैसे भी वे खा-खाकर कुप्पा तो पहले ही हो चुके थे।

छूटते ही बोले, ''हाँ, आज आपने बिलकुल सही बात कही है सरमा जी। ये ससुरी नई पीढ़ी के नेता क्या जानें गांधीजी को या खादी को। इन्हें तो खादी में भी फैशन चाहिए। आज तो कांग्रेस भी मॉडर्न हो गई है। जब अध्यक्ष ही विदेशी है, तो विदेशी प्रभाव और बदलाव तो आएगा ही न। अच्छा, अब हम चलते हैं। हम समारोह में मुख्य अतिथि हैं न।'' यह कहकर नेताजी चलने लगे तो मैंने टोका, ''मगर जो मुख्य अतिथि जितना देर से आता है, वह उतना ही महान् माना जाता है।'' ''वह तो हम जानते हैं, इसीलिए तो पहले ही दो घंटे देर से निकले हैं और आपसे भी बतिया लिए। अब कहीं समारोह शुरू ही न कर दें ससुरे नए लौंडे। फिर मिलेंगे, जय हिंद।'' यह कहकर नेताजी लपक लिए समारोह स्थल की ओर।

नेताजी का खादी-धारी रूप मुझ पर इतना हावी था कि उनके जाने के बाद मैं सोचने लगा। मुझे लगा, खादी हथियार थी, हथियार है और हथियार रहेगी। आजादी से पहले यह अंग्रेजों को भारत से भगाने का हथियार थी, जन जागृति लाने, लोगों में देश-प्रेम, स्वाभिमान और आत्मनिर्भरता भरने का माध्यम थी। आजादी के बाद धीरे-धीरे खादी हथियार बन गई—असलियत छुपाने का, अपने काले-कारनामों पर पर्दा डालने का, स्वयं को गांधीवादी कांग्रेसी सिद्ध करने का। धीरे-धीरे बदलते समय के साथ सबकुछ बदला। देश बदला, देशभक्ति बदली। नेता बदले, नेताओं की मानसिकता बदली। आजादी का चेहरा बदला, खादी का सेहरा बदला। आजादी के बाद 'महान्' नेताओं ने खादी को नए अर्थ दिए, नया रूप-रंग दिया, नए उपयोग दिए, नई सार्थकता दी। अवसर के अनुरूप वे अलग खादी का इस्तेमाल करने लगे—चुनाव में वोट माँगते समय सूती खादी, संसद् में भाषण देते समय रेशमी खादी, विदेशी प्रतिनिधियों के सामने सुपरफाइन खादी और विदेश यात्रा के दौरान डिजाइनर खादी। जिस प्रकार संगति के प्रभाव से स्वाति नक्षत्र में वर्षा की एक बूँद केले पर कपूर, सीपी में मोती और साँप के मुँह में जाने से विष बन जाती है, उसी प्रकार खादी जनसाधारण द्वारा उपयोग किए जाने पर आत्मनिर्भरता-स्वाभिमान का प्रतीक बन जाती थी और गांधीजी, पटेल आदि श्रेष्ठ नेताओं के संग में आजादी का शंखनाद बन जाती थी, वहीं खादी हमारे आज के बगुला भगत नेताओं की संगत में आकर कथनी-करनी के अंतर, प्रदर्शन, अवसरवादिता का प्रतीक बनकर रह गई है। कभी देशभक्ति-राष्ट्रप्रेम की भावना उत्पन्न करने में खाद का काम करती थी खादी, परंतु आज वह भावना ही लुप्त हो गई है, तो बेचारी खादी की भूमिका भी बदल गई है। कभी खादी के तद्भव रूप खद्दर से खुद्दारी का बोध होता था, आज न तो खुद्दारी का सम्मान है न खद्दर

का। खादी जिस सरलता, सहजता और सादगी का प्रतीक थी, आज जीवन में उसके स्थान पर कृत्रिमता, दिखावा और तड़क-भड़क हावी हो गई है। समझदार लोगों ने खादी का 'सदुपयोग' करने में हिचकिचाहट नहीं दिखाई। पहले तो खादी को महँगा करके उसे आम आदमी की पहुँच से, उसके दिलो-दिमाग से दूर कर दिया, अब चले हैं खादी को लोकप्रिय बनाने। इसके लिए खादी के फैशन शो होने लगे हैं। खादी बोर्ड बनाए गए। इन बोर्डों में कई अपनों को ऊँचे पदों पर सैट करने की संभावनाएँ बनाई गईं। मुख्य स्थलों पर खादी भंडार खोले गए। इनमें भी अपने चहेतों को लाभ पहुँचाने के तरीके खोज निकाले गए। दरअसल हम भारतवासी हर स्थिति में लाभ की गुंजाइश ढूँढ़ निकालते हैं, मौलिक प्रतिभा जो है हममें। खादी भी आज दुधारू गाय बनाई जा रही है। खादी बेचने के मज़े है, पहनने के मज़े हैं। मज़े ही मज़े हैं—खादी के।

❑

हैप्पी बर्थ डे—गांधीजी

मेरी चार वर्षीय भतीजी आस्था इठलाती हुई मेरे पास आकर बोली—''चाचाजी, क्या आपको पता है कि कल गांधीजी का 'हैप्पी बर्थ डे' है?'' मैं यह सुनकर चौंका। विचार किया तो मुसकरा दिया। मैंने पूछा—''तुम्हें किसने बताया?'' वह बोली—''हमारी मैम ने कहा था कि कल के दिन ही राष्ट्रपिता गांधीजी पैदा हुए थे। जिस दिन पैदा होते हैं, उस दिन 'हैप्पी बर्थ डे टू यू' कहते हैं न? मोमबतियाँ जलाते हैं और फिर फूँक मारकर बुझा देते हैं, केक काटकर सबको खिलाते हैं। कल केक कौन काटेगा चाचाजी?'' उसके इन भोले-भाले वाक्यों पर मैं बहुत देर तक विचार करता रहा।

वाह! क्या जमाना आ गया। आजकल जन्मदिन मनाना तो 'आउट ऑफ डेट' हो गया है; नया फैशन तो 'हैप्पी बर्थ डे सेलिब्रेट' करने का है। अब हैप्पी बर्थ डे तो अपने किसी खास प्रिय का ही मनाया जाता है। गांधीजी या शास्त्रीजी तो पुराने लोग थे और हम अपनी सभी पुरानी वस्तुओं, व्यक्तियों, परंपराओं से ऊब चुके हैं, अतः उन्हें त्यागते जा रहे हैं। इसीलिए अब भारत का आम आदमी 2 अक्तूबर को न तो गांधीजी या शास्त्रीजी का जन्मदिन मनाता है न हैप्पी बर्थ डे, मनाता है तो केवल राष्ट्रीय अवकाश।

हाँ, हमारे देश के सभी प्रमुख नेता कल गांधीजी की समाधि पर अवश्य जाएँगे। वहाँ फूल मालाएँ चढ़ाएँगे, भजन सुनेंगे और वापस लौट आएँगे। वे इस दिन को जरूर याद रखते हैं, क्योंकि इस दिन को याद रखना उनके लिए जरूरी है। नहीं-नहीं, यह तो उनकी मजबूरी है। बेचारे हमारे नेता, उन्हें मजबूरी में क्या-क्या नहीं करना पड़ता। कभी एक-दूसरे पर आरोप लगाने पड़ते हैं, कभी मानहानि का नोटिस भेजना पड़ता है, कभी जे.जे. कॉलोनी की झुग्गियों में रात बितानी पड़ती है, कभी विपक्ष के नेता को महान् बताना पड़ता है, कभी उसकी मृत्यु पर शोक जताना

पड़ता है। कुरसी जो न कराए सो थोड़ा।

2 अक्तूबर यानी दो महान् लोगों का जन्मदिन। हमने भले ही उन्हें, भुला दिया हो, मगर सिद्धांत और संदेश पूरी तरह से अपना लिए। दोनों ने अपना सारा जीवन जो संदेश देने में लगा दिया, वह था—अहिंसा, सत्य, सादगी, ईमानदारी, स्वदेशी, देशप्रेम, भाईचारा, कर्तव्यनिष्ठ, त्याग-बलिदान को अपनाना। हमने इस संदेश को अक्षरश: ग्रहण करते हुए सत्य, देशप्रेम, स्वदेशी, भाईचारे आदि का अत्यंत सादगी और ईमानदारी से त्याग कर दिया है और कर्तव्यनिष्ठा को बलिदान कर दिया है। लिहाजा आज गांधीजी सरकारी दफ्तरों की दीवारों पर शोभा बढ़ाते नजर आ जाते हैं, वैसे वहाँ से भी धीरे-धीरे लुप्त होते जा रहे हैं। शास्त्रीजी को हमने या हमारे महान् नेताओं ने कभी कोई महत्त्व दिया ही नहीं। वैसे भी भौतिक चकाचौंध के इस युग में निष्कपटता और ईमानदारी बहुत सरलता से चुपचाप विदा होती जा रही है।

गांधीजी ने सारा जीवन अहिंसा के प्रचार-प्रसार में लगा दिया। हमारे प्रतिभाशाली देशवासियों ने अपनी नवोन्मेषशालिनी प्रतिभा और अंग्रेजी ज्ञान का परिचय देते हुए इसमें थोड़ा परिवर्तन कर दिया। असम को आसाम कहनेवालों ने अहिंसा को 'आहिंसा' बना दिया। इसीलिए हिंसा लगातार आ रही है। हमारी सरकार और नेताओं ने अहिंसा का बिलकुल सही अर्थ समझा, इसीलिए पड़ोसी देश चाहे हमारे देश में कितनी भी हिंसा करे, मंदिर, मसजिद, विधानसभा या संसद् पर हमला करे, हम कुछ नहीं करते। केवल कहते रहते हैं—"अब हम बरदाश्त नहीं करेंगे।' 'हमारी सहनशक्ति जवाब दे रही है।' 'हम कड़े कदम उठाएँगे।' 'शत्रु हमारे धैर्य की परीक्षा न ले।' आदि आदि। 'वहीं दूसरी ओर हम गांधीजी के अहिंसा के सिद्धांत पर चलते हुए एक गाल पर थप्पड़ खाने के बाद दूसरा गाल आगे बढ़ा देते हैं—कश्मीर में विस्फोट किया है, अब मुंबई, दिल्ली, गुजरात···में भी करके दिखाओ।" अहिंसा के पुजारी बापू को उनके देशवासी महान् नेताओं की इससे बढ़िया श्रद्धांजलि और क्या हो सकती है?

गांधीजी का स्वदेशी शब्द तो हमें इतना पसंद आया कि हमने स्वदेशी को सर्वदेशी बना दिया। इसीलिए पहले जहाँ एक देश की कंपनी, वस्तुएँ तथा व्यापारी आए, वहीं अब हमने सभी देशों की कंपनियों, वस्तुओं और व्यापारियों को आने का न्योता दे दिया है। वैसे भी, भारत के संविधान में रंग, जाति, धर्म आदि के नाम पर भेदभाव करने से मना किया है। हमने बिना किसी भेदभाव के सबको कहा कि यहाँ आओ और हमें लूटो।

गांधीजी घुटनों तक की धोती पहनते थे तथा ऊपर का शरीर वस्त्रहीन रखते थे। उनकी यह वेशभूषा हमारे ड्रेस डिजाइनरों को बहुत पसंद आई। इसीलिए वे फैशन शो में इसे अपनाने की कोशिशों में लगातार जुटे रहे। धीरे-धीरे नई पीढ़ी की कुछ बालाएँ या बलाएँ आधुनिक होती गईं और घुटनों तक की धोती से भी आगे बढ़कर उन्होंने जाँघों या नितंबों तक की मिनी या माइक्रो स्कर्ट और नाममात्र के ऊपरी वस्त्र फैशन शो, फिल्मों और धारावाहिकों में पहनने शुरू कर दिए। शरीर के ऊपरी हिस्से को वस्त्रहीन रखने का फैशन तो हमारे फिल्मी नायकों ने शुरू कर ही दिया है। हमारी फिल्मी नायिकाएँ इसे पूरी तरह अपनाने के लिए छटपटा रही हैं, देखना है कि बिपाशा, मल्लिका, मेघना, समीरा आदि में कौन इसमें बाजी मार ले जाती है।

गांधीजी चरखे तथा खादी के पक्षघर थे। चरखा चलने का प्रतीक है, इसलिए हमने चरखे को पहले तो झंडे में रखा, फिर धीरे-धीरे इसे चलता कर दिया। खादी को हमारे गांधीवादी नेता आज भी अपनाए हुए हैं। कोई भी चुनावी सभा हो या चुनावी धरना, प्रदर्शन हमारे नेता लाजवाब रेशमी या डिजाइनर खादी के वस्त्रों में सजे-धजे गांधीजी के आदर्शों पर फूल चढ़ाते देखे जा सकते हैं।

बापू के तीन बंदर संदेश देते थे—बुरा मत देखो, बुरा मत सुनो, बुरा मत कहो। शायद इसीलिए हम भारतवासी कहीं भी कोई दंगा, बलात्कार, दुर्घटना, शोषण, अन्याय, अत्याचार जैसा बुरा काम होते देखते हैं, तो तुरंत आँखें बंद कर लेते हैं। बुरा तो हम सुनना ही नहीं चाहते, क्योंकि बुरा करने से फुरसत नहीं मिलती। अब गांधीजी के किसी भी बंदर ने बुरा करने से तो मना किया नहीं। 'बुरा मत कहो' की सीख को मानकर आज का भारतवासी कुछ कहता ही नहीं, पता नहीं किसे कब कौन सी बात बुरी लग जाए। वैसे भी कोई वस्तु या व्यक्ति स्वयं में अच्छा या बुरा नहीं होता, उसे देखनेवाले की दृष्टि और भावना में ही अच्छाई या बुराई बसती है। इसी बात को ध्यान में रखकर किसी फिल्मवाले ने शीर्षक रखा—'कुछ न कहो।'

गांधीजी की याद को हमने अमिट जगा रखा है। इसीलिए सड़कों, राजमार्गों, भवनों, आश्रमों आदि के नाम गांधीजी के नाम पर रखे हुए है। गांधीजी ने कहा था—'बुराई से घृणा करो, बुरे से नहीं।' इसलिए हम भ्रष्ट नेताओं, अफसरों से घृणा नहीं करते, सबकुछ जानते-समझते हुए भी उन्हें सिर-आँखों पर बिठाते हैं।

हमारे देश में जीते-जी भले ही हम व्यक्ति को पानी तक न पूछें, मगर मरने के बाद धूमधाम से उसका श्राद्ध करना नहीं भूलते। शायद तभी तो प्रत्येक वर्ष

हमारे नेता गांधी जयंती पर कड़ी सुरक्षा के बीच बापू की समाधि पर फूल चढ़ाते हुए फोटो खिंचवाते हैं और घर आकर उनके सिद्धांतों की धज्जियाँ उड़ाते हैं। गांधीजी के फोटो के सामने उनकी नाक के नीचे दंगे-फसाद, रिश्वत आदि की योजनाएँ बनाते हैं।

आज की नई पीढ़ी यदि नहीं जानती कि गांधीजी राष्ट्रपिता या बापू कहलाते थे, तो उसमें नई पीढ़ी का क्या दोष? हमने ही तो उसे पिता या बापू को 'डैड' कहना सिखलाया था, ताकि वह 'मॉडर्न' बन सके। अब जब वह मॉडर्न बन गई है तो राष्ट्रपिता तो हो ही जाएगा—नेशन डैड। ऐसे में डैड के बारे में जानना-समझना तो गड़े मुरदे उखाड़ना कहलाता है। क्या आप चाहेंगे कि हमारी नई पीढ़ी इतना पढ़-लिखकर गड़े मुरदे उखाड़ने जैसा ओछा काम करे।

तो आइए, गांधी जयंती के अवसर पर शास्त्रीजी को भूलते हुए गांधीजी के जन्मदिन के उपलक्ष्य में मनाते हैं—राष्ट्रीय अवकाश और मॉडर्न ढंग से कहते हैं—'हैप्पी बर्थ डे—गांधीजी।'

❑

रावण की हँसी

आज दशहरा है। कल देर रात रामलीला देखकर लौटा था, इसलिए सुबह आँख ही नहीं खुल रही थी, परंतु सैर करने तो जाना ही था। अनमने मन से मैं उठा और सैर को चल दिया। चलते-चलते बाहर मैदान में आ गया। वहाँ बड़े मैदान में रावण, कुंभकरण और मेघनाद के विशालकाय पुतले खड़े दिखाई दिए। पुतले हर वर्ष लगातार और ऊँचे तथा भव्य होते जा रहे हैं। ठीक ही है, रावण की ऊँचाई और भव्यता यदि कलियुग में नहीं बढ़ेगी, तो फिर कब बढ़ेगी? तभी मुझे लगा जैसे किसी पुतले में से आवाज आई—''ठहरो''। मैं डरकर ठहर गया तथा पुतलों की ओर देखने लगा। रावण के पुतले के होंठ हिले। वह बोला—''क्यों व्यंग्यकार महाराज। व्यंग्य का कोई विषय ढूँढ़ रहे हो क्या?'' मैंने 'हाँ' में सिर हिला दिया। घबराहट के मारे मेरे मुख से आवाज तक नहीं निकली।

रावण हँसा। व्यंग्यपूर्ण हँसी! 'अरे इतना लंबा-चौड़ा मैं, अपने दो साथियों सहित सामने खड़ा हूँ, तब भी तुम्हें व्यंग्य का विषय नहीं सूझ रहा? ध्यान से सुनो। त्रेता में तो मैं केवल एक ही था। मेरी इच्छा होती थी कि मैं एक से बहुत हो जाऊँ। मेरा ही राज था सब ओर, फिर भी ऐसा कभी नहीं हो पाया, परंतु कलियुग में आकर तुम्हारे लोकतंत्र ने मुझे एक से अनेक बना दिया। गली-मोहल्ले, गाँव-शहर, कस्बे महानगर में हर जगह रावण-ही-रावण हैं, जो रावण पुतले के रूप में खड़े हैं, उन्हें तो तुम जला दोगे, मगर जो रावण मन-मन में बसे हैं, उन्हें कैसे जलाओगे? मैंने वेश बदलकर सीता का अपहरण किया, उसे कई माह कैद में रखा, मगर उसके साथ कभी कोई ज़ोर-जबरदस्ती नहीं की। मैं चाहता तो क्या नहीं कर सकता था, मगर मुझे अपनी मर्यादा, अपने कुल गौरव और आत्मसम्मान का ज्ञान था। फिर मैंने जो कुछ किया, अपनी बहन की बेइज्जती का बदला लेने के लिए किया। मेरा तरीका ठीक नहीं था, इसलिए मैं अपने किए पर लज्जित हूँ और आज के ये रावण! राह चलती सीता-सावित्री

को दिन-दहाड़े कार में डालकर ले जाते हैं और उसके साथ कितना घिनौना व्यवहार करते हैं, उसकी इज्जत को मिट्टी में मिला देते हैं। उसे जीते जी मार देते हैं। इन रावणों को न तो अपने किए पर लज्जा आती है, न पश्चात्ताप होता है।

लोकतंत्र हो या राजतंत्र, प्रजातंत्र हो चाहे तानाशाही—सबमें वास्तव में क्या रावण तंत्र ही हावी नहीं है। ब्राह्मण हो चाहे क्षत्रिय या वैश्य, क्या सबने सुरा-सुंदरी को गले नहीं लगाया है। नेता हो चाहे अभिनेता, मंत्री हो या अधिकारी, शिक्षक हो या उपदेशक सभी अपनी आसुरी वृत्तियों को छिपाकर संत-महात्मा का वेश धारण करके क्या सब ओर मौजूद नहीं हैं? क्या अब सीता कहीं भी सुरक्षित है? नहीं, वह अब कहीं भी सुरक्षित नहीं है, न ही घर में न बाहर, न अपनों से न परायों से। वाह! कैसा आधुनिक सभ्य-सुसंस्कृत समाज विकसित किया है तुमने! कैसे-कैसे राम हैं आज, और कैसा रामराज्य? जिस देश में राम की जन्मभूमि को लेकर ही विवाद हो, राम की बात करना ही सांप्रदायिक हो जाता हो, राम का मंदिर बनाना भी स्वार्थ की भेंट चढ़ गया हो, रामराज्य की स्थापना की कोशिश में रावण राज्य स्थापित कर दिया हो, क्या वहाँ के लोगों को रावण का पुतला जलाने का कोई अधिकार है? रावण को मारना है तो अपने भीतर के रावण को मारो, मगर उसके लिए राम जैसा त्याग, पराक्रम, संगठन शक्ति, नेतृत्व क्षमता, धैर्य और विवेक कहाँ से लाओगे? क्या आज किसी के भी पास हैं ये सब गुण? क्या है आज एक भी ऐसा नेता जो सच्चे अर्थों में रामराज्य बनाने के लिए कटिबद्ध हो? फिर इन्हें क्या अधिकार है रामलीला के मंचों पर चढ़कर अपना स्वागत-सत्कार करवाने का, राम के आदर्शों की दुहाई देने का, लंबे-चौड़े भाषण देने का? क्या इन्होंने कभी अपने गिरेबान में मुँह डालकर देखा है? 'मुँह में राम बगल में छुरी' रखनेवाले इन नेताओं के सम्मान में ताली बजानेवाली जनता भी धन्य है। इसे राम और रावण में अंतर ही नहीं दिखता, या यह अंतर देखना नहीं चाहती और तुम बड़े तीस मार खाँ बने फिरते हो, खुद को पत्रकार कहते हो, व्यंग्य लेखक कहलाते हो, तुम क्या करते हो? क्या तुम भी लाभ-हानि, पद-पुरस्कार पर दृष्टि केंद्रित करके लेखन नहीं करते? क्या तुम भी उन्हीं सब सुख-सुविधाओं के पीछे नहीं भागते, जिन्हें पाने की कोशिश करते अन्य लोगों पर तुम व्यंग्य लिखते हो?' रावण ठहाका मारकर हँसा। उसकी हँसी व्यंग्य और तिरस्कार से पूर्ण थी, तभी मेरी आँख खुल गई।

मैंने सारी स्थिति पर विचार करके निश्चय किया कि मैं अब कभी रावण के पुतलों को जलता देखने नहीं जाऊँगा। क्या आपको रावण की हँसी सुनाई नहीं दी?

❑

नया साल मुबारक

कल ताऊ भीम सिंह से मुलाकात हो गई। नए साल के अवसर पर मैंने उन्हें मुबारकबाद दी, तो वे बोले—''शर्माजी, मुबारकबाद तो ठीक है, किंतु हमारे जैसे आम आदमी के लिए तो यह साल भी हर साल जैसा ही होगा। मुबारक तो यह हो रहा है उन ग्रीटिंग कार्ड कंपनियों के लिए जिनके कार्ड ऊँचे दामों पर बिक रहे हैं, या कार्ड भेजने में लगी उन कुरियर कंपनियों के लिए, जिनका कारोबार इस वक्त विशेष रूप से दुगना-चौगुना बढ़ जाता है, या उन व्यापारियों के लिए जो कार्ड, कैलेंडर, डायरी बेचने के धंधे में लगे हैं। इतना ही नहीं, अब तो कार्ड भेजने की जगह एस.एम.एस. से ही शुभकामना संदेश भेजने का फैशन है। इससे संदेश पानेवाले का तो पता नहीं साल कब मुबारक होगा, हाँ एस.एम.एस. कंपनियों का साल तो अभी से मुबारक हो गया।''

मुझे ताऊ भीम सिंह की यही बात अच्छी नहीं लगती। हर बात का बस नकारात्मक पहलू ही उन्हें नजर आता है। सो मैंने उन्हें टोकते हुए कहा—''यह तो ठीक है ताऊजी, लेकिन ग्रीटिंग कार्ड बनाकर, कुरियर से कार्ड जल्दी पहुँचाकर या एस.एम.एस. से संदेश तुरंत पहुँचाकर तो ये कंपनियाँ आम आदमी को सुविधा ही दे रही हैं।'' मेरी इस बात ने मानो आग में घी का काम किया। ताऊजी जैसे फट पड़े—''हाँ खूब सुविधा दे रही हैं कंपनियाँ, लेकिन यह सुविधा देकर क्या ये हमारा भला कर रही हैं? लोग देश-विदेश में तो मुबारकबाद दे रहे हैं, परंतु पड़ोस में रहनेवाले अपने भाई, बहन या मित्र से मिलते नहीं हैं, दिल-से-दिल की बात करने की जरूरत ही नहीं समझते, केवल ऊपर-ऊपर से 'नया साल मुबारक हो' कहकर कर्तव्य पूरा कर लेते हैं।''

मैंने फिर समझाने की कोशिश की—''लेकिन ताऊजी, हमारी संस्कृति तो उत्सवधर्मिता में विश्वास रखती है। हम सबके लिए मंगलकामना करते हैं, पर्व-

त्योहार मनाने के मौके ढूँढ़ते हैं, ऐसा ही एक मौका है—नए साल का।'' ताऊजी ने उलटे मुझे समझाया—''उत्सव तो मनाओ, लेकिन अगर पड़ोसी के घर कोई दुःख या गमी है, तो क्या तुम्हें उत्सव मनाना शोभा देता है?'' एक ओर तो भूकंप, सुनामी या बम विस्फोट आदि के कारण अनेक लोग तड़प रहे होते हैं, दूसरी ओर रेडियो- टी.वी. चैनल चीख-चीखकर नए साल की मुबारकबाद दे रहे होते हैं। वाह क्या उत्सवधर्मिता है! वैसे भी आजकल तो नए साल की मुबारकबाद देने में भी लाभ पर ही दृष्टि रखी जाती है, जिससे भविष्य में लाभ होने की उम्मीद हो, उसी को शुभकामना संदेश या उपहार दिया जाता है, ''यानी जो हमारा लाभ कराएगा, वही हमसे मुबारकबाद पाएगा।'' विद्यार्थी तक उसी अध्यापक को कार्ड या फूल देते हैं, जो इस साल पढ़ा रहा है या पेपर जाँचेगा। एक हैं हमारे ये अमीरजादे। नए साल के किसी जश्न के लिए होटलों या क्लबों में हजारों रुपए लुटा देंगे, लेकिन ठंड से ठिठुरते और दम तोड़ते किसी गरीब के लिए इनके मन में दया, करुणा, संवेदना की एक बूँद तक नहीं है। इन्हीं होटलों, क्लबों, फार्म हाउस के मालिकों के लिए मुबारक होता है नया साल। गरम कपड़ों, महँगी कारों में घूमते, शराब के जाम टकराते, नाचते-गाते पूँजीपतियों के लिए मुबारक होता है नया साल और इनके कारखानों में दिनभर मजदूरी करके पेट पालनेवाले हजारों मजदूरों के लिए, रेहड़ी-पटरी-खोमचे लगानेवालों के लिए, कड़कती ठंड में काँपते, रैन-बसेरे के लिए भटकते असहायों-अनाथों के लिए, गरीबी रेखा के नीचे रहनेवाले करोड़ों गरीबों के लिए कब मुबारक होगा नया साल? महानगरों की चकाचौंध के पीछे छिपे गाँव-कस्बे में रहनेवाले किसानों, कारीगरों, दस्तकारों के लिए कब मुबारक होगा नया साल? कमर तोड़ महँगाई की मार झेलते मध्यम वर्ग के आम आदमी के लिए कब मुबारक होगा यह नया साल? शोषण-अत्याचार की चक्की में पिस रहे बाल मजदूरों, देह व्यापार करने पर विवश महिलाओं, रोजगार के लिए तरसते युवाओं, बेसहारा वृद्धों के लिए कब होगा मुबारक यह नया साल?'' यह कहते-कहते ताऊ भीम सिंह की आँखें भर आईं। मुझे उनके भीतर के इनसान ने झकझोर दिया। मैं सोचने लगा—घोर व्यावसायिकता तथा 'रुपया परमो धर्मः' के इस युग में सचमुच किसका होगा नया साल मुबारक?

❑

महान् गणनातंत्र

हमने पुस्तकों में पढ़ा, अध्यापकों से सुना कि भारत में गणतंत्र है। यह गणतंत्र कब और कैसे गणनातंत्र में परिवर्तित हो गया, यह एक शोध का विषय है और भारत में शोध बिना सरकारी सहायता के होती नहीं। लिहाजा इस पर शोध होने की कोई संभावना दिखाई नहीं देती। इसलिए भारत में गणतंत्र है या गणनातंत्र, यह समझने के लिए हमें अपने चारों ओर दृष्टि डालनी पड़ेगी। आज मंत्री से लेकर संतरी तक, अध्यापक से लेकर विद्यार्थी और पब्लिक स्कूल से लेकर कोचिंग इंस्टीट्यूट तक, नेता से लेकर अभिनेता तक यानी जिस तरफ भी नजर दौड़ाइए, आप पाएँगे कि हर कोई गणना में लगा है। यह गणना अलग-अलग स्तर पर अलग तरीके से, मगर एक ही उद्देश्य के लिए जा रही है।

आप मंत्री के पास अपना कोई काम लेकर जाते हैं। मंत्रीजी फरमाते हैं—''आपका काम क्यों करवाऊँ?'' आप कहेंगे—''भई हमने आपको चुना ही इसलिए था कि आप हमारे काम करवाएँ।'' मंत्रीजी का उत्तर होगा—जिस प्रकार धनुष से छूटा तीर तथा मुख से निकले शब्द लौटाए नहीं जा सकते, उसी प्रकार जनता द्वारा बनाए मंत्री हटाए नहीं जा सकते। आप लोग मंत्री बना तो सकते हैं, मगर हटा नहीं सकते। संक्षेप में, आप यह बताइए कि माल क्या मिलेगा आपका काम करवाने पर?'' यदि आप समझदार हुए तो सौदा तय हो जाएगा, नहीं तो इंतजार कीजिए अगले चुनाव और नए मंत्री की नियुक्ति का। संतरी कहता है—''मैं तुम्हें साहब से क्यों मिलवाऊँ?'' आप कहेंगे—''अरे भई, इसी की तो तुम्हें तनख्वाह मिलती है।'' संतरी कहेगा—''वह तो बिना आपको साहब से मिलवाए भी मिलेगी। यदि कुछ सेवा-पानी करो तो अभी मिलवाता हूँ साहब से, नहीं तो साहब अभी मीटिंग में व्यस्त है, कल आइएगा।''

शिक्षक भी गणना करते हैं कि कक्षा में पढ़ाने से क्या लाभ और न पढ़ाने से क्या लाभ। फिर ट्यूशन और गाइड लिखने से मिलनेवाले धन की गणना करके वह निश्चय करता है कि कक्षा में ईमानदारी से पढ़ाना गणना की दृष्टि से उचित नहीं है। विद्यार्थी गणना करता है कि कौन से प्रश्न तैयार करूँ कि कम-से-कम पढ़कर 'टॉप' कर सकूँ। पब्लिक स्कूल गणना करते हैं कि हर साल पुस्तकें, वर्दी आदि बदलते रहने से ही आय-व्यय का तुलनपत्र आय की ओर झुका रह सकता है। डॉक्टर सोचता है कि कैसी दवाइयाँ दूँ कि रोगी को लाभ भी हो और वह जल्दी से पूरी तरह ठीक भी न हो। नर्सिंग होम वाले हमेशा इस गणना में रहते हैं कि कैसे ऑपरेशन करने का मौका मिले, ताकि वे ग्लूकोज, इंजेक्शन, डॉक्टर की फीस, कमरे का किराया आदि वसूल सकें, इसीलिए तो आजकल नर्सिंग हेाम में पैदा होनेवाला लगभग हर बच्चा 'सिजेरियन' ही होता है।

अभिनेता अपनी हिट और फलॉप फिल्मों की गणना में लगे रहते हैं और सोचते हैं कि अपना रेट कितना बढ़ाने से लाभ होगा या आज का उनका 'बाजार भाव' क्या है। हर मैकेनिक इस अधेड़बुन में लगा रहता है कि किस प्रकार जल्दी से मिल गई खराबी को भी इस तरह ढूँढ़ा जाए कि लगे बहुत मेहनत और मुश्किल से ठीक किया है, यदि वह गणना न करते हुए तुरंत खराबी ढूँढ़कर ठीक कर दे, तो उन्हें सुनने को मिलेगा—''अरे ज़रा सी तो खराबी थी, इसे ठीक करने के इतने पैसे!'' ज्योतिषी गणना करके बताते हैं कि राहू, केतु, मंगल और शनि की दृष्टि टेढ़ी है। उपाय कीजिए। पुलिस भी अपनी अद्‌भुत गणना शक्ति से सिद्ध कर देती है कि अपराध कम हो रहे हैं। वकील गणना करते हुए मुकदमे की पैरवी करते हैं और मुकदमा द्रौपदी के चीर की तरह लंबा ही खिंचता चला जाता है।

हमारे महान् देश के महान् नेता तो गणना करने में हर समय व्यस्त या अस्त-व्यस्त रहते हैं। चुनाव लड़ना हो या जीतना, कुरसी हथियानी हो या बचानी, सभी में गणना की महत्त्वपूर्ण भूमिका रहती है, यदि गणना सही निकली, तो पाँचों अंगुलियाँ घी में, नहीं तो बिना घी के हाथ मलते रह जाएँगे। सरकारी कर्मचारी हो तो कभी छुट्टियों की गणना करेगा और कभी महँगाई भत्ते की। लेखक इस गणना में लगे रहते हैं कि वैसे रातोरात किताब लिख मारें, तो प्रकाशक भी इसी गणना में अपना सुख-चैन नष्ट कर देते हैं कि कहाँ-किस तरह किताब खपाई जाए।

गणनातंत्र में जाहिर है कि सारा खेल गणना का ही होता है, चाहे वह जनगणना हो या मतगणना। दोनों में ही जन के मत की गणना की जाती है। आँकड़ों की उठा-पटक तथा प्रस्तुतिकरण इस सफाई से किया जाता है कि अच्छे-अच्छे तीसमारखाँ भी उसमें कमी न निकाल सकें। अरे यह लेख पढ़ते-पढ़ते आप किस गणना में खो गए? अच्छा छोड़िए यह सब, और मेरे साथ ज़ोर से नारा लगाइए—जय गणतंत्र, नहीं नहीं, जय गणनातंत्रों।

❑

शुक्रिया वेलेंटाइन

वाह! क्या बात है वेलेंटाइन डे की! वेलेंटाइन डे यानी खुलकर खेलने का दिन, शर्म-हया के परदे से निकलने का दिन, शुद्ध रूप से 'आधुनिक' होने का दिन, जवानी का जश्न मनाने का दिन, खो गई जवानी की याद में आँसू बहाने का दिन। वेलेंटाइन डे पर सचमुच लैला-मजनू, शीरी-फरहाद, सोहनी-महिवाल, रोमियो-जूलियट आदि की आत्माएँ आँसू बहा रही होंगी। काश कि वे आज के दौर में पैदा हुए होते, तो उन्हें प्यार की अभिव्यक्ति के लिए यूँ न भटकना पड़ता और न ही 'ईलू ईलू' कहने के लिए तरसना पड़ता। झट से जाते किसी हाई-फाई दुकान में और ले आते दिल के आकार का कार्ड, फूलों का गुलदस्ता, शैंपू, सैंट आदि आदि। बेचारे लैला ऐंड कंपनी!

संत वेलेंटाइन ने तो कभी सोचा भी न होगा कि उनके नाम की इतनी धूम मचेगी और वह भी भारत में। हम भारतीय तो वैसे भी पश्चिमी प्यार के दीवाने हैं। ऐसे में यदि पश्चिम का एक संत प्यार का संदेश दे, तो हम अपनी मौलिक सृजनात्मक प्रतिभा का छौंक लगाकर और अपनी उदार छवि का इस्तेमाल करते हुए उस पश्चिमी प्रेम प्रदर्शन का ऐसा भारतीयकरण कर देते हैं कि हर भारतीय की नस-नस में प्रेम पनपने लगता है। हर युवा का दिल धड़कने लगता है। हर बच्चा युवा होने के लिए मचलने लगता है और प्रौढ़ खोई जवानी के लिए तरसने लगता है।

धन्य हैं संत वेलेंटाइन, जिन्होंने हमें खुलकर प्यार करना सिखाया, नहीं तो हम चुपके-चुपके रात-दिन आँसू बहाते रहते, प्यार में आहें भरते रहते, एक की ही याद में जीवन बिताते रहते, प्यार को अँधेरे बंद कमरों और पार्क के कोनों तक सीमित मानते रहते। अब वेलेंटाइन डे पर सबकुछ माफ है। अब प्यार एक तरफा नहीं रह गया, उभय पक्ष सक्रिय हैं। अब प्यार का अर्थ 'एक के लिए जीना-मरना'

न होकर 'तू नहीं तो और सही, और नहीं तो और सही' तक व्यापक हो गया है। अब प्यार चोरी-छुपे करने की चीज़ नहीं है, वरन् 'खुल्लम-खुल्ला प्यार करेंगे' की तर्ज पर फूलों, कार्डों, उपहारों आदि के आदान-प्रदान की संभावनाएँ पैदा की हैं वेलेंटाइन डे ने। चुंबन-आलिंगन से आगे बढ़कर प्रेम के पूर्ण आनंद को भोगने की राह दिखाई है वेलेंटाइन डे ने। वह युवा ही क्या, जो किसी प्रकार की रोक-टोक, बंधन-सीमाएँ स्वीकार करे। युवाओं को भारतीय संस्कृति बूढ़ी औरत जैसी रूढ़िवादी, संकुचित और उपदेशवादी लगती है, जबकि पश्चिमी संस्कृति उन्मुक्त स्वच्छंद रूपसी बाला-सी बोल्ड ऐंड ब्यूटीफुल। शायद इसीलिए वे अंग्रेजी भाषा, वेशभूषा, सभ्यता, खान पान के साथ-साथ अंग्रेजी त्योहारों-समारोहों के भी दीवाने होते जा रहे हैं, चाहे वह क्रिसमिस हो या न्यू ईयर, वेलेंटाइन डे हो या हैप्पी बर्थ डे। आखिर हम भी तो यही चाहते थे, इसीलिए तो अपने बच्चों को अंग्रेजी माध्यम के पब्लिक स्कूल में पढ़ाकर उन्हें काले अंग्रेज बनाना हर भारतीय का सपना बन गया। अब जब यह सपना साकार होने लगा है, तो कुछ तथाकथित भारतीय संस्कृति प्रेमियों को बड़ी पीड़ा होने लगी है। कितने पिछड़े हुए और दकियानूसी हैं ऐसे लोग!

भारतीय संस्कृति प्रेमी भी सचमुच अजीब हैं। उदारवाद और उधारवाद के इस दौर में, वैश्वीकरण की इस आँधी में, वे अभी भी 18वीं सदी की बातें कर रहे हैं। वेलेंटाइन डे उन्हें भाता नहीं है। प्रेम प्रदर्शन के लिए व्याकुल नई पीढ़ी उन्हें अपनी शत्रु दिखती है। मुझे लगता है कि या तो उन्हें जवानी आई ही नहीं, या उसके आधुनिक दौर से पहले बीत जाने की खुंदक वे आज की प्रगतिशील-विकसित नई पीढ़ी से निकाल रहे हैं और लगे हैं वेलेंटाइन डे का विरोध करने पर। अरे भई! इसमें बुरा क्या है? क्या आप नहीं चाहते कि भारत भी विकसित हो। आधुनिक बने। दुनिया के कदम-से-कदम मिलाकर चले। इसके लिए यदि कपड़े उतारने पड़ें, प्रेमिकाओं को कपड़ों की तरह बदलना पड़े, दौलत परमोधर्म: मानना पड़े तो इसमें हर्ज क्या है? यदि यही आज का चलन है तो हम पीछे क्यों रहें? अश्लीलता-नग्नता ही आज का सौंदर्यबोध है। वासना, देहवाद, भौतिकता ही आज का जीवन दर्शन है। प्रदर्शन से ही प्रेम पल्लवित-पुष्पित होता है। शर्म, हया, लाज, संकोच, पर्दा सब पुराने पड़ गए हैं। नैतिक मूल्य आज 'आऊट ऑफ डेट' हो गए हैं। संत वेलेंटाइन आज प्रेम के मसीहा हो गए हैं, हमारे युवाओं का आदर्श बन गए हैं।

संत वेलेंटाइन केवल युवाओं के लिए ही नहीं, अपितु व्यापारियों के लिए भी

वरदान बन गए हैं। असली व्यापारी वही है जो रेत से भी सोना बना ले, भावनाओं-संवेदनाओं से भी लाभ कमा ले। व्यापारियों ने वेलेंटाइन डे का भी व्यापारीकरण शुरू कर दिया है। नए-नए उद्योग विकसित हो रहे हैं। कार्डों की किस्मत इस दिन खुल जाती है। गुलाब के फूल भी संत वेलेंटाइन के आभारी हैं। होटल, रेस्तरां, अखबार, टी.वी. चैनल, फिल्म-धारावाहिक, संगीत और वीडियो एलबम सब वेलेंटाइन डे की प्रतीक्षा में पलक पाँवड़े बिछाए बैठे हैं, सबको एक नई जिंदगी मिल गई है। एक नया बाजार, एक नई क्रांति फूट रही है—वेलेंटाइन डे पर। आखिर प्यार का मामला है और प्यार झुकता नहीं, रुकता नहीं। सब बंधन, मर्यादा, संकोच और हिचक से मुक्ति दिलाने आया है—वेलेंटाइन डे। हमें सचमुच आजाद करने आया है, सभ्य-सुसंस्कृत-विकसित बनाने आया है—वेलेंटाइन डे। हम भारतीयों को प्यार करना सिखाने, प्रेम की दिशा में हमारी आँखें खोलने और सरेआम प्रेम करते जोड़ों को देखकर आँखें बंद करने की सीख देने के लिए बहुत-बहुत शुक्रिया वेलेंटाइन!

❑

हम किसी से कम नहीं

वाह मनु महाराज! आपका भी जवाब नहीं। मनुस्मृति नामक ग्रंथ में आपने जो लिख मारा, वह ब्रह्म वाक्य बन गया। मगर आज भारतीय समाज को प्राचीन पुस्तकों, व्यक्तियों आदि को पढ़ने, समझने, जानने का न तो समय है न ही इच्छा। यह तो भला हो बहन मायावती का। उन्होंने 'मनुवादी' नामक नया शब्द गढ़कर आपको पुन: चर्चा में ला दिया। चर्चा में आने पर भारत में हर चीज़ चल निकलती है, चाहे कोई व्यक्ति हो या पुस्तक, पार्टी हो या नेता, फिल्म हो या नाटक। तो जब मनु महाराज आ गए चर्चा में, तो लोग लगे उलटने-पलटने मनुस्मृति को। इसी दौरान एक नारीवादी संगठन की सदस्या को मनुजी की नारी विषयक बातें अखर गईं। बस उसका नारीत्व जाग उठा। नारी स्वातंत्र्य की दमित भावना रूपी चिंगारी से संस्काररूपी राख हट गई। संगठन की सदस्याओं ने उसकी भावनाओं को प्रोत्साहन रूपी हवा दी। चिंगारी भड़क उठी। नारी मुक्ति की ज्वाला धधकने लगी। उसने इस विषय पर और अध्ययन-शोध, चिंतन-मनन किया और लिख मारा एक दनदनाता हुआ आलेख। वह आलेख ज्यों-का-त्यों आगे प्रस्तुत किया जा रहा है—

भारतीय पुरुषों ने स्त्रियों के साथ सदा से बहुत अन्याय किया है। करते भी क्यों न? पुरुष जो हैं; जैसे ही मनुष्य थोड़ा विकसित और सभ्य हुआ, सबसे पहले पुरुषों ने मातृसत्तात्मक समाज को हटाकर पितृसत्तात्मक समाज स्थापित किया। पुरुष तो ठहरा पुरुष। वह यह कैसे बरदाश्त कर सकता था कि उसकी संतान उसके नाम से न जानी जाए, बल्कि अपनी माँ के नाम से जानी जाए। लिहाजा जब पुरुषों के हाथ में सत्ता आई, तो उन्होंने जो नियम, कानून, मर्यादाएँ बनाईं, सब स्त्रियों के विरुद्ध। सारे नियम पुरुषों के पक्ष में बनते चले गए। पुरुष चाहे एक विवाह करे, चाहे पाँच-दस उस पर कोई रोक नहीं। औरत बस एक ही विवाह करेगी। पुरुष चाहे कपड़े पहने या कच्छे बनियान में ही घूमता रहे, औरत का

पल्ला भी नहीं सरकना चाहिए, उसके पैर का अँगूठा भी नहीं दिखना चाहिए।

पुरुष चाहे कितना मारे-पीटे-सताए, औरत फिर भी पति को परमेश्वर मानकर पूजती रहे। पुरुष जितनी क्रूरता, षड्‌यंत्र करे, उतना ही महान् और प्रतिष्ठित तथा औरत ज़रा अपनी सास से दो 'मीठे' बोल क्या बोल ले, पुरुष बना देते हैं उसे घर-घर की कहानी, सास, बहू की जुबानी। पुरुष सारा दिन बाहर घूमता-फिरता रहे, आवारागर्दी-ऐश करता रहे और बेचारी औरत घर की चार दिवारी में घुटती रहे, चूल्हा-चौका बालती रहे, पति के बच्चे पालती रहे। पुरुष हमेशा मालिक बना रहे, कमाकर लाने का रौब जमाता रहे और औरत हमेशा उसकी दासी बनकर रहे। मनु महाराज ने तो यहाँ तक कह दिया कि नारी बचपन में पिता के, जवानी में पति के और बुढ़ापे में पुत्रों के अधीन रहे। यानी सारा जीवन पुरुष की गुलामी। पति जब चाहे पत्नी को तलाक दे दे या उसकी सौत लाकर घर बिठा दे, पत्नी बेचारी कुछ नहीं कर सकती। पत्नी दहेज लाए, पति उस दहेज से मौज उड़ाए।

उन्होंने कुछ ज्वलंत प्रश्न भी उठाए जैसे शादी के बाद औरत ही क्यों पति के घर जाए, पति क्यों नहीं पत्नी के मायके में जाकर रहे? पति के मरने के बाद पत्नी ही सती हो, पत्नी की मृत्यु पर पति क्यों नहीं? पत्नी माँग में सिंदूर भरकर अपने विवाहित होने का ढिंढोरा पीटती फिरे तथा पुरुष चिर कुँवारे दिखते रहें। पति क्यों नहीं माँग में सिंदूर भरे, सुहाग का चूड़ा पहने? करवा चौथ का व्रत पत्नी ही क्यों रखे, पति के लिए ऐसा कोई व्रत क्यों नहीं? विधुर तुरंत दूसरी शादी कर ले, विधवा मृत पति की याद में आजीवन अपनी सारी सुख, सुविधाएँ, खुशियाँ त्याग दे। आखिर क्यों? पुरुष ही प्रेम, आलिंगन, चुंबन में पहल करे, स्त्री क्यों नहीं? पुरुष के अवैध संबंध क्षम्य और औरत किसी पराए मर्द की तरफ नजर उठाकर देखभर ले; हँसना, बोलना या संबंध बनाना तो दूर की बात, तो उसे पतिता, कुलटा, कुलकलंकिनी जैसे विशेषणों से विभूषित किया जाए, वाह क्या नारी समानता है! एक ओर तो नारी को देवी मानने, उसे पूजने का ढोंग करते हैं, दूसरी ओर सीता, राधा, अहिल्या, द्रौपदी, रजिया जैसी महान् स्त्रियों के साथ इन पुरुषों ने कैसा व्यवहार किया?

इससे पहले कि यह क्रांतिकारी आलेख पूरा होकर कहीं प्रकाशित हो पाता, और इसके परिणामस्वरूप कोई क्रांति हो पाती, यह आलेख किसी मीडियावाले के हाथ पड़ गया। था तो शायद वह भी पुरुष ही, मगर इस आलेख ने उस पर ऐसा जादू किया कि उसके भीतर की नारी जाग उठी। उसने सिद्ध कर दिया कि प्रत्येक पुरुष के भीतर नारी और प्रत्येक नारी के भीतर पुरुष विद्‌यमान होता है। उसे लगा

कि यह लेख छपेगा और थोड़े से लोग इसे पढ़ेंगे, तब धीरे-धीरे कई वर्षों में कुछ परिवर्तन होगा। आलेख के स्वर से वह इतना प्रभावित हुआ कि उसने उसके शीघ्र प्रचार-प्रसार और प्रभाव वृद्धि के लिए एक चामत्कारिक योजना तैयार की। उसने उस आलेख की कुछ प्रतियाँ करवाईं और अपने परिचित अखबारवालों और टी.वी. धारावाहिक, फिल्में, विज्ञापन आदि बनानेवालों को सौंप दीं। उन्हें नसीहत भी दे दी कि इस आलेख को छापना नहीं है, न ही इस पर कोई सैद्धांतिक चर्चा करनी है, बल्कि इसे व्यावहारिक जामा पहनाना है। पुरुषों के माथे पर लगे इस नारी-विरोधी कलंक को हमें धोना ही होगा। पता नहीं, उनकी बात सबके समझ में आ गई या लेख का आभा-मंडल उनके सुषुप्त मन-मस्तिष्क को आलोकित कर गया। उन सबने इस आलेख को व्यावहारिक रूप देने की ठान ली। सबसे पहले अंग्रेजी अखबारवालों ने नारी देह के सौंदर्य का उद्घाटन अपने पाठकों के सामने किया। वैसे भी अंग्रेजीवाले 'बोल्ड ऐंड ब्यूटीफुल' के समर्थक रहे हैं, उनकी देखा-देखी हिंदी के समाचारपत्रों को भी जोश आया। फिल्म वाले तो जैसे इसी आलेख के इंतजार में बैठे थे। उन्होंने तुरंत अपने विषय बदले, नायिकाएँ बदलीं, कहानियाँ बदलीं। अंग्रेजी फिल्में फिर एक बार उनके पथ प्रदर्शन हेतु आगे आईं। उर्मिला मातोंडकर से लेकर मधु सप्रे, बिपाशा बसु, मल्लिका सहरावत, मेघना नायडू तक तमाम नायिकाएँ इस नारी विरोधी पुरुष का मुँह तोड़ जवाब देने के लिए कमर कसे बैठी थीं। वे वह सबकुछ करने को तैयार थीं, जिसे मनु महाराज या मनुवादी वर्जित, अक्षम्य अपराध आदि मानते थे। विज्ञापन, वीडियो एलबमवाले भी पीछे नहीं रहना चाहते थे। फिर धारावाहिक निर्माता क्यों मौका चूकते? फैशन सौंदर्य प्रतियोगिताएँ तो बनी ही इसीलिए थीं। सब शुरू हो गए पुरुषों द्वारा नारी पर किए गए अत्याचारों को खत्म करने में। नारी को सभी बंधनों, मर्यादाओं, सीमाओं, नियम-कानूनों के दायरे से बाहर निकालने में।

पुरुष द्वारा दी जा रही इस स्वतंत्रता को लपकने के लिए नारी उसी प्रकार तैयार है, जैसे भेड़िए द्वारा शाकाहारी होने की घोषणा सुनकर भेड़ें निश्चिंत होकर स्वतंत्र विचरण करने के भेड़िए के सुझाव को अपनाने को। नारी तैयार है उन सारे परदों और आवरणों को उतार फेंकने के लिए, जो पुरुष ने उसे ओढ़ा दिए थे और अब पुरुष ही चाहता है कि नारी उन्हें उतार फेंके। इसीलिए आज नारी स्वतंत्र हो रही है वस्त्रों के भार से। नारी स्वतंत्र हो रही है पतिव्रता, सती सावित्री, बहन जी, जैसे रूढ़िवादी-दकियानूसी विशेषणों से। टी.वी. धारावाहिकों और फिल्मों ने नारी को बोध कराया कि वह भी विवाह पूर्व कई प्रेमी बदल सकती है, विवाह के बाद

भी कइयों से संबंध रख सकती है, षड्यंत्र रच सकती है, बच्चे पैदा न करने या न पालने या बिन ब्याही माँ बनने की घोषणा कर सकती है। पुरुष की तरह वह भी केवल ब्रा-अंडरवियर पहनकर या बिना पहने भी छोटे या बड़े परदे पर अपने आधुनिक तथा मुक्त होने का प्रमाण दे सकती है। देह उसकी है, फिर यदि वह सुंदर भी है तो दिखाए क्यों नहीं, यदि देह कमाई का साधन बन सकती है तो कमाए क्यों नहीं? वह भी पुरुष की तरह सारा दिन या रात भी बाहर मौज-मस्ती कर सकती है। स्त्री कमाकर ला सकती है। वह पति को तलाक दे सकती है। पति या पुरुष पर दहेज प्रताड़ना, छेड़छाड़, बलात्कार के झूठे केस बनवाकर उसे मजा भी चखा सकती है। विधवा होने पर वह बन-सँवरकर रह सकती है। माँग में सिंदूर भरे बिना भी सुहागिन कहला सकती है और स्वयं को चिर कुँवारी भी दरशा सकती है। प्रेम, आलिंगन, चुंबन में नारी भी पहल कर सकती है यानी आधुनिक नारी वह सबकुछ कर सकती है और करके दिखाती है, जो पुरुष केवल अपनी बपौती समझे बैठा था। आधुनिक नारी की इस स्थिति से यही प्रकट होता है मानो वह कह रही है—हम किसी से कम नहीं।

❑

पुराना जंगल, नई कथा

जंगल के सियार बहुत परेशान थे। उनकी परेशानी थी भी जायज। उनके मन की एक खानदानी हसरत रही है, शेर के पाँव दबाने की, शेर का गुणगान करने की, शेर की जूठन खाने की। पीढ़ी-दर-पीढ़ी एक काम करते-करते प्राणी उसका आदी हो जाता है। सियारों की भी यही दशा थी। आदत कोई भी हो, जब लत में बदल जाती है तो बहुत सताती है। पिछले कुछ समय से सियारों को शेर की सेवा-शुश्रूषा का अवसर ठीक से नहीं मिल पा रहा था। ऐसा नहीं था कि शेर था ही नहीं, शेर था तो किंतु वह अभी बच्चा था। हुआ दरअसल यूँ कि पिछले शेर-महाराज को युवावस्था में ही गद्दी मिल गई थी, जंगल की राजनीति का कोई खास तर्जुबा उन्हें था नहीं। जवानी का जोश जरूर था, मन के बेहद सीधे-सरल महाराज राजनीति के दाँवपेंच नहीं जानते थे। प्रजा के प्रति उनके मन में सच्ची सहानुभूति थी। नए जमाने की जानकारियाँ, जोश, जज्बात का संगम था युवा महाराज में। उन्होंने जंगल के आधुनिकीकरण तथा विकास के कई कार्यक्रम चलाए। पड़ोसी जंगलों से अपने संबंध सुधारे। एक दिन पड़ोसी जंगल में जा बसे कुछ चीतों ने उन्हें अपने पक्ष में न बोलते देख धोखे से अपनी राह से ऐसे हटा दिया, जैसे इनसान बुराई का साथ देने पर झकझोरनेवाली अपनी अंतर्आत्मा को दबा देता है।

महाराज के इस आकस्मिक अवसान से प्रजा में खलबली मच गई। महाराज के सब दरबारी, जिनमें गीदड़ों और सियारों का बाहुल्य था, चाहते थे कि जब तक सिंह शावक युवा होकर गद्दी पर बैठे, तब तक महारानी ही सिंहासन सँभालें। मगर महारानी इसके लिए तैयार नहीं हुई। सही कारण तो किसी को पता नहीं था, अत: सबने अपने-अपने ढंग से इसका कारण दिया। किसी ने इसे उनकी अक्षमता बताया, तो किसी ने उनका त्याग-बलिदान; कोई इसे उनकी दूरदर्शिता बता रहा था, तो दूसरा गलत निर्णय।

खैर महारानी मुसकराती रहीं। उन्होंने अपना आशीर्वाद देते रहने का दरबारियों का आग्रह मान लिया और अपने एक विश्वासपात्र बुजुर्ग भालू को गद्दी पर बिठा दिया। विश्वासपात्र अविश्वसनीय रूप से विश्वासपात्र निकला, अन्यथा कलयुगी कुरसी पाते ही पुत्र अपने पिता को, भाई, भाई को यहाँ तक कि पत्नी पति को भी भूलने में देर नहीं लगाती। एक आज्ञाकारी बालक की भाँति भालू महारानी के संकेतानुसार शासन करने लगा। दरबारी इससे बहुत परेशान हुए, इसलिए नहीं कि भालू उन्हें तंग करता था, बल्कि इसलिए कि भालू के पाँव दबाने, गुणगान करने में उन्हें वह आनंद प्राप्त न होता था, जो महाराज की सेवा से मिलता था। अत: भालू को दरकिनार करके सब दरबारी महारानी के दरबार में ही हाजरी लगाते, उनका गुणगान करके आत्मसंतुष्टि पाते।

समय बीतता गया। सिंह शावक बड़ा होता गया। अब वह युवा हो गया था। सब दरबारी उसका राज्याभिषेक करके स्वयं को धन्य करने के लिए लालायित थे। लेकिन महारानी अभी इसके लिए तैयार नहीं थीं। दरबारियों के हाथ नए महाराज के पदपंकज पखारने के लिए छटपटा रहे थे। उनका मस्तक, आँखें, हाथ यानी सारा शरीर ही नए महाराज की चरणवंदना करने और उन पर सर्वस्व समर्पण करने के लिए आतुर था। किसी लत के शिकार व्यक्ति को उसकी लत का सामान सामने देखकर, लेकिन न पाकर, जो बेचैनी, आकुलता तथा व्यग्रता होती है, वही इस समय दरबारियों में थी। वे बार-बार नए महाराज की ताजपोशी के लिए प्रस्ताव पारित करते। नारे, धरने, जुलूस से अपनी मनोभावनाएँ व्यक्त करते, किंतु महारानी सब समझकर भी नासमझ बनी बैठी थीं।

युवा सिंह शावक बिलकुल अपने माता-पिता पर गया था। चेहरा-मोहरा तो वैसा ही था, स्वभाव, व्यवहार तथा सोच भी वैसी ही थी। राजनीति के दाँव-पेंच वह भी नहीं सीख पा रहा था और बिना दाँव-पेंच के, बिना जोड़-तोड़ की कला में निपुण हुए, आजकल जंगल में राजनीति करना सरल न था। पिछले कुछ सालों में जंगल के चारों ओर इनसानों की बस्तियाँ बस गई थीं। संगति का प्रभाव जंगल की राजनीति में भी नजर आने लगा था। जंगल की राजनीति कुलवधू के स्थान पर व्यभिचारिणी-कुलटा वेश्या-सी हो चली थी। ऐसी राजनीति को उनका भोला-भाला शिशुहृदय बालक कैसे साध सकेगा? यही चिंता महारानी को नासमझ बने रहने पर मजबूर कर रही थी।

दरबारी उसी तरह परेशान हो रहे थे, जैसे माँगें मंजूर न होने पर हड़ताली कर्मचारी। महारानी भी दरबारियों की अंत:पीड़ा को समझ रही थीं। आखिर उनका

दिल भी पसीज गया। उन्होंने अपने लाडले को राजनीति के पानी में उतरने की अनुमति दे दी, क्योंकि वे जानती थीं कि बिना पानी में उतरे तैरना नहीं सीखा जा सकता। दरबारियों में हर्ष की लहर दौड़ गई। चारों ओर 'हुआं हुआं' की आवाजें गूँजने लगीं। गीदड़ों-सियारों के चेहरे ऐसे खिल गए, मानो उन्हें जंगल ओलंपिक खेलों में स्वर्णपदक मिल गया हो। मनचाहा राजा मिलना या मिलने की संभावना पैदा होना ही, दरबारियों के जीवन की बहुत बड़ी उपलब्धि हुआ करती है।

युवराज की जय-जयकार से महारानी का हृदय-पुष्प खिलने लगा था, किंतु साथ ही आशंका-कंटकों की चुभन भी महसूस हो रही थी। राजनीति में बढ़ते छल-कपट ने महारानी की माँग का सिंदूर पोंछ दिया था। अब उन्हें अपनी गोद की चिंता थी। हर माँ सुख-सुविधा, सत्ता, संपन्नता की बजाय बेटे की सलामती-सुरक्षा को अधिक महत्त्व देती है। महारानी भी एक माँ थीं। वे अच्छी तरह जानती थीं कि ये सब दरबारी-खुशामदी अपना स्वार्थ-साधने के लिए जी-हजूरी करते हैं, तारीफ के पुल बाँधते हैं, मतलब निकलते ही ये आँखें दिखाने और गुर्राने लगते हैं। महारानी ने बेटे को सब बातें, अपने अनुभव, राजनीति की ऊँच-नीच समझाई। पिता के संस्कार, माँ की सलाह तथा राजनीति के थोड़े से अनुभव ने ही युवराज को पद, प्रतिष्ठा तथा सत्ता से विमुख कर दिया। उसने युवराज पद से त्यागपत्र की घोषणा कर दी। सब स्तब्ध रह गए। महारानी प्रसन्न थी। सर्वाधिक प्रसन्न था भालू। उसकी मनचाही मुराद बिन माँगे जो मिल गई थी। तब से जंगल में भालू, रीछ, ऊँट आदि राजकाज चला रहे हैं। शेर-चीते महलों में आराम फरमा रहे हैं। सियार-गीदड़ आदि बेचैन-बेबस हैं। उन्हें पाँव दबाने में मजा नहीं आ रहा। भालू-रीछ की जूठन बेस्वाद लगती है। महाराज की तारीफ में कसीदे पढ़ने की इच्छा न होते हुए भी पढ़ने पड़ते हैं। जंगल राज में अफसरों की मौज है। भाई-भतीजों की हर ओर फौज है। आम जानवर त्रस्त हैं। महँगाई, शोषण, अत्याचार से पस्त है। फरियाद किससे करें? कहीं, कोई सुनवाई नहीं। जंगल में प्रजातंत्र आ गया है।

❑

शोषणानंद

मैं भगवान् से बहुत नाराज हूँ। नाराज होना हर भारतीय का प्रथम तथा प्रमुख अधिकार है। कोई अपने से नाराज है कोई परायों से, कोई सरकार से तो कोई संसार से, कोई अपने बॉस से तो कोई अपनी सास से। बाप बेटे से नाराज है तो बेटा बाप से, अफसर कर्मचारी से नाराज है तो कर्मचारी अफसर से, नेता मीडिया से नाराज है तो मीडिया नेता से, छोटे-बड़ों से नाराज हैं, तो बड़े-छोटों से और नौकर मालिक से नाराज है तो मालिक नौकर से। मैं भी एक भारतीय हूँ, सच्चा भारतीय। अतः नाराज होने के अपने अधिकार का सदुपयोग करते हुए मैंने भगवान् से ही नाराज होने की सोची। अब आप इस बात से नाराज हो सकते हैं कि मैं भगवान् से ही क्यों नाराज हूँ। दरअसल बात यह है कि भगवान् की पता नहीं मुझसे क्या नाराजगी है कि मुझे हर जगह सबसे जूनियर ही क्यों बनाता है। घर हो या ससुराल, एन.सी.सी. हो या नौकरी हर जगह उसने मुझे जूनियर ही रखा। जूनियर की जिंदगी भी भला कोई जिंदगी होती है। जूनियर चाहे आर्टिस्ट हो या खिलाड़ी, अफसर हो या कर्मचारी, विद्यार्थी हो या अध्यापक, हर जगह उसे 'नजर नीची, आवाज मीठी, काम ज्यादा, आराम आधा' के फॉर्मूले के अनुसार रहना पड़ता है। भगवान् कभी दुश्मन को भी जूनियर न बनाए। यदि किसी को जूनियर बनाना भी पड़ जाए तो मेरा सुझाव है कि उसे सीनियर से पहले बनाए, जैसा कि एक रेल यात्री जो सबसे आखिरी डिब्बे में होने के कारण सारी यात्रा के दौरान खाने-पीने से वंचित रहा और उसने स्टेशन पर उतरकर सुझाव दिया—"रेल में आखिरी डिब्बा न लगाया जाए। यदि लगाना बहुत जरूरी हो, तो उसे बीच में लगाया जाए।"

हाँ, तो महाशय मैं अपने भाई-बहनों में तो सबसे छोटा था ही, ससुराल में भी सबसे जूनियर रहा। यदि आप शादीशुदा हैं, तभी आप मेरी पीड़ा को समझ सकते

हैं, वैसे भी शादीशुदा होना ही अपने आप में सबसे बड़ी पीड़ा है। ससुराल में सबसे जूनियर होने के कारण न तो छोटा साला था, जिस पर रोब गाँठ सकूँ और न ही छोटी साली, जिससे हँसी-मजाक कर सकूँ। बात यहीं तक रहती तो भी गनीमत थी। भगवान् की नाराजगी इतनी अधिक थी कि उसने मुझे कभी नौकरी में भी सीनियर नहीं होने दिया क्योंकि 'होई है वही जो राम रची राखा।' वैसे तो भगवान् ने मुझे बीस साल की कच्ची उम्र में, जो कि खेलने-खाने की उम्र मानी जाती है, नौकरी पर अटका दिया, मगर इससे पहले कि मेरे पाँव जमते, मैं सीनियर हो पाता, भगवान् ने मेरी बुद्धि को ऐसा भ्रमित किया कि मैंने नौकरी ही बदल ली। यानी फिर सबसे जूनियर। ऐसा एक दो बार नहीं कई बार हुआ। लिहाजा बीस साल नौकरी करने के बाद भी मेरा सीनियर होने का सपना साकार होता दिखाई नहीं दिया। मगर मैंने भी हार नहीं मानी जब मैंने अपनी पाँचवीं नौकरी शुरू की, तो मन-ही-मन निश्चय कर लिया कि अब मैं सीनियर बनकर दिखाऊँगा। यदि भगवान् ने कोई बाधा डाली तो मैं विद्रोह का झंडा उठा लूँगा।

भारतीय प्रधानमंत्री की तरह भारतीय भगवान् भी लोकतंत्र में जनता की शक्ति से भलीभाँति परिचित लगते हैं, तभी तो इस बार मेरी धमकी का असर हुआ, या पता नहीं एक पुरानी कहावत चरितार्थ हुई कि बारह बरस में तो घूरे के भी दिन बदल जाते हैं। मेरे दिन बारह बरस में नहीं, बीस बरस में बदले, क्योंकि मैं घूरा नहीं था या पता नहीं भगवान् को मुझ पर दया आ गई और उन्होंने मुझे नई नौकरी में आने के एक वर्ष के भीतर ही सबसे जूनियर से एकाएक ऊपर उठाकर सबसे सीनियर बना दिया—यानी विभाग प्रमुख। यह बिलकुल वैसा ही था जैसे टीम में नए भरती हुए खिलाड़ी को तुरंत टीम का कप्तान बना दिया जाए। भारत अजूबों का देश है, अत: यहाँ कुछ भी होना असंभव नहीं है। मैंने इस नर-नारायण लीला को प्रभु कृपा मानकर स्वीकार कर लिया।

'सत्ता सुख बहुत मादक होता है', यह मैंने अभी तक केवल पुस्तकों में ही पढ़ा था, इस सुख को कभी भोगा नहीं था। सीनियर होते ही सब बदल गया। लोगों की दृष्टि, व्यवहार, विचारधारा सबमें रातों-रात जबरदस्त परिवर्तन हो गया। 'गिरगिट की तरह रंग बदलना' मुहावरा पुराना पड़ गया है अब तो गिरगिट को भी इनसान से रंग बदलने की ट्रेनिंग लेनी चाहिए और आधुनिक सटीक मुहावरा होना चाहिए—'इनसान की तरह रंग बदलना।' वास्तव में तो यह सारा संसार मतलब का है। चाहे ग्रह हो या देवता, अधिकारी हो या मंत्री प्राय: उसी की पूजा की जाती है, जो किसी को नुकसान पहुँचा सके या फायदा करवा सके। हानि-लाभ करवाने में

अक्षम व्यक्ति की स्थिति तो टूटी तलवार जैसी होती है, जो न किसी की सुरक्षा कर सकती है न हत्या।

सीनियर होते ही सत्ता मेरे हाथ में आ गई। सीनियर और सत्ता का वही संबंध है, जो सूर्य और रोशनी का। एक के आने पर दूसरी अपने आप आ जाती है। सत्ता आते ही उसकी मित्र मंडली भी आ जुटती है। सत्ता और अधिकार, सत्ता और शोषण, सत्ता और अहंकार, सत्ता और संवेदनहीनता वास्तव में सत्ता रूपी हीरे की विभिन्न कोणों से दिखनेवाली भिन्न-भिन्न छवियाँ हैं, अलग-अलग रंग हैं। विभाग प्रमुख बनते ही मुझे बधाई देनेवालों का ताँता लग गया। रहीम के दोहे साक्षात् घटित होने लगे। लोग न जाने कहाँ-कहाँ से संबंध ढूँढ़कर मिलने आने लगे। मेरी प्रशंसा में नित नए उपमान गढ़े जाने लगे। मेरी तो दुनिया ही बदल गई। मुझे लगने लगा कि दुनिया में बहुत से कला पारखी, साहित्य मर्मज्ञ और जौहरी मौजूद हैं। धीरे-धीरे मुझे पता चला कि मेरे विभाग में तीन स्थायी पदों पर नियुक्ति होनी है, जिसके लिए 'एक अनार सौ बीमार' कहावत को फीका करते कई सौ बीमार दौड़ में हैं। तीनों पद स्थायी थे, अतः उन पर नियमानुसार स्थायी नियुक्ति की जानी चाहिए थी। स्थायी नियुक्ति के लिए विज्ञापन देकर आवेदन आमंत्रित किए जाते हैं, फिर योग्यता और अनुभव के आधार पर श्रेष्ठ व्यक्ति को नियुक्त करना होता है।

मैंने अपने अन्य अनुभवी साथियों से विचार-विमर्श किया। भारत में एक अच्छी परंपरा है और वह है मुफ्त में, और कभी-कभी तो बिना माँगे ही सलाह देने की। विदेशों में सलाह देनेवाले 'कंसल्टेंसी' के नाम पर मोटी फीस वसूल लेते हैं। मुझे खुशी हुई कि मेरा जन्म भारत में हुआ है। लिहाजा मुझे मुफ्त में अनेक सलाहें मिल गईं। सलाह देनेवाला सदा स्वयं को महाज्ञानी और दूसरे को महामूर्ख मानकर चलता है। मुझे अनेक महाज्ञानियों के ज्ञान कोष से लाभान्वित होने का अवसर मिला। अधिकतर की राय यही थी कि मैं स्थायी नियुक्ति करने की 'गलती' न करूँ। कारण बताए गए—नौकरी स्थायी होते ही भारतवासी कर्तव्य भूल अधिकारों की खोज में चल पड़ते हैं, अपना कर्तव्य पालन न करना ही अपना अधिकार मानने लगते हैं, बात-बात में आँखें दिखाना, चिल्लाना, कंधे उचकाना उनकी स्वभावगत विशेषता बन जाती है, अवज्ञा, अशिष्टता, अभद्रता, अनुशासनहीनता, कृतघ्नता उन्हें चारों ओर से घेर लेती हैं। इसके विपरीत अस्थायी कर्मचारी सदैव आज्ञाकारी, विनम्र, अनुशासित, मर्यादित, सभ्य-सुसंस्कृत, अनुयायी, प्रशंसक और भक्त बने रहते हैं। वे सदैव सर्वस्व समर्पण के लिए तत्पर रहते हैं। यदि सत्ता-सुख को

पूर्णरूप से भोगना है, तो किसी की कभी भी स्थायी नियुक्ति न करो, और न ही स्थायी नियुक्ति से मना करो। यानी अंगूर का गुच्छा दिखाकर ललचाते रहो और निकालने का डंडा दिखाकर मनमाने ढंग से नचाते रहो।

मैं संन्यासी-महात्मा नहीं हूँ; एक सामान्य सांसारिक मानव हूँ। हालाँकि आजकल के अधिसंख्य संन्यासी-महात्मा भी सामान्य सांसारिक मानव से अधिक सांसारिक हैं, किसी नेता अभिनेता से बड़े नेता अभिनेता हैं, गुरु नहीं गुरु घंटाल हैं, दूसरों को माया मोह से मुक्ति का उपदेश देते हैं और खुद होर्डिंग-बैनर टी.वी., अखबारों में छाए रहने के मोहपाश में बँधे हैं। जब वे संन्यासी-महात्मा माया-मोह नहीं छोड़ पाए, तो मेरे जैसे साधारण मानव की क्या बिसात? लिहाजा सत्ता सुख भोगने के लिए मैं बेचैन हूँ। मुद्दतों के बाद हाथ आए इस स्वर्णिम अवसर को मैं खोना नहीं चाहता। इसलिए मैंने अपने उच्च अधिकारियों से सहमति व्यक्त करते हुए स्थायी नियुक्तियाँ न करने का फैसला किया है। एक तीर से कई निशाने सध रहे हैं। अब मैं समझदारों की बिरादरी में शामिल हो गया हूँ, क्योंकि मुझे भी लेना है—शोषणानंद।

❑

एकमत

संसद् में समय-समय पर अनेक प्रस्ताव पेश होते रहते हैं। कुछ मंजूर होते हैं, तो कुछ नामंजूर। कुछ पर भारी बहुमत होता है, तो कुछ पर सामान्य बहुमत। मगर इस मुद्दे पर सब एकमत थे। संसद् में एक अभूतपूर्व एकता कायम थी। न कोई सत्ता पक्ष था न विपक्ष, न कोई वामपंथी था न दक्षिणपंथी, न कोई कांग्रेसी था न गैर-कांग्रेसी। सभी आपसी भेदभाव, कड़वाहट, गिले-शिकवे भुला बैठे। जैसे ही एक सदस्य ने प्रस्ताव पेश किया, तुरंत सभी ने मेजें थपथपाकर इसका स्वागत किया। सबने तुरंत समर्थन व्यक्त किया। प्रस्ताव ध्वनि मत से पारित हो गया। यदि संसद् में प्रस्ताव पारित करने में लगे न्यूनतम समय के संबंध में कोई रिकॉर्ड रहा होगा, तो इस दिन वह निश्चित रूप से टूट गया होगा। संसद् के इतिहास में शायद यह सबसे कम समय में पारित हुआ प्रस्ताव माना जाएगा। गिनीज बुक को इस पर ध्यान देना चाहिए। दरअसल यह प्रस्ताव था ही ऐसा कि कोई भी सांसद चाहकर भी इसका विरोध नहीं कर सकता था, क्योंकि उसे अपने गृह मंत्रालय का भी तो ध्यान रखना था न। आखिर यह प्रस्ताव था कौन सा?

यह प्रस्ताव था—सांसदों के वेतन भत्ते तथा सुविधाएँ बढ़ाने का प्रस्ताव। इतने बड़े देश के संसद्-सदस्य और इतनी मामूली सुविधाएँ। वेतन भत्ते तो और भी शर्मनाक। जब यही संसद् सदस्य सरकारी कर्मचारियों के लिए वेतन भत्ते बढ़वाते हैं, उन्हें बोनस, पेंशन आदि दिलवाते हैं; सदा दूसरों के हित में सोचते, कहते और करते हैं, तो क्या उन्हें इतना भी हक नहीं कि वे अपने लिए भी कुछ माँग कर सकें? उनकी माँगें इतनी जायज और मामूली थी कि उन पर चर्चा करने या अस्वीकार करने का प्रश्न ही नहीं उत्पन्न होता था। फिर भी एक आध सांसदों ने रस्मी तौर पर बाकायदा उसका दबे स्वर में विरोध किया। फिर इस वृद्धि को आवश्यक मानते हुए कड़वे घूँट की तरह स्वीकार किया। कितनी विडंबना है कि

बेचारे जी-जान से जनसेवा में समर्पित हमारे सांसदों को अपने वेतन-भत्ते बढ़वाने के लिए हर दो-तीन साल बाद माँग करनी पड़ती है, फिर विधेयक भी लाना पड़ता है और उसे पास भी करना पड़ता है। होना तो यह चाहिए कि प्रति वर्ष या यदि संभव हो प्रत्येक तिमाही-छमाही, सांसदों के वेतन-भत्ते अपने आप ही एक निश्चित प्रतिशत से बढ़ते रहें, ताकि हमारे माननीय सांसदों को इस तुच्छ काम के लिए अपना बहुमूल्य समय खराब न करना पड़े।

खैर, अब आइए ज़रा हमारे देश के अतिविशिष्ट व्यक्तियों अर्थात् सांसदों के वेतन-भत्तों आदि पर भी एक नजर डाल लें। 1998 तक एक सांसद का मासिक वेतन 1500/- था, जब माली, चपरासी, चौकीदार आदि का वेतन भी 1500/- से अधिक होता था। मात्र 1500/- प्रतिमाह वेतन देकर सांसदों से ईमानदारी, कर्तव्यनिष्ठा, अनुशासनप्रियता की माँग करना उसी तरह नाइंसाफी है, जैसे सूखे उजड़े बगीचे में फूलों की आशा करना। दिन-रात जनता की सेवा में तन-मन से लगे हमारे सांसदों को इतना कम वेतन देना उनका सरासर अपमान था। अतः सांसदों ने 'सांसद वेतन, भत्ते एवं पेंशन अधिनियम 1954 के अंतर्गत' इसे तुरंत बढ़वाकर 4000/- रुपए करवाया। मगर यह भी केवल ढाई गुणा वृद्धि थी, अतः सन् 2001 में एक बार फिर इसमें मात्र तीन गुना वृद्धि करके इसे 12,000/- रुपए किया गया। वर्ष-प्रति-वर्ष इस पर विचार के उपरांत संशोधन होता गया। माननीय सांसदों ने मीडिया की वक्रदृष्टि से बचने के लिए मासिक वेतन को अधिक न बढ़ाकर सन् 2009 तक आते-आते केवल 16,000/- किया, किंतु इसके साथ संसदीय क्षेत्र भत्ता 20,000/- तथा एक अतिरिक्त भत्ता 30,000/- रुपए भी चुपचाप जोड़ लिया, यानी अब हमारे एक माननीय सांसद वेतन के रूप में मात्र 66,000/- प्रति माह प्राप्त करते हैं, जो कि सन् 1998 के रु. 15,000/- प्रतिमाह से लगभग केवल 44 गुणा ही है, वह भी 11 वर्ष के लंबे समय में। आज जब बहुराष्ट्रीय कंपनियाँ 10-12 घंटे काम करने के दो-तीन लाख रुपए प्रतिमाह तक दे रही हैं, ऐसे में 24 घंटे काम करनेवाले सांसदों को 66,000/- प्रतिमाह भी कोई संतोषजनक वेतन नहीं है। यदि अच्छी प्रतिभाओं को राजनीति की ओर आकर्षित करना है, यदि भ्रष्टाचार मिटाना है, तो सांसदों का वेतन कम-से-कम दो लाख रुपए प्रति माह होना चाहिए। आखिर वे दिन-रात जनता की सेवा में तल्लीन जो रहते हैं।

संसद् की बैठक या उसकी समितियों की बैठक के दौरान मिलनेवाला दैनिक भत्ता 1998 से पूर्व मात्र 200/- था। सांसदों ने इसे अपनी तोहीन माना तथा 1998 में 400/-, 2001 में 500 तथा बाद में 2,000/- करवाया गया। भई, संसद्

का सत्र कोई रोज तो होता नहीं, साल में केवल 3-4 बार ही तो होता है, रही बात समितियों का सदस्य होने की, तो उसमें केवल कुछ ही भाग्यशाली सांसदों को मौका मिलता है। नियम यह होना चाहिए कि प्रत्येक सांसद कम-से-कम पाँच समितियों का सदस्य होगा तथा उनकी नियमित बैठकें होंगी। कुछ तो गुजारा हो सांसदों का। अब ज़रा कार्यालय खर्च भी देखिए। रोज हजारों की तादाद में आने वाले पत्रों के उत्तर देना, बीसियों जगह भाषण देना, अनेक महत्त्वपूर्ण जनहित कार्यों के लिए पत्र लिखवाना पड़ता है और कार्यालय, कंप्यूटर, इंटरनेट, स्टेनो आदि के खर्च के लिए केवल 5500 रुपए इससे तो एक स्टेनो की लिपिस्टिक, बिंदी का भी खर्च बड़ी मुश्किल से निकलता है। इसलिए 1998 में इसे बढ़ाकर 9500/-, 2001 में 14000/- तथा बाद में 45,000/- (15,000/- + 30,000/-) कर दिया गया।

भारत एक विशाल देश है। प्रत्येक सांसद को लंबे-चौड़े क्षेत्र का प्रतिनिधित्व करना पड़ता है। क्षेत्र के लोगों की समस्याएँ सुनने, वहाँ की प्रगति का जायजा लेने या क्षेत्र में शिलान्यास, उद्घाटन आदि के लिए जाने के लिए केवल 6000/- रुपए भत्ता क्या कहीं से ठीक कहा जा सकता है? नहीं। इसीलिए तो सांसदों ने इसे 1998 में 8000/-, 2001 में 10,000 तथा बाद में 45,000/- प्रतिमाह करवा लिया। हमारी जनता के चुने हुए प्रतिनिधि भी यदि आम जनता की ही भाँति रेलगाड़ी की सामान्य श्रेणी में जाएँ तो जनता के हृदय में कितनी वेदना होगी। जो गलती लालबहादुर शास्त्री, राजेंद्र प्रसाद आदि ने की, उसे तो आज के सांसद दोहराएँगे नहीं। इसीलिए सांसदों को वातानुकूलित प्रथम श्रेणी में अकेले रेल यात्रा करने की सीमित सुविधा दी गई। अकेला व्यक्ति तो बैठा-बैठा ही बोर हो जाता है, अत: 1998 में पति/पत्नी को भी साथ ले जाने की इजाजत दे दी गई। और उधर पत्नी; क्योंकि (अधिकतर सांसद पति ही थे और आज भी 33 प्रतिशत महिलाओं का आरक्षण एक सपना ही है) ने भी दिल्ली देखने की जिद की। अब पत्नी की जिद के आगे तो भगवान् श्री राम को भी झुकना पड़ा था। पति पत्नी जब दोनों ही चल दिए, तो पीछे बच्चों का ध्यान कौन रखेगा? फिर वैसे भी बच्चों के बिना घूमने का मजा भी तो नहीं आता। इसीलिए 2001 में हुए संशोधन में सांसद को सपरिवार जब चाहे जहाँ चाहे, पूरे देश भर में वातानुकूलित प्रथम श्रेणी में आने जाने की सुविधा देनी आवश्यक समझी गई। सांसद का समय कीमती होता है, अतः हमेशा रेलगाड़ी में यात्रा करना समय की बर्बादी तो होती ही है; सांसद के पद की गरिमा के भी प्रतिकूल होता है और हमारे देश के माननीय सांसद कोई भी

ऐसा कार्य भला कैसे कर सकते हैं, जो उनकी गरिमा के प्रतिकूल हो। अत: सांसदों के लिए 28 बार नि:शुल्क विमान यात्रा की सुविधा दी गई थी। पत्नी का दबाव बढ़ा तथा व्यस्तता भी बढ़ी, अत: 1998 में नि:शुल्क विमान यात्रा की सुविधा को पत्नी/पति सहित 32 बार कर दिया गया, जिसे बाद में बढ़ाकर 34 बार कर दिया गया। बच्चों के बार-बार कहने पर भी हमारे ईमानदार तथा जनहित प्रेमी सांसदों ने अभी तक भी यह नि:शुल्क विमान सुविधा अपने बच्चों को नहीं दिलवाई। है न कितना त्याग? हमारे सांसदों ने विश्व के सामने नि:स्वार्थ सेवा का जो अनुकरणीय उदाहरण रखा है, वह अद्‌वितीय है।

हमारे माननीय संसद् सदस्यों को यात्रा भत्ते के नाम पर मात्र 5/- प्रति किलोमीटर के मिलते थे, जिसमें मामूली बढ़ोत्तरी करते हुए पहले 6 रुपए तथा फिर 2001 में 8 रुपए तथा बढ़ती महँगाई को नमन करते हुए बाद में 16 रुपए प्रति किलोमीटर कर दिया गया है। अब आप पूछेंगे कि जब रेल और हवाई यात्रा नि:शुल्क है, क्षेत्र में भ्रमण भत्ता भी मिलता है तो इस यात्रा भत्ते का क्या मतलब? बस यही तो दिक्कत है हम भारतीयों में। किसी का भला होता तो देख ही नहीं सकते, तुरंत लग जाते हैं सवाल उठाने। अरे भई सब जगह तो रेलगाड़ी या हवाई जहाज जाते नहीं। भारत गाँवों का देश है। अभी भी अनेक गाँव ऐसे हैं जो रेल या हवाई जहाज तो दूर, सड़क से भी नहीं जुड़े हैं। ऐसे गाँवों में जाना कोई आसान काम थोड़े ही है। हमारे माननीय सांसदों को तो ऐसे दूरदराज के गाँवों में भी क्षेत्रीय विकास हेतु जाना आना पड़ता है, तो ऐसे में 16 रुपए प्रति किलोमीटर का यात्रा भत्ता, भला क्या मायने रखता है?

कार खरीदने के लिए 1998 तक मात्र 50,000 रुपऐ के ऋण की व्यवस्था थी, जिसे 1998 में बढ़ाकर एक लाख रुपए तथा बाद में चार लाख रुपए कर दिया गया। अब आप ही बताइए कि भला चार लाख रुपए में कोई ढंग की कार खरीदी जा सकती है। ऐरे गैरे तक मर्सिडीज, बी एम डब्ल्यू, रॉल्स राइस कारें लिए घूमते हैं, जबकि हमारे जनसेवक के लिए कार ऋण केवल चार लाख रुपए। चार लाख रुपए में तो कोई सैकेंड हैंड खटारा गाड़ी ही मिलेगी। कार ऋण कम से कम 50 लाख रुपए तो होना ही चाहिए, आखिर सांसद की गरिमा-प्रतिष्ठा भी कोई चीज़ होती है कि नहीं।

हमारे प्रतिष्ठित सांसदों को 1998 से पहले केवल 15000 यूनिट बिजली नि:शुल्क मिलती थी। जितना बड़ा जूता होगा, पालिश भी तो उतनी ही अधिक लगेगी न। इसी प्रकार जितना बड़ा बँगला, उतनी ही अधिक बिजली की खपत।

चुनाव जीतने के लिए दिन-रात पसीना बहानेवाले सांसद को क्या इतना भी अधिकार नहीं कि वह जीतने के बाद ए.सी. में बैठकर ज़रा पसीना ही सुखा ले। वैसे भी दिल्ली में सर्दियों में कड़कती सर्दी और गरमियों में भयंकर गरमी पड़ती है, ऐसे में बिना ए.सी. के रहना कैसे संभव है? सांसद से लेकर उसके नौकर-चाकर कुत्ते-बिल्ली तक के लिए जब ए.सी. चलेंगे, तो बिजली की खपत तो होगी ही। ऐसे में मात्र 15000 यूनिट निःशुल्क बिजली से कैसे काम चल सकता था, इसीलिए 1998 में उसे 25000 यूनिट तथा 2001 में 50000 यूनिट निःशुल्क बिजली का प्रावधान कर दिया गया तब से लेकर आज तक एक दशक से भी अधिक बीत गया, मगर इसमें बढ़ोतरी नहीं की गई। है न कितना अन्याय हमारे माननीय सांसदों के साथ?

चुनाव में बड़ों-बड़ों को पानी पिला देनेवाले सांसद को यदि पानी खरीदकर पीना पड़े, तो यह हमारे देश के लिए बहुत ही शर्मनाक बात होती, इसीलिए 1998 में सांसदों के लिए 2000 किलोलीटर निःशुल्क पानी की व्यवस्था की गई, जिसे नाकाफी मानकर 2001 में 4000 किलोलीटर कर दिया गया। 'बिन पानी सब सून' पंक्ति को ध्यान में रखते हुए सांसदों के लिए पर्याप्त पानी उपलब्ध कराया जाए। इस बात का खास ध्यान रखा जाए कि हमारे सांसदों को चुल्लू भर पानी की भी कमी महसूस न हो।

सूचना प्रौद्योगिकी के इस दौर में समय के साथ कदम-से-कदम मिलाकर चलने के लिए यह जरूरी है कि हमारे सांसद टेलीफोन, कंप्यूटर, इंटरनेट आदि की सुविधा से लैस रहें, अतः उन्हें दो टेलीफोन, एक मोबाइल फोन तथा एक कंप्यूटर निःशुल्क उपलब्ध कराए गए हैं, मगर खाली टेलीफोन या कंप्यूटर देने से क्या लाभ? इसीलिए उन्हें 1 लाख 50 हजार टेलीफोन कॉलें मुफ्त करने की सुविधा दी गई है तथा 1,500/- प्रतिमाह इंटरनेट ब्राडबैंड के लिए दिए जाते हैं। देश-विदेश के साथ साथ अपने क्षेत्र तथा क्षेत्र के आम आदमी से सीधे जुड़े रहने के लिए इतनी सुविधा तो जरूर ही मिलनी चाहिए।

अब बीमारी तो किसी को भी बख्शती नहीं है, चाहे वह मंत्री हो या सांसद, मजदूर हो या भिखारी। इस बात का ध्यान रखते हुए सांसद को सपरिवार मुफ्त इलाज की सुविधा प्रदान की गई है। अब सांसद यदि किसी सरकारी या खैराती अस्पताल में इलाज करवाएगा, तो भारत के लोकतंत्र और संसद् की प्रतिष्ठा को धक्का लगेगा, इसलिए इलाज अपोलो, बतरा या ब्रीच कैंडी जैसे अस्पताल में ही करवाना उनकी मजबूरी बन जाती है। कभी-कभी तो बेचारे सांसदों को, यदि वे

मंत्री या मंत्री पद के निकट हों, इलाज करवाने के लिए विदेश भी जाना पड़ जाता है। एक गरीब देश के गरीब सांसद होने के नाते उनकी आत्मा उन्हें विदेश में इलाज करवाने की इजाजत तो नहीं देती, मगर जनहित का ध्यान करते हुए उन्हें अपनी आत्मा को मारकर ऐसा निर्णय लेना पड़ता है।

इसके अतिरिक्त हमारे सांसदों को कुछ छोटी-मोटी सुविधाएँ तथा विशेषाधिकार भी दिए हुए हैं जो जनसेवा के लिए पहली जरूरत है; जैसे दिल्ली में नाम मात्र के किराए पर दो लाख प्रतिमाह किराए वाली कोठी और गैराज, मुफ्त फर्नीचर तथा नाममात्र के किराए पर एयरकंडीशनर। बिन बारी के रसोई गैस तथा टेलीफोन कनेक्शन दिलवाने का अधिकार। सब मिलाकर एक सांसद पर प्रतिमाह दस लाख से भी कम ही खर्च आता है, जबकि पिछले दिनों एक एम.बी.ए. को दो करोड़ रुपए सालाना का पैकेज मिला। बेचारे हमारे माननीय सांसद!

स्व. राजीव गांधी जब भारत के प्रधानमंत्री बने, तो उन्होंने प्रत्येक सांसद को अपने क्षेत्र के विकास के लिए 1 करोड़ रुपए देने की घोषणा की। सांसदों को यह घोषणा बहुत अच्छी लगी। बाद में यह महसूस किया गया कि आजकल तो अरबों-खरबों का बजट बनता है और रुपए का मूल्य निरंतर गिरता जा रहा है, ऐसे में एक करोड़ रुपए का क्या महत्त्व? इसीलिए बाद में इस राशि को बढ़ाकर दो करोड़ रुपए कर दिया गया। जब तक सांसद के पास विकास के लिए पर्याप्त पैसा नहीं होगा, तब तक वह बेचारा चाह कर भी कुछ विकास नहीं कर सकता। सांसदों की अपने क्षेत्र के विकास के लिए इस गंभीर चिंता को ध्यान में रखते हुए इस राशि को तुरंत बढ़ाकर बीस करोड़ प्रति सांसद कर दिया जाना चाहिए।

हमारे देश में एक-दूसरे से प्रेरणा लेने की पुरानी परंपरा है। हमारे प्रतिष्ठित सांसदों से प्रेरणा लेते हुए विभिन्न राज्यों के विधायक तथा निगम पार्षद भी समय-समय पर अपने लिए कुछ छोटी-मोटी वेतन-भत्ता वृद्धि करवा लिए करते हैं। हिमाचल प्रदेश के माननीय मुख्यमंत्री, मंत्रियों, विधायकों ने अप्रैल 2012 के वेतन-भत्तों में एक वर्ष बाद अर्थात् अप्रैल 2013 में दुगुनी से भी कम यानी मामूली सी वेतन वृद्धि करने वाला बिल मंत्रिमंडल तथा माननीय राज्यपाल से पारित करवा लिया। इसके अनुसार अब हिमाचल प्रदेश के मुख्यमंत्री को 84 हजार के स्थान पर 1.50 लाख, विधानसभा अध्यक्ष तथा कैबिनेट मंत्रियों को 81 हजार के स्थान पर 1.35 लाख, राज्य मंत्रियों को 77 हजार के स्थान पर 1.33 लाख, विधायकों को 75 हजार के स्थान पर 1.20 लाख तथा पूर्व विधायकों को पेंशन के रूप में 18 हजार के स्थान पर 22 हजार रुपए मात्र मिलेंगे। प्रत्येक पूर्व विधायक को 72

प्रतिशत डी.ए. मिलेगा। हाउस लोन भी 20 लाख से बढ़ाकर केवल 35 लाख किया गया है। बाकी राज्य भी इनसे प्रेरणा लेकर महँगाई के इस दौर में अपनी दाल-रोटी का इंतजाम करेंगे, ऐसी आशा है। देखा कितने महान् हैं हमारे सांसद तथा कितनी अद्‌भुत है उनकी एकता। सांसदों की इस एकता तथा महानता को सहस्रों नमन।

❑

बुद्धिजीवी और सामोसिक संस्कृति

देश संकट की स्थिति से गुजर रहा था। पूरा देश चिंतित था। जगह-जगह चर्चा और चिंतन चल रहा था। निर्णय हुआ कि बुद्धिजीवियों की प्रधानमंत्री के साथ एक बैठक करवाई जाए, जिसमें प्रधानमंत्री और बुद्धिजीवी आपस में बातचीत करें और संकट का कोई हल निकालें। गरमी का मौसम था। बैठक शाम 6 बजे प्रधानमंत्री निवास पर रखी गई। आयोजकों ने सोचा कि गरमी और उमस की अधिकता के कारण अधिकतर बुद्धिजीवी राजधानी में होंगे नहीं, अवश्य ही पर्वतीय स्थलों पर सैर-सपाटे के लिए निकल गए होंगे। अत: बुद्धिजीवियों की संख्या कहीं कम न हो जाए; कहीं बैठक कोरम के अभाव में ही दम न तोड़ दे; संख्या बल बढ़ाने और बचाने में उलझे प्रधानमंत्री जी कहीं बुद्धिजीवियों की कम संख्या देखकर कुपित न हो जाएँ, इसलिए अधिक-से-अधिक बुद्धिजीवियों को ढूँढ़-ढूँढ़कर निमंत्रित किया गया।

बुद्धिजीवी घर पर ही थे। शायद उन्होंने घर को ही हिलस्टेशन मान लिया था या गरमी और महँगाई ने मिलकर उनकी हालत पतली कर दी थी, जिस वजह से वे किसी पर्वतीय स्थल पर जाने की स्थिति में थे ही नहीं। वैसे भी बुद्धिजीवियों की न जेब गरम होती हैं न मुट्ठी। हाँ, कभी-कभार बुद्धि जरूर गरम हो जाती है। ऐसी हालत में निमंत्रण और वह भी प्रधानमंत्री के यहाँ से, तो भला इसे कौन ठुकराता? हर कोई चल पड़ा तथा अपने साथ एक-दो को लेता भी गया; फिर अपने देश में बुद्धिजीवियों की कमी थोड़े ही है, एक ढूँढ़ो हजार मिलते हैं। प्रधानमंत्री निवास पर मेले का सा दृश्य हो गया। बड़ी धक्कामुक्की तथा सुरक्षा जाँच के बाद बुद्धिजीवी किसी तरह प्रधानमंत्री निवास के लॉन में पहुँचे। तरह-तरह के बुद्धिजीवी आए थे, जिनका वर्णन करना उसी तरह असंभव है जैसे शिव बारात का, फिर भी कुछ नमूने देखिए। कुरते-पायजामे वाले और धोती-कुरते

वाले, पैंट-शर्ट वाले और कोट-टाई वाले, पान खानेवाले और सिगार-सिगरेट पीनेवाले बुद्धिजीवी, लेखक बुद्धिजीवी, मनोवैज्ञानिक बुद्धिजीवी, युवा-वृद्ध, मोटे-पतले, जिधर देखो बुद्धिजीवी-ही-बुद्धिजीवी। प्रधानमंत्री निवास की निमंत्रण रूपी बाँसुरी को सुनकर सब बुद्धिजीवी चूहों की तरह अपने-अपने बिलों से निकल आए। प्रधानमंत्री निवास में बुद्धिजीवी ऐसे सुशोभित हो रहे थे, मानो मुगलगार्डन में भाँति-भाँति के फूल खिले हों।

प्रधानमंत्रीजी दिए गए समय से मात्र एक घंटा देर से पहुँचे। भारत में विशिष्ट व्यक्ति की विशिष्टता इसी में मानी जाती है कि वह देर से पहुँचे। जो जितना देर से पहुँचे, वह उतना ही विशिष्ट। प्रधानमंत्रीजी तो अतिविशिष्ट थे, फिर भी केवल एक घंटा ही देर से पहुँचे। बैठक शुरू हुई। प्रधानमंत्रीजी ने बोलना शुरू किया। भीड़ किसी भी राजनेता की सबसे बड़ी कमजोरी होती है। प्रधानमंत्री भी राजनेता ही थे। फिर भीड़ भी कोई ऐरी-गैरी नहीं, बुद्धिजीवियों की भीड़ थी। प्रधानमंत्री जी रौ में आ गए। बस फिर क्या था। देश की समस्याओं का वर्णन करने में जुट गए। भारत की समस्याएँ भी भारत की भाँति विविधतापूर्ण, व्यापक और विस्तृत हैं। तुलसीदासजी ने कहा है—हरि अनंत हरि कथा अनंता। इसी प्रकार भारत विशाल है, उसकी समस्याएँ विशाल।

❑

मर्ज बढ़ता गया...

मंत्रीजी के साले साहब के मन में एक दिन अचानक हिंदी-प्रेम जाग उठा। दरअसल हुआ यूँ कि उन्हें सपने में हिंदी देवी ने दर्शन दिए और बताया कि उसकी स्थिति बहुत खराब है। सुबह-सुबह साले साहब अपने जीजाजी के घर प्रकट हो गए। मंत्रीजी साले साहब को आया देखकर मंत्रीजी की आलीशान कोठी में हड़कंप मच गया। राजतंत्र में राजा होते थे; उनके मंत्री होते थे, लेकिन लोकतंत्र में राजा नहीं होते या होते भी हैं, तो उन्हें कोई पूछता नहीं है। हाँ, मंत्री जरूर होते हैं और एक-एक मंत्री सौ-सौ राजा के समान होता है। कम-से-कम भारतीय लोकतंत्र में तो यही स्थिति है; पता नहीं, अभी तक हमने लोकतंत्र को सच्चा स्वरूप देने के संबंध में अपने आका—अमेरिका—का अनुकरण क्यों नहीं किया?

मंत्रीजी के साले साहब को देखकर आलीशान कोठी में हड़कंप क्यों मच गया? यह प्रश्न आपके मस्तिष्क में अवश्य कौंधा होगा। मैं कारण बताए देता हूँ। वास्तव में, जब-जब भी मंत्रीजी के साले साहब आए, तब-तब वे अपने साथ कोई-न-कोई अमूल्य, अद्‍भुत 'आइडिया' जरूर लेकर आए। मंत्रीजी सारी दुनिया पर, सारे सरकारी अफसरों पर रोब मार सकते थे, किंतु हर भारतीय पुरुष की भाँति अपनी पत्नी और पत्नी के भ्राताश्री के सम्मुख नतमस्तक हो जाते थे। इस कारण उनका पूरा ससुराल सत्ता सुख उसी प्रकार भोगता था, जैसे आधुनिक बाबाओं—स्वामियों के चेले। वैसे भी ससुराल में सास-ससुर, साला-सलहज, साली-साढ़ू सबसे 'सत्ता सुख' के 'स' की वर्ण-मैत्री भी है और ध्वनि-साम्यता भी।

साले साहब के 'आइडिया' कुछ-न-कुछ गुल अवश्य खिलाते थे। इसलिए सुबह-सुबह मंत्रीजी के भव्य भवन में साले साहब का पदार्पण होता देख, सबके चेहरे ऐसे उतर गए, मानो मंत्रीजी का कोई काला कारनामा मीडिया की नजर में आ गया हो। दरबान से लेकर माली, चौकीदार, नौकर-चाकर, बाउंसर, बॉडीगार्ड,

पी.ए., पी.एस., ओ.एस.डी. तक, सब सावधान हो गए। सब ओर से उन्हें सैल्यूट पड़ने लगे। सब जानते थे कि मंत्रीजी नाराज हो जाएँ, तो इन्हीं साले साहब की शरण में जाने से काम बन जाता था, किंतु साले साहब रूठ जाएँ, तो मंत्रीजी भी सहायक नहीं होते। ठीक वैसे ही, जैसे कबीरदासजी ने कहा था कि यदि हरि (ईश्वर) रूठ जाएँ तो गुरु की शरण में जाइए, वे कुछ-न-कुछ उपाय जरूर बता देंगे, किंतु यदि गुरु रूठ गए, तो हरि (ईश्वर) भी सहायक नहीं होते। इसीलिए वे गुरु-गोविंद में से पहले गुरु के चरण स्पर्श करने की सलाह देते थे।

मंत्रीजी का पूरा अमला मंत्रीजी से भी ज्यादा बढ़िया सैल्यूट उनके साले साहब को मारने में विश्वास रखता था। साले साहब अपनी वी.आई.पी. गरदन को न्यूनतम कष्ट देते हुए उनके अभिवादन का उत्तर दे रहे थे और दे-दनादन कोठी के भीतर बढ़ते जा रहे थे। लगभग 10-15 मिनट तेज-तेज कदमों से चलने के पश्चात् वे अपने परम पूज्य जीजाजी के सम्मुख साक्षात् उपस्थित हो गए। साले साहब जैसे ही जीजाजी के चरण स्पर्श करने के लिए झुके, तो ऐसा विचित्र दृश्य उपस्थित हो गया कि पता ही नहीं चल रहा था कि कौन किसके चरण स्पर्श कर रहा है।

मंत्रीजी ने साले साहब को बिठाया। इससे पहले कि वे चाय-नाश्ता लाने के लिए कहते, चार-पाँच नौकर हाथ में जूस का जग, सैंडविच, भाँति-भाँति के विदेशी फल आदि-आदि लेकर प्रकट हो चुके थे। मंत्रीजी खुश हुए। उनकी खुशी साले साहब की खुशी का ही प्रतिबिंब थी। मंत्रीजी ने औपचारिक हाल-चाल पूछने के बाद सुबह-सुबह आने का कारण जानना चाहा। साले साहब ने हिंदी देवी के स्वप्न में प्रकट होने तथा अपनी दुर्दशा बताने की बात बताई। सुनकर मंत्रीजी गंभीर हो गए। उनके गंभीर होते ही पूरा मंत्री आवास गंभीर हो गया। पेड़-पौधे, फूल-पत्ते, कुत्ते-बिल्लियाँ तक गंभीरता की चादर ओढ़े स्थिति की गंभीरता को व्यंजित करने लगे।

मंत्रीजी जानते थे कि जिस प्रकार कोई भी ताला बनाते समय उसकी चाबी अवश्य बनाई जाती है, उसी प्रकार साले साहब समस्या के साथ-साथ समाधान भी अवश्य लाते हैं। उन्होंने पूरी गंभीरता से साले साहब से प्रश्न किया—

''छुटके बाबू, (मंत्रीजी अपने साले को प्यार से छुटके बाबू कहा करते थे।) अब इस समस्या का समाधान भी आप ही को बताना पड़ेगा। हिंदी देवी की दुर्दशा जानकर हमारा दिल अत्यधिक व्यथित हुआ है। हमें शीघ्र ही कुछ करना चाहिए।''

''आप बिलकुल ठीक कह रहे हैं, बड़के बाबू। (साले साहब अपने पूज्य

जीजाजी को सम्मान सहित 'बड़के बाबू' कहा करते थे।) आप कौनों चिंता नाहीं करें, हम हैं न। सब ठीक कर देंगे।''

''वह तो हमको मालूम है, मगर कैसे? कोई आइडिया तो होगा ही आपके पास।''

''अजी आइडिया की तो पूरी फैक्टरी है हमारा दिमाग में। प्रोडक्सन भी धाँसू होता है। सबसे पहले तो आप हर स्कूल में पहली कच्छा से अंगरेजी अनिवार्य कर दीजिए। सरकारी स्कूलों में अंग्रेजी माध्यम से पढ़ाई करवाइए। सभी सरकारी नौकरियों के लिए अंग्रेजी की परीच्छा पास करना जरूरी हो, खासकर यू.पी.एस.सी. की आई.ए.एस. जैसी परीच्छा में। उसके बाद···''

''अरे छुटके बाबू ये आप क्या कह रहे हैं? इससे तो हिंदी की दुर्दशा और भी दुर्दुर्दशा हो जाएगी।···''

''अरे बड़के बाबू, आप हमारा पूरी बात तो सुने ही नाहीं। आप तो जानत ही हैं कि लोकतंत्र में कोई भी काम सीधे ढंग से नहीं होता। उलटा चलना पड़ता है। आप ध्यान से हमारी पूरी योजना सुन लीजिए। उसके बाद जो आपको उचित लगे, वही कीजिए।''

''ठीक है कहिए, हम सुन रहे हैं।'' मंत्रीजी पूरी तरह से सतर्क होकर बैठ गए। छुटके बाबू शुरू हो गए, ''आप पहले अंग्रेजी को बढ़ाने के काम पर लग जाइए। बाहर-बाहर तो सभाओं, जलसों में हिंदी का गुणगान कीजिए और भीतर-भीतर अंग्रेजी को बढ़ाइए। इससे सारी आई.ए.एस. लॉबी आपके साथ हो जाएगी। लोकतंत्र में किसी भी मंत्री को अपना मंत्रालय सुरक्षित रखने के लिए आई.ए.एस. लॉबी का कॉन्फिडेंस जीतना बहुते ही जरूरी होता है। थोड़े दिनों बाद जब ये बातें मीडिया के द्वारा बाहर पब्लिक तक जाएँगी, तो थोड़ा-बहुत हल्ला होगा। हिंदी के नाम पे घी-बूरा खानेवाली संस्थाएँ विरोध-प्रदर्शन, धरना-जलूस करेंगी। उन्हें भी तो थोड़ा काम मिलना चाहिए कि नाहीं। बैठे-बैठे जंग खा गए हैं सबके-सब। हमहू अपने सारे लौंडे-लफाड़ों को नारेबाजी के लिए बुला लेंगे। फिर आप इन लोगों से मिलिएगा, थोड़ा घड़ियाली आँसू बहाइएगा और मामले को संसद् में उठाने का आश्वासन दीजिएगा। प्रेस कॉन्फ्रेंस बुलाकर इसकी घोर निंदा कीजिएगा। इस सबसे पब्लिक में आपकी इमेज बहुत-ए-बढ़िया हो जाएगी। तब आप एक-दो निर्णय वापस ले लीजिएगा, जैसे पेट्रोल कंपनियाँ पेट्रोल के दाम 5 रुपए प्रति लीटर बढ़ाकर फिर थोड़े-थोड़े दिनों बाद दो बार एक-एक रुपए कम कर देती हैं, जनता को लगता है कि बढ़ाए तो एक बार थे, कम दो बार कर दिए हैं। पेट्रोल

कंपनियों को तब भी 3 रुपए प्रति लीटर का फायदा होता है। गैस सिलेंडरवाला मामला तो आपको यादे ही होगा। पहले साल में 16-17 सिलेंडर मिलते थे, सरकार ने घटाकर सीधे 6 सिलेंडर कर दिए। जनता तथा विपच्छी दलों ने हल्ला किया, तो चुनाव पास आने पर 6 से बढ़ाकर 9 सिलेंडर हर साल कर दिए। जनता खुस। विपच्छी दलों की बोलती बंद। आप भी ऐसा ही कुछ कीजिए।''

''इसके बाद आप एक आयोग गठित कर दीजिए, जो सरकारी कार्यालयों में हिंदी का काम बढ़ाने के उपाय बताएगा। इस आयोग को पूरी छूट दीजिएगा, पैसा खर्च करने की, कहीं भी आने-जाने की। जाहिर है कि आप इसमें अपने घर-परिवार के बिस्वस्त लोगों को ही सदस्य बनाइएगा। इससे सबके मन में हिंदी के प्रति प्रेम बढ़ेगा। अच्छे काम की सुरुआत घर से ही करनी चाहिए। विदेसों में हिंदी खूब आगे बढ़ रही है। आयोग के सदस्य विदेस जाकर इसका कारण पता लगाएँगे। सुरू में छह महीने में रिपोर्ट देने के लिए कहिएगा, लेकिन ये छह महीने तब तक खत्म नहीं होने चाहिए, जब तक अपनी पार्टी की गोरमेंट है।'' छुटके बाबू उत्साहित होकर अपनी योजनाएँ बता रहे थे। बड़के बाबूजी यानी अपने मंत्री महोदय दत्तचित्त होकर सारी योजनाएँ समझ रहे थे और उन्हें क्रियान्वित करने की योजना मन-ही-मन बना रहे थे।

कुछ ही दिनों बाद योजनानुसार कार्य करने के परिणाम सामने आने लगे। अंग्रेजी की बढ़ती महत्ता एवं अनिवार्यता का हिंदी संगठनों ने जमकर विरोध किया। संसद् में भी सांसदों ने इस मुद्दे को ज़ोर-शोर से उठाया। सरकार की तरफ से हिंदी विरोधी कुछ फैसले स्थगित करने का आश्वासन दिया गया। मंत्री महोदय ने एक जाँच समिति गठित कर दी। राजभाषा के रूप में हिंदी को आगे बढ़ाने के लिए सुझाव देने हेतु एक आयोग के गठन का प्रस्ताव भी विचाराधीन है। आयोग के अध्यक्ष के नाम को लेकर ही सारा मामला अटका हुआ है। इसके लिए जबरदस्त खींचतान है। मंत्रीजी के भतीजे, भानजे और साले साहब के बीच रस्साकशी चल रही है। आशा है कि मामला जल्दी ही सुलझ जाएगा क्योंकि यदि मीडिया तक यह बात पहुँच गई, तो सारा गुड़गोबर हो जाएगा और किसी के हाथ कुछ नहीं आएगा। इस बात को सभी पक्ष समझ रहे हैं।

राजभाषा हिंदी के प्रगामी प्रयोग के लिए सरकारी स्तर पर मंत्री एवं अधिकारीगण दिन-रात एक किए हुए हैं, मगर न जाने क्यों 'मर्ज बढ़ता गया, ज्यों-ज्यों दवा की।' जैसे गंगा की सफाई का अभियान चलने के साथ-साथ गंगा अधिकाधिक प्रदूषित होती चली गई और इस सफाई अभियान में लगे नेताओं,

अधिकारियों एवं जनसेवकों और उनके मित्र-परिचितों के घर-गाड़ी आदि की गंदगी दूर हो गई और निरंतर चकाचक-चमकदार होते चले गए, वैसे ही हिंदी के प्रचार-प्रसार के प्रयासों के साथ-साथ हिंदी सिकुड़ती तथा अंग्रेजी फैलती चली गई। अंग्रेजी के लेखक, प्रकाशक, पत्रकार, पब्लिक स्कूलों के मालिक, बहुराष्ट्रीय कंपनियों की 'बीसों अंगुलियाँ घी में' हैं। पिछले दो दशकों में पब्लिक स्कूलों में पली-पढ़ी पीढ़ी के लिए अंग्रेजी 'तुम्हीं हो माता, पिता तुम्हीं हो' हो गई है। इस पीढ़ी को पालने-पोसने का काम हमारी पीढ़ी ने ही किया है, इसलिए आज सब मिलकर यह कहने को बेताब हैं—

'अंग्रेजी महारानी की जय।'

❑

ख्याली पुलाव

ताऊ भीम सिंह बहुत दिनों बाद दिखाई दिए। मैंने उत्सुकतावश पूछा, ''राम-राम ताऊजी, बहुत दिनों से दिखाई ही नहीं दिए, घर भी बंद था। सब ठीक तो है?''

''हाँ, सब ठीक है। मैं ज़रा गाँव चला गया था।'' यह कहते-कहते ताऊजी ने मुझे अपने घर में अंदर बुला लिया। मेरे पास भी वक्त था, तो मैं उनके घर के अंदर चला गया। एक कुरसी खींचकर बैठ गया। नौकर तुरंत पानी ले आया। ताऊजी ने उसे चाय बनाने के लिए कह दिया और बोले, ''प्रोफेसर साहब, और सुनाइए आपका क्या हाल है? क्या-क्या पढ़ना-लिखना चल रहा है?''

मैंने कहा, ''ऐसा कुछ खास तो नहीं चल रहा, लेकिन निरंतर कुछ-न-कुछ पढ़ना-लिखना चलता ही रहता है।''

ताऊजी बोले, ''वह तो ठीक है, पर मुझे यह बताओ कि इस देश का होगा क्या?''

मैं उनके प्रश्न का आशय नहीं समझ पाया। मैंने पूछा, ''क्यों क्या हुआ देश को? सबकुछ तो ठीक चल रहा है। देश विकास कर रहा है। दुनिया में खूब नाम हो रहा है।''

ताऊजी ने अखबार आगे बढ़ाते हुए कहा, ''देखो कैसा विकास हो रहा है और किसका विकास हो रहा है। हिमाचल सरकार ने पिछले साल ही मुख्यमंत्री, मंत्रियों, विधायकों आदि का वेतन बढ़ाया था। अब ठीक एक साल बाद फिर से बढ़ाने की तैयारी है। यह वेतन वृद्धि कितनी होगी, ज़रा तुम भी सुन लो—मुख्यमंत्री महोदय को प्रतिमाह 84 हजार के स्थान पर 1.50 लाख (लगभग दुगने), कैबिनेट मंत्री को 81 हजार के स्थान पर 1.35 लाख, राज्यमंत्री को 77 हजार के स्थान पर 1.33 लाख, सी.पी.एस. को 77 हजार के स्थान पर 1.30 लाख, पी.एस. को 77

हजार के स्थान पर 1.25 लाख, विधानसभा अध्यक्ष को 81 हजार के स्थान पर 1.35 लाख, उपाध्यक्ष को 77 हजार के स्थान पर 1.30 लाख, विधायक को 75 हजार के स्थान पर 1.20 लाख तथा पूर्व विधायक को 18 हजार के स्थान पर 22 हजार रुपए मिलेंगे। इतना ही नहीं 174 पूर्व विधायकों को 22 हजार रुपए पेंशन के साथ-साथ 72 प्रतिशत महँगाई भत्ता भी मिलेगा। एक से अधिक बार विधायक रह चुके पूर्व विधायकों को ढाई हजार रुपए हर बार के हिसाब से अतिरिक्त मिलेंगे। विधायकों को मिलनेवाला हाउस लोन भी 20 लाख से बढ़ाकर 35 लाख रुपए कर दिया है।''

''यह स्थिति एक राज्य की नहीं, लगभग प्रत्येक राज्य की है क्योंकि देश की संसद् में भी यही होता है। हमारे माननीय सांसदों, मंत्रियों आदि के वेतन भी इसी प्रकार पिछले एक दशक में दिन बीसवीं, रात चालीसवीं उन्नति कर चुके हैं। मैं पूछता हूँ कि हमें इन निगम पार्षदों, विधायकों और सांसदों की जरूरत ही क्या है?'' अपनी फुल स्पीड चल रही गाड़ी को अचानक ब्रेक लगाते हुए ताऊजी ने कहा।

मैं ऐसे कठिन प्रश्न के लिए तैयार नहीं था। अचकचाकर बोला, ''ताऊजी, हमारे देश में लोकतंत्र है; और लोकतंत्र में पार्षद, विधायक, सांसद होने जरूरी होते हैं, नहीं तो पता कैसे चलेगा कि इस देश में लोकतंत्र है या राजतंत्र? फिर ये नेता ही तो जनहित के नियम-कानून बनाते हैं, योजनाएँ बनाते हैं, उन्हें लागू करवाते हैं; यदि ये नेता न हों तो देश का विकास कैसे होगा?'' मैंने जैसे-तैसे कुछ कहकर अपनी बात खत्म की।

ताऊजी मेरी बात सुनकर पूरी तरह बिफर गए। बोले, ''ये नेता जनहित के कानून बनाते हैं या अपने हित के? ये देश का, देश की जनता का विकास करते हैं या अपना तथा अपने रिश्तेदारों का? क्या तुम्हें लगता है कि देश को नेता चलाते हैं? बिलकुल गलत। देश को चलाते हैं—हमारे माननीय न्यायाधीश तथा नौकरशाह। नेता तो देश को बरबाद करते हैं, नियम-कानूनों का मजाक उड़ाते हैं, भाई-भतीजावाद, भ्रष्टाचार-बेईमानी को बढ़ावा देते हैं, दुनिया में देश का नाम बदनाम करते हैं। इनके काले कारनामे तथा घोटाले रोज अखबारों की सुर्खियाँ बनते हैं, मगर इन्हें ज़रा भी शर्म नहीं आती, बस एक-दूसरे पर दोषारोपण करते रहते हैं और अपने घर भरते रहते हैं। ज़रा हिसाब लगाओ, यदि एक बार पाँच साल के लिए हम देश के सारे पार्षदों, विधायकों, सांसदों, मंत्रियों तथा मुख्यमंत्रियों को हटा दें तथा सारा कार्य न्यायाधीशों की निगरानी में नौकरशाहों द्वारा करवाएँ, तो देश का

अरबों-खरबों रुपया बच जाएगा। उस बचे हुए रुपए से देश का वास्तविक विकास हो सकेगा। पाँच साल बाद हम इस निर्णय की समीक्षा कर सकते हैं; यदि लगे कि यह ठीक नहीं है, तो दुबारा से पार्षदों, विधायकों, सांसदों को लाने की सोची जा सकती है।''

ताऊजी का यह विचार क्रांतिकारी था। भारत में क्रांतिकारी विचारों पर विचार करने की परंपरा ही समाप्त हो चुकी है, लागू करना तो बहुत दूर की बात है। फिर प्रश्न यह भी है कि भला अपने पैरों पर भी कोई कुल्हाड़ी चलाता है! ऐसा निर्णय संसद् या विधानसभा में ही लिया जा सकता है। सांसद या विधायक अपने वेतन-भत्ते बढ़वाने के लिए या दागी सांसदों की सदस्यता बचाने के लिए तो तुरंत एकजुट हो जाते हैं, किंतु ऐसे आत्मघाती विचार को तो वे पास भी नहीं फटकने देंगे।

हाँ, यह जरूर हो सकता है कि मेरे इस क्रांतिकारी लेख को पढ़कर देश की जनता की तरफ से यह माँग उठे, जो एक आंदोलन का रूप ले ले तथा जनता ही अपने हित में ऐसा कोई निर्णय ले ले। मगर क्या ऐसा होना संभव है? ''हमको मालूम है जन्नत की हकीकत, लेकिन दिल बहलाने को गालिब ख्याल अच्छा है।'' इस ख्वाब की हकीकत भी मुझे मालूम है, किंतु दिल बहलाने को ऐसे ख्याली पुलाव पकाते रहने में भला क्या बुराई है?

ताऊजी मुझे विचारमग्न देखकर चुप बैठे रहे। वे समझ रहे थे कि उनके क्रांतिकारी विचारों ने मुझे उद्वेलित कर दिया है। इसी बीच नौकर चाय ले आया। ताऊजी बोले, ''प्रोफेसर साहब, चाय लीजिए और इस बारे में कुछ सोचिएगा जरूर।'' मैंने हामी में सिर हिलाया तथा जल्दी से चाय पीकर वहाँ से चला आया। क्या आप ताऊजी के इस क्रांतिकारी विचार से सहमत हैं? यदि हाँ, तो तुरंत पत्र लिखकर अपनी राय दीजिए। वैसे भी आजकल हर 'रियलटी शो' में तथा अन्य कई कार्यक्रमों में एस.एम.एस. के द्वारा वोट देकर अपने मनपसंद प्रतियोगी को विजयी बनाने का आग्रह होता ही रहता है। इससे प्रतियोगी को तो लाभ होता ही है, मोबाइल कंपनियों को भी करोड़ों के वारे-न्यारे हो जाते हैं। इसी से लोकतंत्र की आत्मा जिंदा है, वरना कब की परलोक सिधार गई होती। तो कागज और पेन उठाइए तथा लिख डालिए भारत के प्रधान न्यायाधीश के नाम एक प्यारा सा पत्र। इससे मेरे लेख की लोकप्रियता बढ़ेगी, आपका नाम चमकेगा तथा डाक विभाग की आमदनी बढ़ेगी। यानी एक तीर से तीन शिकार।

❑

आधुनिक अंगुलिमाल

आज मुझे अंगुलिमाल की रह-रहकर याद आ रही है। उसने अंगुलियों की माला क्यों बनाई? इसके अलग-अलग लेखकों ने अपनी कहानियों में अलग-अलग कारण गिनवाए। सर्वाधिक प्रचलित कारण यह है कि उसने कुछ खास संख्या में लोगों की हत्या करने का निश्चय किया। वह कितने लोगों की हत्या कर चुका है, यह याद रखने के लिए वह हत्या करने के बाद उस व्यक्ति की एक अंगुली काट लेता था। इस तरह उसके पास अंगुलियों की एक माला बनती गई। इसी कारण सब उसे अंगुलिमाल कहने लगे और उसका असली नाम भी लोगों ने भुला दिया।

अंगुलि का महत्त्व पिछले दिनों एकाएक बढ़ गया। प्राइवेट कंपनियाँ सरकार को नित्य नए आइडियाज देती रहती हैं। ऐसा ही एक आइडिया सरकार को मिला—कर्मचारियों की उपस्थिति दर्ज करने का। पहले कर्मचारी हाजिरी रजिस्टर या उपस्थिति-पंजिका में अपनी उपस्थिति दर्शाते थे। मौलिक तथा नवोन्मेषशालिनी प्रतिभा से युक्त भारतीयों ने बिना कार्यालय गए उपस्थिति पंजिका यानी अटेंडेंस रजिस्टर में अपनी उपस्थिति दर्ज कराने के लिए अनेकानेक अचूक उपाय ढूँढ़ निकाले थे। सरकारी कार्यालय इस काम के लिए सर्वाधिक सुरक्षित स्थान थे।

हमारे देश में जैसे सरकार चलती है, वैसे ही सरकारी कार्यालय भी चलते हैं। पिछले कुछ दशकों से मिली-जुली सरकार सभी दलों के साथ आपसी तालमेल, सहयोग तथा भ्रातृत्व भावना से चलाई जा रही है। मिली-जुली सरकार में सब काम मिल-जुलकर ही किए जाते हैं। खाना-खिलाना, पीना-पिलाना, लेना-देना सबमें एक अद्‌भुत सामंजस्य तथा उदारता का भाव दिखाई देता है। यही प्रवृत्ति सरकारी कार्यालयों में भी स्वाभाविक रूप से अवतरित हुई। 'काम करो या न करो' वेतन तो उतना ही मिलना है। पदोन्नति एक साथ सबकी होगी। पदावनति

का कोई नियम भारत सरकार में है ही नहीं। अधिक-से-अधिक निलंबित ही तो कर देंगे। उसमें तो और भी मजा है। बिना कार्यालय जाए ही आधा वेतन मिलता रहता है और अंत में सबका निलंबन रद्द हो ही जाता है तथा वे पुनः अपने पद पर बहाल हो जाते हैं। तब उन्हें बकाया वेतन, भत्ते, पदोन्नति आदि सबकुछ मिल जाता है। इसीलिए सरकारी कार्यालय में काम न करनेवालों की पौ-बारह होती है तथा काम करनेवालों को 'कोल्हू का बैल' बना दिया जाता है।

भारत में काम न करनेवाले कर्मचारियों का दल बहुत ही संगठित तथा सशक्त होता है। कार्यालय में देर से आना तथा जल्दी जाना वे अपना कर्मसिद्ध अधिकार समझते हैं। उच्च अधिकारियों की डाँट-फटकार उन पर उसी प्रकार बेअसर साबित होती है, जैसे कामी पुरुष को सती-सावित्री द्वारा समझाना। अपने कर्मचारियों के इन विशिष्ट गुणों से सभी सरकारें सदैव परिचित रहती हैं। उच्च अधिकारी चाहकर भी अपने अधीनस्थ कर्मचारियों को कुछ कह नहीं सकते क्योंकि एक कहावत है—'छाज (सूप) तो बोले, छलनी क्या बोले, जिसमें हजार छेद।'

इसी बीच आधुनिकीकरण, उदारीकरण, उधारीकरण, वैश्वीकरण आदि नए-नए 'करणों' के आविर्भाव के साथ-साथ बहुराष्ट्रीय कंपनियाँ भारत में आने लगीं। उनके साथ नई तकनीक, नई सोच, नई कार्यशैली भी भारत में आती चली गई। इन कंपनियों ने आकर्षक वेतन देकर भारत के युवाओं को लुभाना शुरू किया। एक युवा को दो के बराबर वेतन देकर तीन के बराबर काम लेना, इन कंपनियों का स्वभाव है। भारतीय युवा इन कंपनियों की ओर ऐसे लपके, जैसे किसी भूखे व्यक्ति को सोने की थाली में परोसकर भोजन दिया जाए और कहा जाए कि भोजन के बाद थाली भी उसे ही दे दी जाएगी।

घर-परिवार, रिश्ते-नाते, पर्व-त्योहार, स्वास्थ्य सब भूलकर हमारे युवा दिन-रात इन कंपनियों की सेवा में जुट गए। पहले आठ घंटे की नौकरी का नियम था, कार्यालय पहुँचने एवं छुट्टी का समय तय था, किंतु बहुराष्ट्रीय कंपनियाँ भारत में सब नियम-कानून जेब में रखकर काम करती हैं। इन कंपनियों में कार्यालय जाने का तो समय है, वहाँ से वापस लौटने का कोई समय निर्धारित नहीं होता। प्रायः छुट्टी के समय बॉस को बहुत से जरूरी काम याद आ जाते हैं और कर्मचारी को बैठना पड़ता है। कहने का मतलब है कि ये कंपनियाँ 5-7 साल में अपने युवा कर्मचारी को नींबू की तरह निचोड़ लेती हैं और फिर दूध में से मक्खी की तरह निकाल फेंकती हैं।

मशीनी जीवन की अभ्यस्त ये कंपनियाँ भारत में भी तरह-तरह के मशीनी उपकरण लाईं, जिनमें से एक था—मशीन की सहायता से कर्मचारियों की उपस्थिति दर्ज करना। उपस्थिति दर्ज करने की यह पद्धति प्राचीन परंपरागत भारतीय उपस्थिति दर्ज करने की उस पद्धति से बिलकुल भिन्न है, जिसमें कर्मचारी कार्यालय में आने तथा जाने के समय हस्ताक्षर किया करता था। इसी पद्धति में सहयोग तथा भ्रातृत्व-भावना संभव थी। प्राय: ही लोग अपने मित्र के भी हस्ताक्षर कर दिया करते थे, सुबह आते ही जाने के समय के भी हस्ताक्षर कर देते थे, ताकि दो बार हस्ताक्षर करने में समय बरबाद न हो। अब मशीन की सहायता से अंगुली का निशान ही आपकी वास्तविक उपस्थिति दर्ज करवाता है। इसमें आप अपने मित्र से मित्रता या भाईचारा नहीं निभा सकते। लाइन में लगकर दोनों समय उपस्थिति दर्ज करनी होती है।

अंगुलिमाल तो अंगुलियों की माला बनाने के लिए अपने शिकार की अंगुली काट लेता था, परंतु आधुनिक अंगुलिमाल बिना अंगुली काटे ही हर रोज माला बनाता है, उसमें दर्ज अंगुलियों का रिकॉर्ड रखता है। मज़ेदार बात यह है कि ये अंगुलियाँ केवल कर्मचारियों की ही होती हैं। राजा, मंत्री तथा उच्च अधिकारी अंगुलिमाल की पकड़ से पहले भी बाहर थे, आज भी बाहर हैं। क्या हमारे माननीय सांसद, मंत्रीगण, आई.ए.एस., आई.पी.एस. अधिकारी आधुनिक अंगुलिमाल की पकड़ में कभी आते हैं? क्या केवल कर्मचारियों की उपस्थिति दर्ज कर लेना ही पर्याप्त है? क्या हमने अपने कर्मचारियों में कार्यालय-समय में ईमानदारी से कार्य करने की संस्कृति विकसित की है? क्या हमारे मंत्रियों, सांसदों एवं उच्च अधिकारियों ने संसद्, विधानसभा या कार्यालय में अनुशासित, कर्तव्यपरायण, निष्ठावान होने का उच्चादर्श कभी प्रस्तुत किया है? क्या हमने कभी योग्य, ईमानदार, मेहनती कर्मचारियों को सम्मानित या पुरस्कृत किया है? जब तक हम ऐसा नहीं करेंगे, आधुनिक अंगुलिमाल केवल अंगुलियों के निशान लेते रहेंगे, कार्य निष्पादन या उत्पादन में वृद्धि नहीं होगी।

❑

प्रभामंडल का कमाल

सभागार खचाखच भरा था। संस्थान का वार्षिकोत्सव था। मंत्रीजी की प्रतीक्षा थी। सब इंतजाम चाक-चौबंद। आयोजक दल-बल के साथ मंत्रीजी के स्वागत हेतु उत्सुक खड़े थे। भारतीय लोकतंत्र में मंत्री राजतंत्र के राजा से भी अधिक प्रभावशाली हो गए हैं। बड़ा मंत्री यानी बढ़िया मंत्रालय का मालिक। मीडिया भी मंत्री के मंत्रालय के अनुरूप ही उसे भाव देता है। चूँकि ये मंत्री महोदय वी.वी.आई.पी. मंत्रालय के कैबिनट स्तर के मंत्री थे, अत: सारा मीडिया इनकी छींकने-खाँसने तक की खबर पाने को लालायित रहता था। हमारे देश में मीडिया केवल नेताओं और अभिनेताओं, वह भी केवल वी.वी.आई.पी, की ही खबर लेने या देने में रुचि रखता है, शेष बड़ी-से-बड़ी खबर से भी वह बेखबर रहता है।

ठीक समय पर मंत्रीजी की कारों का काफिला, सुरक्षाकर्मियों की कारों के काफिले से घिरा कार्यक्रम स्थल पर पहुँचा। सब चौकन्ने हो गए। कैमरे मंत्रीजी की एक झलक पाने का बेताब हो उठे। मंत्रीजी आए। आयोजक ऐसे गद्‌गद हो उठे, मानो स्वयं श्रीभगवान् किसी दीन-हीन की झोंपड़ी में पधारे हों। वैसे भारत में बड़ा मंत्री तो क्या, एक साधारण-सा निगम पार्षद भी स्वयं को भगवान् से कम नहीं समझता, उसकी इस सोच को भारत की भोली-भाली जनता और भी पुख्ता कर देती है।

मंत्रीजी से संस्थान के प्रमुख ने हाथ मिलाया। फोटो खिंचवाया और स्वयं को धन्य-धन्य हुआ पाया। मंत्रीजी को विशिष्ट अतिथि कक्ष में लाया गया। मेज पर तुरंत चाय-नाश्ते का सामान ऐसे प्रकट हो गया, जैसे अलादीन के जिन ने लाकर रख दिया हो। मंत्रीजी ने अपने पी.ए. की तरफ देखा। पी.ए. मंत्रीजी की आँख, नाक, कान ही नहीं, उनके रोम-रोम के इशारे तक समझ लेता है, इसीलिए तो

मंत्रीजी पत्नी से भी ज्यादा अपने पी.ए. को अपना मानते हैं। पी.ए. ने तुरंत मंत्रीजी के लिए अपने बैग में से पानी निकालकर पेश कर दिया। मंत्रीजी ने मुसकराते हुए वह पानी पीया। आयोजक खिसियानी हँसी हँसने लगे। हमारे देश के मंत्रीगण वैसे चाहे कोयला, चारा, पेट्रोल, डीजल जो कुछ भी डकार जाएँ, किंतु सार्वजनिक कार्यक्रमों में आयोजकों का पानी तक नहीं पीते, सिर्फ विरोधियों को पानी पी-पीकर कोसते हैं।

पानी पीते ही मंत्रीजी तुरंत खड़े हो गए, जैसे पानी न हो, कोई ऐनर्जी ड्रिंक पी लिया हो। कोई विज्ञापन कंपनी चाहे तो अपने क्लाइंट को अपने ऐनर्जी ड्रिंक की बिक्री बढ़ाने के लिए ऐसा विज्ञापन भी तैयार कर सकती है। मंत्रीजी के खड़े होते ही सारा अतिथि-कक्ष खड़ा हो गया। पूरा देश ही हमारे महान् नेताओं के खड़े होने से खड़ा होता है और बैठ जाने से बैठ जाता है। अब आप समझ सकते हैं कि हमारा देश हर गंभीर तथा महत्त्वपूर्ण मुद्दे पर सोया क्यों रहता है।

संस्थान के प्रमुख तुरंत मंत्रीजी का संकेत समझ गए। वे उन्हें सभागार की ओर ले चले। तीन-चार लोग दौड़ते हुए मंत्रीजी से पहले सभागार पहुँच गए। कार्यक्रम की संचालक उन्हें दौड़कर आते देखकर तुरंत दौड़कर माइक पर पहुँची और घोषणा करने लगी—''हमारे आज के कार्यक्रम के मुख्य अतिथि माननीय मंत्री महोदय कुछ ही क्षणों में हमारे बीच पधार रहे हैं।'' सारे सभागार को मानो साँप सूँघ गया। कुछ क्षण पहले तक गपशप, हँसी-मजाक में डूबे सभागार ने अचानक गंभीर मौन की चादर ओढ़ ली। ऐसा लगा जैसे सभागार में अघोषित कर्फ्यू लगा हो।

मंत्रीजी तेज, लेकिन सधे हुए कदमों से सभागार में प्रविष्ट हुए। उनके कुछ सुरक्षाकर्मी सतर्क-सजग उनके दाएँ-बाएँ चल रहे थे। कुछ सादी वर्दी में पूरे सभागार में मौन की तरफ व्याप्त हो गए। मंत्रीजी के चरण कमलों की रज पाकर सभागार धन्य हो गया। सभागार ने खड़े होकर तालियाँ बजाकर मंत्रीजी का स्वागत किया। मंत्रीजी ने तुरंत हाथ जोड़कर चेहरे पर कृत्रिम मुसकराहट चिपकाई और मंच की तरफ बढ़ गए। अग्रिम पंक्ति में लगे सोफे मंत्रीजी की प्रतीक्षा में पलक-पाँवड़े बिछाए बैठे थे। मंत्रीजी ने उन्हें भी कृतार्थ किया।

संचालिका ने सुविशेषणों की झड़ी लगाते हुए मंत्रीजी तथा अन्य विशिष्ट अतिथियों को मंच पर आमंत्रित किया। मंत्रीजी तुरंत मंच की ओर लपके। संस्थान के प्रमुख एक क्षण के लिए दुविधाग्रस्त हुए। मन-मस्तिष्क में द्वंद्व हुआ। मस्तिष्क ने समझाया कि मंच पर जूते पहनकर जाना भारतीय संस्कारों के विरुद्ध है, फिर

एक प्रतिष्ठित संस्थान का प्रमुख तो सभी के लिए आदर्श होता है। तभी मन मचल गया। मन ने कहा—'यथा राजा तथा प्रजा' का कथन नहीं सुना क्या? लोकतंत्र में 'यथा मिनिस्टर तथा ऑफिसर' का नियम चलता है। अतः जब मंत्रीजी बिना जूते उतारे मंच पर चढ़ सकते हैं, तो ऐसे में संस्थान प्रमुख जूते उतारकर क्या मंत्रीजी का अपमान करेंगे?' मस्तिष्क को मन के आगे हथियार डालने पड़े।

आधुनिक से उत्तर आधुनिक और उत्तर आधुनिक से उत्तरोत्तर आधुनिक युग में प्रवेश कर चुके भारत में कुछ आदिकालीन परंपराएँ आज भी यथावत् चल रही हैं। इन्हीं में से एक है—दीप प्रज्वलित करना। किसी जमाने में अंधकार को दूर भगाने का एक महत्त्वपूर्ण साधन दीप ही था। तब विद्युत् उपलब्ध नहीं थी। आज बिजली से नहाए सभागार में भी दीप प्रज्वलित करके 'तमसो मा ज्योतिर्गमय' वाला प्रकाश नहीं फैलाया जाता, अपितु उसके नवीन अर्थ—"तुम सो जाओ माँ, मैं ज्योति के पास जा रहा हूँ" के अनुरूप नवीन प्रकाश फैलाया जाता है।

संचालिका ने अपनी मधुर वाणी में अतिथियों को दीप प्रज्वलित करने के लिए आमंत्रित किया। मंत्री महोदय पुनः नेतृत्व की मुद्रा में आ गए। संस्थान प्रमुख पुनः द्वंद्वग्रस्त हो गए। किंतु इस बार मन ने मस्तिष्क को अपने सम्मुख शीघ्र ही नतमस्तक कर लिया। जूते पहने मंत्रीजी ने दीप प्रज्वलित करके मानो आधुनिकता और परंपरा के मणि कांचन योग का ज्वलंत उदाहरण प्रस्तुत किया। भारत के नेता और अभिनेता सदा सबके लिए अनुकरणीय आदर्श पेश करते आए हैं, मंत्री महोदय भी इसके अपवाद नहीं थे।

दीप प्रज्वलित करने का मुख्य उद्देश्य होता है—स्मारिका या पत्रिका के आगामी अंक हेतु अच्छी सी फोटो। यह बात अनुभवी फोटोग्राफर भलीभाँति जानते हैं। इस कार्यक्रम में सभी फोटोग्राफर अनुभवी थे। वे विभिन्न कोणों से अति उत्साह में भरकर इस महत्त्वपूर्ण क्षण को अपने-अपने कैमरों में कैद करने के लिए प्रतिस्पर्धा कर रहे थे।

फोटो खिंचे। मंत्री महोदय पुनः अपनी कुरसी पर बैठ गए। कार्यक्रम का पहला चरण संपन्न हुआ। अब शुरू हुआ भाषणों का दौर। पिछले पचास-साठ सालों से भारत भाषणों के भँवर में फँसा है। जो जितना ज्यादा भावोत्पादक भाषण दे सकता है, वह राजनीति में उतनी ही अधिक सफलता पा सकता है। चुनावों के आस-पास तो भाषणों का बाजार कुछ ज्यादा ही गरम हो जाता है। हमारे देश के अधिसंख्य राजनेता केवल भाषणों के बल पर सालोसाल अपनी सीट सुरक्षित करते आए हैं। भारतीय जनता इन भाषणों की वास्तविकता जानते-समझते हुए भी तालियाँ

बजाती रहती है, आँख मूँदकर अपना कीमती वोट पानी में डालती रहती है।

मंत्रीजी को भी भाषण देने के लिए माइक पर बुलाया गया। मंत्रीजी चूँकि पढ़े-लिखे थे, इसलिए हिंदी या किसी अन्य भारतीय भाषा में बोलना अपना अपमान समझते थे, फिर यह कोई चुनावी रैली तो थी नहीं कि विदेशी भी हिंदी बोलने लग जाएँ। इसलिए मंत्रीजी ने धाराप्रवाह अंग्रेजी में अपना भाषण शुरू किया। लगता है भारत में अंग्रेजी और प्रसिद्धि का अटूट संबंध है। भारत में अंग्रेजी से प्रसिद्धि धन-दौलत, मान-सम्मान मिलता है और प्रसिद्धि, धन-दौलत, मान-सम्मान मिलते ही अंग्रेजी देवी भारतीय महान् लोगों की जिह्वा पर ऐसे विराजमान हो जाती हैं, जैसे जवानी आते ही दिलो-दिमाग पर प्रेम की खुमारी। इसीलिए चुनाव के समय वोटों की भीख माँगनेवाले नेता हों या अपनी फिल्म हिट करवाने के लिए गिड़गिड़ाते अभिनेता, पदक-पुरस्कार जीते खिलाड़ी हों या उच्च पदाधिकारी—अवसर आते ही सब अंग्रेजी में ऐसे गिटपिटाने लगते हैं, मानो इनका जन्म ही अंग्रेजी महारानी की सेवा-शुश्रूषा के लिए हुआ हो।

मंत्रीजी ने संस्थान की प्रशंसा के पुल बाँधकर जैसे संचालिका द्वारा अपने लिए प्रयुक्त सुविशेषणों का कर्ज चुका दिया। मंत्रीजी का भाषण बहुत प्रेरक था। बीच-बीच में कुछ लोक-लुभावनी घोषणाएँ भी कीं। संस्कृत सूक्तियों से समृद्ध भाषण देकर मंत्रीजी ने भारतीय संस्कृति के प्रति अपनी अगाध निष्ठा का परिचय दिया, वहीं दूसरी ओर जूते पहनकर मंच पर चढ़ना या दीप प्रज्वलित करना उनकी उदारवादी आधुनिक सोच का परिचायक रहे। इससे पहले कि किसी के पैर में कसा जूता आक्रोशित होकर हाथ से होते हुए मंत्रीजी की ओर लपकता, मंत्रीजी ने अपने भाषण को समाप्त किया।

अपना भाषण देने के बाद सभी महान् लोगों को अचानक जाने की जल्दी हो जाती है। किसी अन्य की बात सुनना वे अपना घोर अपमान समझते हैं। मंत्रीजी भी महान् थे। मंच से घोषणा हुई कि मंत्रीजी को एक अन्य समारोह में जाना है, इसलिए सभी पुरस्कृत विद्यार्थियों के स्थान पर केवल प्रथम, द्वितीय तथा तृतीय स्थान प्राप्त विद्यार्थियों को ही मंत्रीजी के कर-कमलों से सम्मान प्राप्त करने का सौभाग्य मिलेगा। यह सुनकर अनेक विद्यार्थियों के चेहरे पर वैसे ही निराशा छा गई, जैसे अंतिम एकादश में स्थान न बना पानेवाले खिलाड़ियों के चेहरे पर।

मंत्रीजी पुरस्कार देते रहे और घड़ी पर नजर डालते रहे। आयोजक संकेत समझते रहे। हमारे देश में यदि मुख्य अतिथि समय पर आ जाए और जाने की जल्दी में न हो, तो लोग उसे मुख्य अतिथि ही नहीं समझते। मंत्रीजी ने काम

निपटाया। हाथ जोड़े। चेहरे पर मुसकराहट को चिपकाया और सभागार से चले गए। कार्यक्रम ऐसे उखड़ गया जैसे आँधी आने पर खुली जगह में लगे तंबू। संचालिका ने जैसे-तैसे श्रोताओं को रोका और कार्यक्रम फिर से आगे बढ़ाया। परंतु अब उसमें पहलेवाली चमक नहीं थी। संचालिका का जोश भी ठंडा हो चुका था। कार्यक्रम की स्थिति ऐसी हो गई थी, जैसे आत्मा निकल जाने पर शरीर की।

कार्यक्रम संपन्न हुआ। आयोजक प्रसन्न थे। संस्थान प्रमुख खुशी से फूले नहीं समा रहे थे। उनका उद्‌देश्य पूरा हो गया था। मंत्रीजी के साथ उनकी कई फोटो खिंच गई थीं। अगले साल पद्‌मश्री पुरस्कार पाने की दिशा में उनका पहला कदम बढ़ गया था। संस्थान के नए भवन के लिए जगह मिलने का आश्वासन मिल गया था। विद्यार्थी खुश थे कि उन्हें अपने मंत्री महोदय के दर्शन इतने निकट से हो गए थे। सभागार तथा अतिथि कक्ष धन्य महसूस कर रहे थे। मंत्रीजी के प्रभामंडल के प्रभाव से पूरा संस्थान जगमगा रहा था।

❑

टैन स्टार रैस्ट रूम

वाह! योजना भवन यानी कृषि प्रधान से कुरसी प्रधान हुए देश के भविष्य की किस्मत बनानेवाला भवन! पंचवर्षीय योजना हो या गांधी, नेहरू, इंदिरा, राजीव, सोनिया, राहुल नामित सड़क, नहर, शिक्षा, पेयजल, रोजगार आदि से संबंधित कोई योजना, नीली, पीली, हरी, सफेद कोई क्रांति हो यानी ग्रामीण, कस्बाई, शहरी, महानगरीय भारत के किसी कोने की कोई कायापलट करनी हो, तो उसकी योजना बनती है—नई दिल्ली के संसद् मार्ग पर स्थित आलीशान, वातानुकूलित योजना भवन में। योजना आयोग का समस्त योग-वियोग यहीं घटित होता है। जब से देश में सिंहों का गठबंधन हुआ है, योजना भवन की तो पौ-बारह ही हो गई है। देश का कायापलट तो जब होगा तब होगा, मगर योजना भवन में व्यक्ति के दैनिक जीवन के सर्वाधिक महत्त्वपूर्ण कार्यस्थल का कायापलट तो कर ही दिया सरकारी तंत्र ने। और वह भी दो-चार हजार में नहीं, (यह तुच्छ रकम तो गाँव में बननेवाले महत्त्वपूर्ण कार्यस्थल के लिए आबंटित होती है) अपितु पूरे पैंतीस लाख में!!

आप भी सोच रहे होंगे कि मैं क्या पहेलियाँ बुझा रहा हूँ। साफ-साफ सुनना चाहेंगे आप? तो लीजिए, सुनिए। मानव जीवन का प्रात:कालीन सर्वाधिक महत्त्वपूर्ण कार्यस्थल समय के साथ-साथ सभी भाषाओं में अपना नाम बदलता रहा है। अंग्रेजी में इसे कभी लैट्रिन कहा गया, तो कभी टॉयलेट। लेकिन जब दोनों शब्दों से बदबू आनी बंद नहीं हुई, तो अंग्रेजी लोगों ने नए शब्द ढूँढ़ निकाले—वॉश रूम, रैस्ट रूम, लू। हिंदीभाषी भी भला कब किसी से पीछे रहनेवाले हैं। उन्होंने भी समय के साथ-साथ दिशा मैदान, पाखाना, सँडास, शौचालय, प्रसाधन आदि शब्द अपनाए। खैर हमारा योजना भवन अन्य भवनों यथा कृषि भवन, रेल भवन, शास्त्री भवन, वायु भवन, सेना भवन, निर्माण भवन, विज्ञान भवन आदि-आदि की भाँति

अंतरराष्ट्रीय स्तर तक उठने का निरंतर प्रयास करता रहता है, अत: अंग्रेजी शब्द उसे अधिक आते हैं। योजना भवन के रैस्ट रूम या वॉश रूम का पुनरुद्धार कार्य कोई सामान्य कार्य तो था नहीं। वह तो वी.वी.आई.पी. कार्य था। होता भी क्यों न, वहाँ देश भर के मंत्री, मुख्यमंत्री तो आते ही हैं, कभी-कभी विदेशी राजनयिक भी आते हैं। अत: उनकी सुविधा का ध्यान रखना प्रत्येक सरकारी कर्मचारी का सर्वोपरि, नैतिक उत्तरदायित्व है। सरकारी कर्मचारी तो होता ही है सरकार की सेवा के लिए। उसका सोना-जागना, उठना-बैठना, खाना-पीना यानी तन का रोम-रोम सरकार की सेवा में समर्पित होता है। ऐसे में सरकार में दैनिक जीवन के सर्वाधिक महत्त्वपूर्ण कार्यस्थल को विश्वस्तरीय बनाना आवश्यक ही नहीं, अपितु अनिवार्य था। योजना भवन देश के भविष्य का आईना जो है। सारी सरकार और उसकी सारी योजनाएँ योजना भवन के दरो-दीवार से ही तो ऊर्जा पाती हैं। योजना भवन में योजना आयोग के अध्यक्ष महोदय ने अपनी जादुई योजना की छड़ी घुमाई और बना दिया देश के लिए आदर्श, विश्वस्तरीय टैन स्टार रैस्ट रूम, और वह भी केवल मात्र, ओनली पैंतीस लाख रुपए में।

यह खबर पढ़ते ही मेरा मन-मयूर पंख फड़फड़ाने लगा। एक बार ऐसे आलीशान, 'टैन स्टार' रैस्ट रूम को देखने की तमन्ना मन में यूँ अँगड़ाई लेने लगी, जैसे पति के मुख्यमंत्री बनते ही पत्नी के लोकसभा या राज्यसभा में पहुँचने की। वहाँ कैसे जाया जाए, मैं इसी उधेड़बुन में पड़ा था कि इसी बीच मेरा एक शागिर्द प्रदेश का मुख्यमंत्री बन बैठा। मुझे पूरी उम्मीद थी कि वह मुझे नहीं पहचानेगा, मगर दिल है कि मानता नहीं। मैं पहुँच गया मुख्यमंत्री निवास। आम आदमी के प्रतिनिधि कहलानेवाले इस खास आदमी तक पहुँचना, किसी आम आदमी के लिए ख्याली पुलाव पकाने जैसा है। मैंने अपनी प्रोफेसरी तकनीकों का पूरा प्रयोग करते हुए मुख्यमंत्री कार्यालय तक पहुँचने में सफलता पा ही ली। पिछले तीस सालों में सरकारी वेतन से खरीदा अन्न खाकर तन भी सरकारी हो गया था और मन भी। वह कहते हैं 'जैसा खाओ अन्न, वैसा होए मन'।

मुख्यमंत्री कार्यालय में पहुँचकर पता चला कि माननीय मुख्यमंत्री महोदय कार्यालय में ही हैं, किंतु एक मीटिंग में व्यस्त हैं। "मीटिंग कब तक चलेगी?" मेरे इस प्रश्न का शाश्वत उत्तर मिला—"पता नहीं।" हमारे देश की यही तो विशेषता है कि हर बड़ा व्यक्ति, हर समय, मीटिंग में ही रहता है। बड़े व्यक्ति की यह भी एक पहचान है। मीटिंगें व्यक्ति को बड़ा बनाती हैं, इसीलिए तो घर में पाँव पसारकर बैठा आदमी भी मोबाइल फोन पर शान से, बेझिझक कह देता है—

''अभी जरूरी मीटिंग में हूँ, बाद में फोन करना।'' भारतीय मीटिंगों की इस महत्ता को देखते हुए मैंने अंग्रेजी की एक प्रचलित सूक्ति को थोड़ा यूँ बदल दिया है— ''मीटिंग मीटिंग ऐवरीवेयर, नॉट ए प्वॉइंट टू मीट।'' यानी लोग हर समय मीटिंग में रहते हैं, परंतु मिलने में किसी की दिलचस्पी नहीं। अरे···अरे यह तो मीटिंग पुराण ही चल पड़ा; चलता भी क्यों न, अंदर माननीय मुख्यमंत्री महोदय की मीटिंग जो चल रही है, पिछले चार घंटों से। अब मेरे धैर्य का बाँध टूटने लगा। मैंने जब चपरासी को दसवीं बार चिट अंदर देने के लिए बुलाया तो उसने ख़ुशखबरी दी—''साहब, मीटिंग खत्म होनेवाली है।'' अंततः मीटिंग खत्म हुई। मुझे अंदर बुलाया गया। मैंने मुख्यमंत्री कक्ष में प्रवेश किया। अंदर प्रकाश की चकाचौंध से मेरी आँखें चौंधिया गईं। आशा के विपरीत मुख्यमंत्री ने न सिर्फ मुझे पहचान लिया, अपितु तुरंत उठकर मेरे पाँव छुए और सम्मान से सनी वाणी में कहा, ''सर, आप यहाँ? मुझे बुला लिया होता, तो मैं स्वयं आपके पास आ जाता।'' मुझे अपने कानों पर विश्वास नहीं हुआ। कहीं मैं स्वप्न तो नहीं देख रहा। कलियुग में यह सतयुगी शिष्य कहाँ से पैदा हो गया? तीन साल कॉलेज का स्वयंभू नेता रहनेवाला यह अक्खड़ लड़का अचानक इतना विनम्र, गुरुभक्त कैसे हो गया? बात कुछ हजम नहीं हो रही थी। फिर भी यह सत्य था, सौ प्रतिशत सत्य। मुझे पहली बार अपने शिक्षक पद की गुरुता का अहसास हुआ। वर्षों पहले पढ़ी प्रेमचंद की 'बोध' कहानी याद आ गई।

कुछ देर बाद मेरी आँखें उस जाज्वल्यमान आभामंडित कमरे में देखने की स्थिति में आ गई। मुझे सारा माजरा समझ में आ गया। अंदर कई पत्रकार अपनी फ्लैशलाइटें जलाए मुख्यमंत्रीजी को कवर कर रहे थे। ऐसे में शिष्ट, संस्कारी, विनम्र शिष्य के रूप में पब्लिसिटी पाने का मौका भला वह क्यों चूकता? सारे चैनलों के कैमरामैन माननीय मुख्यमंत्री महोदय को अपने गुरु के चरण स्पर्श करके आशीर्वाद पाते दृश्य को कैद करने के लिए कसमसा उठे। बाद में पता चला कि कैमरे भी गुरुभक्त शिष्य तथा गुरु के चरणों से ऊपर न उठ पाए और गुरु का चेहरा तक किसी चैनल पर दिखाई न दिया। खैर, मैंने उसकी व्यस्तता देख कुछ न कहने में ही अपनी भलाई समझी। बस इतना कहकर मैं लौट आया, ''तुम्हारे मुख्यमंत्री बनने का समाचार सुना, तो खुद को रोक नहीं पाया और बधाई देने चला आया।'' टैन स्टार रैस्ट रूम को देखने की तमन्ना दिल में ही दम तोड़ गई। आपकी योजना भवन में कोई सैटिंग हो तो मुझे जरूर बताना।

❑

ब्यूटी टैक्स

पूरा विश्व आर्थिक मंदी की चपेट में था। चपत का ही दूसरा नाम है—चपेट। जैसे चपत लगने पर व्यक्ति तिलमिलाता है, उसी प्रकार आर्थिक मंदी की चपत से व्यक्ति ही क्या देश तक, यहाँ तक कि महाशक्ति तक, तिलमिला उठते हैं। चारों तरफ हाहाकार मचा था। पूँजी को पति की तरह पूजनेवाले देश, दूसरे देशों के संसाधनों को जोंक की तरह चूसनेवाले देश, बात-बिना बात कमजोर देशों पर गुर्रानेवाले देश, हिंसक हथियार बेचकर मुनाफा कमानेवाले देश, आर्थिक मंदी के कारण अचानक सूखे पत्ते के समान फड़फड़ाने लगे।

भारत पर भी खतरे के बादल मँडराने लगे। भारत ने इन बादलों की बिलकुल चिंता नहीं की। करता भी क्यों? भारत पर तो रोज ही किसी-न-किसी खतरे के बादल मँडराते रहते हैं, जैसे कभी आतंकवादी हमले का खतरा, तो कभी सुनामी-रीटा का खतरा। कभी एंथ्रेक्स का खतरा, तो कभी सेंसेक्स का खतरा। कभी हॉकी में हार का खतरा, तो कभी पड़ोसी से वार का खतरा। कभी हैकिंग का खतरा, तो कभी एयरपोर्ट पर चेकिंग का खतरा। अब मैं आपको कितने खतरे गिनाऊँ, क्योंकि मुझे भी तो पाठकों के रोष का खतरा है। खैर, खतरों की नित्य नई खेप से जूझते-जूझते भारत खतरों का खिलाड़ी बन चुका था, इसलिए अर्थव्यवस्था पर मँडराते इस खतरे को झेलने के लिए भारत कमर कस के मैदान में आ गया।

भारत में बहुत सी अच्छी बातें हैं। सबसे अच्छी बात यह है कि भारतवासी अद्‍भुत, अनोखी, अजीबोगरीब, निराली, मौलिक सूझ से युक्त हैं अर्थात् वे किसी भी समस्या का ऐसा समाधान सोचने में सक्षम हैं, जैसा कोई अन्य देशवासी सपने में भी नहीं सोच सकता। वैसे भी, भारत में बीरबल, तेनालीरामन, गोनू झा, शेखचिल्ली आदि की लंबी परंपरा है, जिनके किस्से छाप-छापकर हमारे हिंदी के प्रकाशक, बिना किसी को कोई रॉयल्टी दिए, अपने वारे-न्यारे करते रहते हैं। हमारे श्रद्धेय

वित्त मंत्री को भारतवासियों की इन क्षमताओं पर पूरा विश्वास था, इसीलिए वे घोड़े बेचने के बाद लंबी तानकर सो रहे थे। अचानक एक दिन एक विदेशी प्रतिनिधिमंडल ने आकर उन्हें जगाया। उनके सामने हाथ-पैर जोड़े, गिड़गिड़ाए। गोरों को गिड़गिड़ाते देखकर भारतीयों के भीतर दया, करुणा, परोपकार आदि की जैसे नदियाँ-सी बहने लगती हैं। माननीय वित्त मंत्रीजी भी भारतीय थे। जिस प्रकार पौराणिक काल में किसी भी प्रकार का संकट आने पर सभी देवी-देवता महादेव की शरण में जाते थे और महादेव उन्हें 'अभय' प्रदान करते थे। उसी प्रकार आधुनिक काल में विश्व पर जब भी कोई संकट आता है, तो सभी देशों की निगाह संकट के समाधान के लिए स्वाभविक रूप से भारत की ओर ही उठती हैं। वित्त मंत्री महोदय ने विदेशी प्रतिनिधि मंडल को 'अभय' प्रदान किया। प्रतिनिधि मंडल की साँस में साँस आई। वह आश्वस्त हुआ।

वित्त मंत्री महोदय सक्रिय हो गए। उनके सक्रिय होते ही सारा देश सक्रिय हो गया। मंत्रीजी ने बैठक बुलाई। पूरे देश में बैठकें बुलाई जाने लगीं। लोकतंत्र की यह भी एक विशेषता है कि हर स्थिति में सबसे पहले बैठक बुलाई जाती है। हर खास-ओ-आम को बातचीत में शामिल किया जाता है। भारत में भी लोकतंत्र है। सच्चा लोकतंत्र। यह अलग बात है कि लोकतंत्र में लोक को ही 'लॉक' कर दिया गया है। इसी कारण लोकसंगीत, लोकनृत्य, लोकभाषाएँ, लोककलाएँ, लोक-साहित्य, लोकसंस्कृति सबको 'लॉक' में सुरक्षित रख दिया गया है। देश के सारे बुद्धिजीवी समस्या के समाधान के लिए दिन-रात एक करने लगे। वेद-पुराण, इतिहास-राजनीति, भूगोल-खगोल, साहित्य-समाजशास्त्र, विज्ञान-वाणिज्य आदि-आदि के तमाम नए-पुराने ग्रंथों का मंथन किया गया। एकाएक हमारे प्राचीन सूत्र वाक्य—'सत्यं शिवं सुंदरम्' का अंतिम शब्द 'सुंदरम्' जगमगाते हुए समुद्र मंथन की तर्ज पर ग्रंथों के ज्ञानामृत-सा प्रकट हुआ।

आधुनिक ऋषि-मुनियों ने तत्काल इस शब्द को ग्रहण कर लिया। चिंतन-मनन अब एक नई, किंतु स्पष्ट दिशा की ओर बढ़ चला। 'मिल गया, मिल गया' कहते हुए एक विचारक ने अकस्मात् 'यूरेका-यूरेका' की याद दिला दी। कइयों ने फटी-फटी आँखों से उसे देखा। कुछ ने आँखें फाड़कर, तो कुछ ने आँखें मलकर उसे देखा। आँखों-ही-आँखों में कुछ इशारे हुए। उस विचारक ने हाथ के संकेत से सबको शांत रहने को कहा तथा रहस्यात्मक स्वर में फुसफुसाया—"मुझे विश्व के आर्थिक संकट का समाधान मिल गया।" सबके कान खड़े हो गए। वे कान लगाकर सुनने लगे, हालाँकि अभी भी कुछ विचारकों ने उसकी बात पर कान न

दिए। विचारक ने कहना शुरू किया—'देखिए सत्यं और शिवं का समय तो बीत गया। अब बचा है—सुंदरम्। हमें इसी सुंदरम् से समस्या का समाधान करना है। आज सब ओर सुंदरम् का ही बोलबाला है। हर कोई सुंदरम् के आगोश में समा जाना चाहता है। सुबह से शाम तक, शाम से सुबह तक सब सुंदरम् ही परोसने में लगे हैं⋯।' उसका सुंदरम् प्रवचन अन्य विचारकों को अब सुंदरम् के स्थान पर 'असुंदरम्' लगने लगा था। सहनशक्ति की भी सीमा होती है। एक विचारक से न रहा गया, वे चिल्ला पड़े—'अजी महोदय, अपना यह सुंदरम् प्रलाप बंद कीजिए। यदि आपके पास समस्या का कोई सटीक समाधान है, तो सुझाइए अन्यथा हमारा बहुमूल्य समय इस प्रकार नष्ट मत कीजिए।'

विचारक ने उनकी बात को सुना। वे मुसकराए। शांत, निर्लिप्त मुसकान। उसी मुसकान के साथ वे बोले—"शांत, शांत। आप मेरी पूरी बात तो सुनिए। मुझे समस्या का सटीक, ठोस तथा तर्कसंगत समाधान सूझ गया है। मैं वही तो आपको बता रहा हूँ। इतना उतावलापन हानिकारक होता है। हाँ, तो मैं कह रहा था कि सुंदरम् का जादू इस कलियुग में सिर चढ़कर बोल रहा है। वैसे प्राचीनकालीन भारत में भी सोलह शृंगार की परंपरा रही है। पुरुष भी सौंदर्य प्रसाधनों का प्रयोग किया करते थे। अब भी सभी देशों का तो पता नहीं, परंतु भारत में तो सुंदर बनने, दिखने और लगने की होड़ लगी है। यह भी सत्य है कि यह होड़ बाहरी सुंदरता यानी शारीरिक सुंदरता तक ही सीमित है। भीतरी सुंदरता की ओर किसी का ध्यान नहीं है। हमें भी इसी बाहरी सुंदरता पर ध्यान केंद्रित करना है।"

"मेरे विचार में भारत सरकार को एक नया टैक्स लगाना चाहिए। वह टैक्स हो—'ब्यूटी टैक्स', अर्थात् सुंदरता पर टैक्स। जो जितना सुंदर होगा, उतना ही अधिक टैक्स देगा। दूसरे शब्दों में यूँ कहें कि जो जितना ज्यादा टैक्स देगा, वह उतना ही अधिक सुंदर माना जाएगा। यह टैक्स पुरुष एवं महिला दोनों पर लगाया जाएगा। उम्र की कोई सीमा नहीं होगी। वैसे भी पुरुषों की तुलना में महिलाओं को यह टैक्स अधिक आकर्षित करेगा क्योंकि महिलाएँ स्वभावत: सौंदर्य प्रेमी होती हैं। महिलाओं में अधिकाधिक ब्यूटी टैक्स देने की होड़ लग जाएगी। वैसे भी आधुनिक भारत की आधुनिक महिलाएँ आर्थिक दृष्टि से अधिक संपन्न एवं सक्षम हो गई हैं। अधिक टैक्स देकर सुंदर कहलाने का यह तरीका उन्हें अवश्य ही पसंद आएगा।"

"ब्यूटी टैक्स लगाने से पूरी भारतीय अर्थव्यवस्था, व्यापार, वाणिज्य का उद्धार हो जाएगा, जो कि अन्य देशों के लिए भी एक अनुकरणीय उदाहरण का

कार्य करेगा। सुंदर दिखने के लिए ब्यूटी पार्लरों पर भीड़ बढ़ेगी। सोलह शृंगार चौंसठ शृंगार में बदल जाएँगे। सौंदर्य प्रसाधनों का बाजार छलाँगें लगाते हुए बढ़ेगा। विज्ञापन व्यवस्था के चरमोत्कर्ष का दौर शुरू हो जाएगा। कालों को गोरा बनाने, कील-मुँहासे हटाने, चेहरे के दाग मिटाने, त्वचा में चमक लाने, बाल लंबे-घने करने, नाखून चमकदार बनाने, उन्नत वक्ष और क्षीण कटि युक्त आकर्षक देहयष्टि पाने के लिए नित्य नए-नए विज्ञापन बनाए जाने लगेंगे। महाविद्यालयों, विश्वविद्यालयों तथा प्रशिक्षण केंद्रों में भी बैचलर तथा मास्टर स्तर पर नए-नए पाठ्यक्रम शुरू हो जाएँगे, जैसे बी.बी.डी. (बैचलर ऑफ ब्यूटी डेवलपमेंट), बी.बी.ई. (बैचलर ऑफ ब्यूटी एन्हांसमेंट) फिजियोथैरेपी, रेडियोथैरेपी की तरह ब्यूटीथैरेपी शुरू हो जाएगी। बैंक ब्यूटी बढ़ाने के लिए नई-नई लोन स्कीमें लाने लगेंगे। प्रॉपर्टी कंसल्टेंट की तरह ब्यूटी कंसल्टेंट, ब्यूटी एडवाजर के ऑफिस खुल जाएँगे। ब्लीच, फेशियल, मैनीक्योर, पैडीक्योर, थ्रेडिंग, वैक्सिंग, कलरिंग, बॉडी पेंट करने, टैटू, नेल पॉलिश, लिपस्टिक लगाने, भौंहें बनाने, वजन बढ़ाने-घटाने के विशेषज्ञों की भारी माँग पैदा होगी।''

''धीरे-धीरे देश की महिलाएँ सुंदर होने लगेंगी। महिलाएँ सुंदर हो जाएँगी, तो पुरुषों को भी सुंदर होने की प्रेरणा मिलेगी। जिस देश की महिलाएँ एवं पुरुष दोनों सुंदर होंगे, वह देश सुंदर हो जाएगा। सुंदर देश को अपने सुंदर नागरिकों से प्राप्त होनेवाले 'सौंदर्य कर' यानी ब्यूटी टैक्स से इतनी आय हो जाएगी कि वह न केवल अपना, अपितु विदेशों का भी आर्थिक संकट दूर कर पाएगा।''

विचारक ने अपने नॉन स्टॉप भाषण को बंद करते हुए जब आँखें खोलीं, तो पता चला कि वहाँ कोई न था। सारे विचारक यह नायाब आइडिया बताने के लिए सीधे वित्त मंत्री निवास जा चुके थे। वित्त मंत्री ने विचारकों की बातें ध्यान से सुनीं। वे उन पर विचार करने के लिए एक समिति बनाने का विचार कर रहे हैं। समिति के सदस्यों के नाम जैसे ही तय होंगे, कार्य प्रारंभ हो जाएगा। मुझे पूरा विश्वास है कि बहुत जल्द ही आपको ब्यूटी टैक्स लगाए जाने की शुभ सूचना संचार माध्यमों से प्राप्त होगी। तब तक के लिए नमस्कार।

❑

बाबूजी महान्

बाबूजी ऊँचे तबके के हैं। रुपया-पैसा खूब है। काले अंग्रेज हैं। विपक्ष में बैठते हैं, अत: विरोध करना उनका जन्मसिद्ध अधिकार है। जन्म लेते ही विरोध करना शुरू कर दिया था। पहला विरोध—रोऊँ क्यों? फिर, थोड़ा बड़े होने पर—स्कूल जाऊँ क्यों? पढ़ूँ क्यों? आदि-आदि। आज वे मोटी आसामी हैं। सब ओर उनका दबदबा है। अफसर हाथ बाँधे खड़े रहते हैं। उन्होंने बड़ों-बड़ों को ठीक कर दिया। सभ्यता, संस्कृति, भारतीयता, मानवीयता जैसे शब्दों से उन्हें सख्त नफरत है। कोई यदि इनकी बात करे, तो वे तुरंत विरोध करने लगते हैं। विरोध भी ऐसे-वैसे नहीं, ठेठ देसी शैली में। तोड़-फोड़, मार-पीट, हल्ला-गुल्ला जो भी करना पड़े, सब करेंगे और अपनी बात मनवा लेंगे, चाहे वह गलत ही क्यों न हो।

एक बार एक सरकार परीक्षा में नकल करनेवालों के पीछे पड़ गई। कोई विद्यार्थी नकल करता मिला, तो पकड़ा और सीधे अंदर। बाबूजी से न रहा गया। वे तो खुद भी नकल करके ही पास होते आए थे। नकल विरोधी कानून का विरोध किया। वही हुआ, जो होना था। कानून वापस ले लिया गया। नकल करनेवालों ने उनके पैर छुए। उन्हें अपना सच्चा गुरु स्वीकार किया। उनकी जय-जयकार की।

इसी तरह एक दूसरी सरकार को न जाने क्या सूझा—पब्लिक स्कूलों में हिंदी माध्यम से पढ़ाने की वकालत करने लगी। बाबूजी का खून खौल उठा। पब्लिक स्कूल इसीलिए तो पब्लिक स्कूल हैं क्योंकि वे आम पब्लिक के लिए नहीं है। वहाँ अंग्रेजी माध्यम से पढ़ाया जाता है। हिंदी माध्यम से पढ़ाने के लिए तो अपने सरकारी स्कूल हैं ही। बाबूजी ने कमर कस ली। उनकी नसों में अंग्रेजी शासनकाल का रक्त दौड़ रहा था। अंग्रेजी के प्रति वफादारी में कुत्ते भी उनकी मिसाल देते थे। बाबूजी ने तमाम तर्क दिए। हो-हल्ला किया। सब अंग्रेजी पिट्ठुओं को अपने साथ मिलाया। सरकार पर दबाव बनाया और पब्लिक स्कूलों में हिंदी को उसकी असली

जगह दिखा दी। प्रशासक वर्ग ने बाबूजी का गुणगान किया—उनकी महानता को जो बचाया था, बाबूजी ने।

बाबूजी नारी मुक्ति के प्रबल पक्षधर हैं। वे चाहते हैं कि सारी भारतीय औरतें अंग्रेज बन जाएँ। घर से निकलकर दफ्तरों में आ जाएँ। सड़कों तथा दफ्तरों में तभी तो रौनक होगी। बाजार और सिनेमाघर तभी तो चलेंगे। बाबूजी की नस-नस में फैशन बहता है। वे चाहते हैं—सब फैशनेबल हो जाएँ, खासकर महिलाएँ। लो कट तथा बैक लैस ब्लाउज, माइक्रो स्कर्ट के तो बाबूजी दीवाने हैं। उन्हें अपनी तरह, औरों के भी नयन सुख की चिंता रहती है।

बाबूजी सेंसर बोर्ड में दकियानूसी सोचवाले सदस्यों के विरुद्ध लगातार ताल ठोकते रहते हैं। उन्होंने एक-एक करके ऐसे सब पिछड़ी तथा संकुचित दृष्टिवालों को सेंसर बोर्ड से बाहर का रास्ता दिखाकर ही दम लिया। उन्हीं के अथक प्रयासों का परिणाम है कि हिंदी सिनेमा आज खुली हवा में साँस ले पा रहा है, वरना पहले तो नायिका की साड़ी का ज़रा सा पल्लू खिसका और सेंसर बोर्ड ने तुरंत लगा दिया 'कट'। अब नायिका इस संकट से मुक्त है। न रहे साड़ी, न खिसके पल्लू। हिंदी फिल्मों में नारी के प्रति हो रहे भेदभाव तथा अन्याय से बाबूजी बहुत आहत थे। यह क्या बात हुई कि नायक तो लुंगी-बनियान में घूमे और नायिका बेचारी कपड़ों के भार तले दबी रहे। नायक तो अपना कसरती बदन दिखाने के लिए कमीज-पैंट जो चाहे उतार दे, मगर नायिका पर अपने प्रकृति प्रदत्त सौंदर्य के प्रदर्शन पर सब प्रकार के बंधन। बाबूजी ने इसका डटकर विरोध किया। परिणाम आज आपके सामने हैं। आज नारी को पुरुष के समान पूरा अधिकार है कि वह जो मर्जी हो वह पहने या न भी पहने। आज नारी भी फिल्मी परदे पर पूरी स्वतंत्रता से प्यार कर सकती है, वह आलिंगन, चुंबन आदि-आदि में पुरुष से पीछे नहीं है, बल्कि चार कदम आगे ही है। हिमाच्छादित पर्वतीय प्रदेश में नायक कोट-स्वेटर पहने दिखेगा, तो नायिका अपनी भीतरी-बाहरी 'हॉटनैस' का डंका पीटते अत्यल्प वस्त्रों में।

बाबूजी को बच्चों से बहुत प्रेम है। गली-मुहल्ले से लेकर गाँव, शहर, महानगर तक के बच्चों के लिए प्रेम का सागर उनके भीतर हिलोरें लेता रहता है। बाबूजी बच्चों को घर या विद्यालय में किसी भी प्रकार का दंड दिए जाने के सख्त खिलाफ हैं। उन्हें अपने बचपन के वे दिन कभी नहीं भूलते, जब मास्टरजी रोज ही किसी-न-किसी कारण से उनकी जमकर पिटाई किया करते थे। दरअसल पढ़ाई-लिखाई से बाबूजी का कई जन्मों का वैर था। मास्टरजी इस बात को समझ ही नहीं पाते थे। वे दावा करते थे कि उन्होंने कई गधों को मार-मारकर घोड़ा बना दिया

और कुछ को तो आदमी भी बना दिया। मास्टरजी ने जिन गधों को घोड़ा बनाया, वे राष्ट्रपति की बग्घी में जुते तथा जिन गधों को आदमी बनाया, वे विभिन्न विधानसभाओं या संसद् की शोभा बढ़ा रहे हैं। बाबूजी भी इसका अपवाद नहीं थे।

बाबूजी ने ठान लिया कि बच्चों पर घर-विद्यालय में होनेवाले अत्याचारों को वे बंद करवाकर ही दम लेंगे। सबसे पहले तो उन्होंने स्कूलों में दिए जानेवाले शारीरिक दंड को बंद करवाया। आज किसी भी विद्यालय के शिक्षक या शिक्षिका विद्यार्थियों को मारना, मुरगा बनाना तो दूर, उन्हें डाँट-डपट भी नहीं सकते; कक्षा से निकालना तो दूर, कक्षा में खड़ा तक नहीं कर सकते। इसी का परिणाम है कि आज के विद्यार्थी सभी प्रकार के डर, तनाव, दबाव से मुक्त हैं। वे पढ़ें या न पढ़ें, स्कूल आएँ या न आएँ, वरदी पहने या न पहनें, होमवर्क करें या न करें, उनकी मरजी। आज स्कूलों में पढ़नेवाले बच्चे शेर हैं तथा उनके शिक्षक-शिक्षिका-भीगी बिल्ली। इसीलिए बच्चे बाबूजी के भक्त हैं।

बाबूजी के अथक प्रयासों से ही यह संभव हो पाया कि बच्चे अब फेल होने के दबाव से भी पूर्णत: मुक्त हैं। आठवीं कक्षा तक बिना पढ़े पास होना आज बच्चों का अधिकार है, तो वे पढ़ने का कष्ट क्यों करें? बाबूजी से गरीब, बेसहारा, भूखे बच्चों का दु:ख दर्द देखा नहीं जाता। यही कारण है कि उनके महलनुमा घर में झाड़ू-पोंछा लगाना, खाना पकाना, बरतन धोना, लॉन में पानी देना, कपड़े धोना, सुखाना, प्रेस करना, जूते पॉलिश करना, कुत्तों को घुमाना जैसे छोटे-मोटे मस्ती भरे काम ऐसे भूखे, गरीब, बेसहारा बच्चे मज़े-मज़े में करते रहते हैं। वैसे बाबूजी 14 वर्ष से कम आयु के बच्चों से काम करवाने के सर्वथा विरुद्ध हैं। वे अपने और पराए बच्चों में कोई भेदभाव नहीं करते, इसीलिए अकसर ही इन बच्चों को सही राह पर लाने के लिए वे अपने हाथ-पैरों की खुजली मिटा लेते हैं।

दलित-शोषित वर्ग के व्यक्तियों (विशेषकर महिलाओं) के प्रति बाबूजी के मन में करुणा-ही-करुणा बहती रहती है। उनकी स्थिति को सुधारने के लिए, उन्हें अपने समकक्ष लाने के लिए वे सतत प्रयत्नशील रहते हैं। ऐसी अनेक अबलाओं को उन्होंने अपने साथ सुलाकर समानता का अधिकार दिलाया है। महिलाएँ व्यापार में आगे बढ़ें, स्वावलंबी बनें, बाबूजी इसके प्रबल पक्षधर हैं। विश्व के प्राचीनतम व्यापार, जिसमें सीधे महिलाओं को हाथ में आय मिलती है (समझ गए न आप) ? को भारत में कानूनी मान्यता दिलाने के लिए भी बाबूजी एड़ी-चोटी का ज़ोर लगा रहे हैं।

बाबूजी के अनुसार भारत में चार वर्णों में सर्वाधिक महत्त्वपूर्ण है—व्यापारी

वर्ग। इसे समाज-पुरुष का पेट भी कहा जाता है। पेट भरना अर्थात् रोटी प्रथम मूलभूत आवश्यकता है। व्यापारी दिन रात-खून-पसीना एक करके चार पैसे कमाता है। उसमें से हिस्सा लेने के लिए सरकार ने दुनिया भर के टैक्स लगा रखे हैं— सेल्स टैक्स, सर्विस टैक्स, इनकम टैक्स, वैट, सरचार्ज आदि-आदि। उस पर इंस्पेक्टरों का कभी न भरनेवाला पेट। व्यापारी बेचारा किस-किसका पेट भरे? बाबूजी ने सरकार पर दबाव बना-बनाकर उसे मजबूर कर दिया कि बेचारे, निरीह, दीनहीन, लुटे-पिटे व्यापारियों को लूटने की, खाने-कमाने की छूट दी जाए। सरकार ने कुछ शर्तें रखीं। बाबूजी ने सरकार तथा व्यापारियों के बीच मध्यस्थ की भूमिका निभाई। बीच का रास्ता निकाला गया। भारतीय संस्कृति के सूत्र वाक्य—'जीओ और जीने दो' की तर्ज पर 'खाओ और खाने दो' की नीति के अंतर्गत व्यापारी वर्ग से समझौता हो गया। आज व्यापारी बाबूजी का अहसान मानते नहीं थकते।

बाबूजी की महानता के ये कुछ उदाहरण मात्र हैं, वरना 'हरिअनंत, हरि कथा अनंता' की ही भाँति बाबूजी की यह गाथा भी अंतहीन है। अरे, क्या कहा आपने? 'बाबूजी कौन?' क्या सचमुच नहीं पहचाना या पहचानकर भी अनजान बन रहे हैं। थोड़ा ध्यान से देखिए, दुबारा से सारा वृत्तांत पढ़िए। आपको एक नहीं, अनेक बाबूजी मिल जाएँगे। अपने आस-पास के गाँव, मुहल्ले, शहर, महानगर जिधर भी नजर दौड़ाएँगे कोई-न-कोई बाबूजी चेहरे पर मुसकराहट चिपकाए, हाथ जोड़े सामने खड़ा पाएँगे। फिर भी न ढूँढ़ पाएँ, तो आ जाइएगा मेरे पास, बाबूजी की भरपूर वैराइटी दिखा दूँगा।

❑

बिल दा मामला है

ताऊ भीमसिंह गलतियाँ करने के आदी हैं। आजादी से पहले पैदा हुई पीढ़ी के साथ यही खराबी है। बदलते जमाने के साथ बदलने को तैयार ही नहीं। यह पीढ़ी अभी चिपकी है—वही पुरानी दकियानूसी ईमानदारी, परोपकार, नैतिकता, भलाई जैसी बातों से। यह पीढ़ी समझती ही नहीं कि आजकल नया दौर है, जिसके नए मुहावरे हैं, नए सिद्धांत हैं, जैसे 'स्वहित सरिस धर्म नहीं भाई', 'नेकी कर जूते खा', 'असत्यमेव जयते', 'बस एकल कुटुंबकम्', 'फायदा जीवन, उच्च कमा' 'जब आवे मुफ्तोष धन, सब धन धूरि समान' आदि।

ताऊ भीमसिंह चूँकि ये नए मुहावरे-सिद्धांत समझते नहीं, इसलिए गलतियाँ करते रहते हैं। उन्होंने गाँव से दिल्ली में आकर अपने बेटे का सालों से बंद पड़ा मकान खुलवाया। बिजली का मीटर बंद पड़ा था, परंतु बिजली का कनेक्शन चालू था। ताऊ ने बंद मीटर को चलवाया, लेकिन एक महीना बीता, दो महीने, चार महीने बीते, बिजली का बिल नहीं आया। ताऊ परेशान। मेरे पास आए। समस्या बताई कि बिजली का बिल नहीं आ रहा। मैंने कहा, "लेकिन बिजली तो आ रही है न? आपको बिजली से मतलब है या बिल से?" ताऊ ने एक भोले भारतीय की तरह जवाब दिया, "बिजली तो आ रही है, परंतु बिल भी तो आना चाहिए न। बाद में कुछ उलटा-सीधा हो गया, तो बुढ़ापे में मेरे चेहरे पर कालिख पुत जाएगी।" मैंने समझाया, "ताऊजी इसमें तो खुशी की बात है कि बिजली आ रही है, बिल नहीं आ रहा। लोगों के तो बिजली नहीं आती मगर बिल आता है। वैसे भी दिल्ली में बिल न भरनेवाले ही सुखी हैं। बिजली की दरें चाहे कितनी बढ़ें, उन्हें फर्क नहीं पड़ता। छोटी-मोटी कॉलोनियों में रहनेवाले ही नहीं, बड़े-बड़े बँगलों में रहनेवाले, करोड़ों के कारखाने चलानेवाले भी बिजली के बिल के लिए चिंतित नहीं होते, तो आप क्यों परेशान हो रहे हैं?" ताऊ के पुरातन संस्कारों पर मेरे नवीन दर्शनशास्त्र

का उसी प्रकार कोई असर नहीं हुआ, जैसे चंदन के वृक्ष पर विषैले साँपों के लिपटने का या अंपायर पर अति उत्साही बॉलर की अपीलों का। ताऊ बोले, ''हर नागरिक का कर्तव्य है कि वह सभी बिल समय पर जमा करवाए। मैं बिल भेजने के लिए पत्र लिखूँगा।'' मैंने सिर पीट लिया। ''आ बैल, मुझे मार'' की तर्ज पर ''ला विभाग, बिल दे'' की कहावत बनानी पड़ेगी।

ताऊ ने पत्र लिखा। बार-बार लिखा। बिजली विभागवाले भी परेशान हो गए। कैसे खब्ती से पाला पड़ा है, बिल नहीं आ रहा तो हमें मिठाई खिलाए, कुछ हमारे बच्चों के लिए दे दे, पैसे फालतू हैं तो हमारी सेवा-पानी कर दे। थक-हारकर उन्होंने फाइल ढूँढ़नी शुरू कर दी। दस साल पुरानी फाइल ढूँढ़ना और वह भी बिना कमाई की आशा के, उसी प्रकार अटपटा था, जैसे कॉलेज के बच्चे का बिना सर्टिफिकेट की आशा के काम करना। ताऊ के पत्रों का असर नहीं हुआ तो वे स्वयं बिजली के दफ्तर में मिलने चले गए। बिजली सरकारी हाथों से निजी हाथों में चली गई थी। ताऊ ने सोचा कि अब व्यवस्था सुधर गई होगी। मगर हाथ तो हाथ ही थे। वे बदले नहीं थे। पता चला कि फाइल नहीं मिल रही। निजी बिजली कंपनी ने उन्हें दुबारा फॉर्म भरने तथा कुछ शुल्क जमा कराने के लिए कहा। ताऊ को आशा बँधी जैसे दम तोड़ते मरीज को ऑक्सीजन तथा ग्लूकोज लगा देने पर बँधती है। ताऊ ने फॉर्म भरा, शुल्क जमा करवाया।

फिर महीनों बीत गए। बिजली का बिल उसी प्रकार तरसाता रहा, जैसे सरकारी नल में पानी। बिल नहीं आया। हाँ, एक दिन बिजली दफ्तर की ओर से पत्र जरूर आया कि आपका नए कनेक्शन के लिए किया गया अनुरोध स्वीकार नहीं किया जाता, अत: आप अपने जमा करवाए शुल्क के पैसे मूल रसीद देकर वापस ले लें।

वाह! कुछ भी कहो, निजी कंपनियों की ईमानदारी है काबिले तारीफ। काम का तरीका भले ही पुराना रहा हो, करने को कुछ कहो, करेंगे कुछ और। माँगो बिल तो दे देंगे शुल्क वापस। ताऊ की परेशानी कायम रही। मैंने उन्हें समझाया कि यह दिल्ली है। यहाँ जो ईमानदारी से रहना चाहता है, उसे रहने नहीं दिया जाता। इसीलिए यहाँ दस नंबरियों, चार सौ बीसियों की पौ बारह है। ताऊ ने धमकी भरा पत्र लिखा। उसका असर हुआ।

एक दिन बिजली दफ्तर की ओर से ताऊ भीम सिंह को कानूनी नोटिस आ गया—''आपने दस साल से बिजली का बिल जमा नहीं करवाया। यह एक दंडनीय अपराध है, अत: पत्र प्राप्ति के दस दिन के भीतर एक लाख चार हजार आठ सौ

बयासी रुपए जमा करवा दो, नहीं तो जुर्माने और कैद की सजा हो सकती हैं।'' ताऊ के होश प्राण-पखेरू-से उड़ गए जैसे दुकानों की सीलिंग के आदेश से व्यापारियों के। मैंने ताऊ से कहा, ''लो और माँगो बिल! ले लिया मजा बिजली कर्मचारियों को बार-बार पत्र लिखकर दु:खी करने का। न खुद चैन से रहते हैं, न किसी को रहने देते हैं।'' ताऊ ने कहा, ''लेकिन मेरा बिल तो सिर्फ दो-चार हजार बनना चाहिए। नौ साल से मकान बंद ही पड़ा था, बिजली जली ही नहीं।'' ताऊ की बात उसी प्रकार किसी ने नहीं सुनी, जैसे पुलिस लॉकअप में बंद निरीह व्यक्ति की।

बिजली कंपनियाँ करोड़ों का घाटा दिखा रही हैं। बिजली चोर मज़े से बिजली उड़ा रहे हैं। ईमानदार, सीधे, सच्चे अनेक ताऊ अपनी 'गलती' की सजा भुगत रहे हैं। इन्हें पता नहीं कब समझ आएगा कि आज भारत को पुरातन सोचवाले अनुशासित नियमानुसार जीनेवाले नागरिकों की आवश्यकता नहीं है। 'खुद खाओ, औरों को भी खाने दो' की नीति पर चलनेवाला देश ताऊ जैसे लोगों से बहुत दु:खी है। अगर आप भी इसी श्रेणी में आते हैं, तो अपने आप को सुधारिए तथा देश को और देश के अफसरों को और दु:खी होने से बचाइए।

❑

ऑनलाइन बदलाव

दलालों का एक दल मंत्री महोदय से मिला। दलाल बहुत परेशान थे। भारत में दलाल का परेशान होना उसी प्रकार अनहोनी बात है, जैसे किसी भ्रष्टाचारी को सख्त सजा होना। दलाल तो स्वयं ही सबकी परेशानी कम करता है। मगर बुरा हो उन ईमानदार, कर्तव्यनिष्ठ कर्मचारियों एवं अधिकारियों का, जो बिना कुछ लिए-दिए, बिना दस-बीस चक्कर लगवाए ही आम आदमी का राशनकार्ड बना देते हैं या वोटर लिस्ट में नाम लिख देते हैं या किसी भी प्रकार का लाइसेंस, परमिट, जारी कर देते है या इसी प्रकार का कोई असंभव प्रतीत होनेवाला कार्य सरलता से कर देते हैं। ऐसे कर्मचारी-अधिकारी दलालों को फूटी आँख नहीं सुहाते। सुहाएँ भी क्यों, वे उन दलालों के पेट पर लात जो मारते हैं, उनकी रोजी-रोटी जो छीन लेते हैं।

खैर जनाब, दलालों के प्रतिनिधिमंडल ने मंत्री महोदय के सामने अपना रोना रोया। मंत्रीजी ने उनकी खूब आवभगत की, उनके आँसू पोंछे। दलाल दल आश्वस्त हुआ। भारत में दलालों का एकमात्र सहारा मंत्रीगण ही तो होते हैं। बिना मंत्रियों के दलाल उसी प्रकार उपेक्षित तथा विवश होते हैं, जैसे सपेरे की पिटारी में बंद साँप, जिसके दाँत निकाल लिये होते हैं। मंत्रीजी ने दलाल दल के मुखिया को पूरा सम्मान देते हुए पूछा, ''जनाब, मैं आपकी क्या खिदमत कर सकता हूँ?'' भारत में मंत्रियों, सांसदों, विधायकों, पार्षदों के मुखारविंद से ऐसे विनम्रतासूचक, सम्मानजनक शब्द तभी झड़ते हैं, जब सामने कोई मोटी आसामी बैठी हो। दलाल दल के मुखिया ने कहा, ''हुजूर, माई बाप, आपके रहते हुए भी हम अनाथ हो गए हैं। हे दीनानाथ, रहम कीजिए। आपके पासपोर्ट कार्यालय के सहारे ही हमारे बाल-बच्चे पल रहे थे। हम पासपोर्ट बनवाने में मदद करते थे, परंतु पिछले कुछ समय से पता नहीं कहाँ से इतने मेहनती और अच्छे कर्मचारी-अधिकारी आ गए कि लोग बिना

हमारी मदद लिए ही पासपोर्ट बनवाने लगे।''

''हूँ, मैं सब समझ गया।''

''हुजूर, आप इतने समझदार हैं, तभी तो किसी भी दल की सरकार बने, आपका मंत्री पद सुरक्षित रहता है। इसीलिए तो हम भी आँख मूँदकर आपका तन-मन-धन से समर्थन करते हैं, और आगे भी करते रहेंगे। हुजूर, हमने इस समस्या से निपटने के लिए कुछ सुझाव दिए हैं, यदि आप इन्हें लागू करवा दें तो हमारा धंधा-पानी फिर से चल निकलेगा।''

''ठीक है, यह कागज मुझे दे दो। थोड़ा समय लगेगा, लेकिन मैं अपने तरीके से तुम्हारी समस्या हल करवा दूँगा।'' यह कहते हुए मंत्री महोदय ने दलाल दल का ज्ञापन अपने पास रख लिया। चाय-नाश्ता करने के बाद दलाल दल मुसकाता, मूँछों पर बल देता, वहाँ से विदा हो गया।

मंत्री महोदय ने तुरंत सचिव को बुलवाकर वह ज्ञापन थमाया। सभी संबंधित उच्चाधिकारियों की एक मीटिंग बुलवाई। एक आयोग का गठन किया। आयोग का काम था—पासपोर्ट बनवाने की प्रक्रिया में सुधार हेतु सुझाव देना। भारत में किसी भी समस्या का सरकारी समाधान आयोग या समिति के गठन द्वारा ही शुरू किया जाता है। इन्हें यदि 'आधुनिक संकटमोचक हनुमान' कहा जाए, तो अतिशयोक्ति न होगी। आयोग या समिति के सदस्य उस समस्या के समाधान खोजने के लिए सबसे पहले विदेश यात्रा का कार्यक्रम बनाते हैं। कारण साफ है—आधुनिक भारत की अधिसंख्य समस्याएँ विदेशी प्रभाव से ही तो उपजी हैं। समस्या की जड़ चूँकि विदेशों में है, अतः उसके समाधान के सूत्र भी विदेशों में ही मिलते हैं। फिर विदेशी सुरा-सुंदरी पाते ही हर भारतीय का दिल-ओ-दिमाग सुरूर से भरकर कंप्यूटर से भी तेज चलने लगता है। आयोग ने दृष्टि के सभी कोणों से समस्या पर विचार किया। विदेशों में प्रचलित समाधानों पर गौर फरमाया। वहाँ से वापस आकर रिपोर्ट बनाई। रिपोर्ट जमा की। मंत्रीजी ने बिना रिपोर्ट पढ़े, उस पर विचार करने के लिए एक समिति बना दी। फिर समिति ने अपनी पैनी दृष्टि से सारी रिपोर्ट का सूक्ष्मावलोकन किया। उसमें कुछ फेर-बदल किए। हालाँकि कोई बड़ा परिवर्तन नहीं था, सिर्फ शब्दों का ही हेर-फेर था, जैसे 'जरूरी' की जगह 'आवश्यक' कर दिया, 'अत्यधिक' की जगह 'बहुत ज्यादा' कर दिया। यह करना इसलिए जरूरी था कि मंत्री महोदय को यह लगना चाहिए कि उन्होंने भी कुछ काम किया है। अपने टी.ए., डी.ए. को 'जस्टिफाई' करना हर ईमानदार उच्चाधिकारी का नैतिक दायित्व है। हमारे नौकरशाह (हैं तो नौकर, किंतु शाह की तरह रहते हैं) अपने

नैतिक दायित्व अत्यंत गंभीरता से निभाते हैं।

अंततः रिपोर्ट मंत्रीजी ने देखी। वे प्रसन्न हुए। दलाल दल के सारे सुझाव बहुत ही सफाई तथा सूझबूझ से उसमें शामिल कर लिए गए थे। रिपोर्ट इस प्रकार थी—

- 'भारत में विदेश गमन एक संक्रामक रोग की तरह फैल रहा है। हर भारतीय 'साम-दाम-दंड-भेद' यानी कोई भी सही-गलत तरीका अपनाकर विदेश जाने की जुगाड़ लगाता रहता है। कभी-कभी कुछ भारतीय अपनी शुद्ध भारतीयता के कारण विदेश में भारत का नाम कुछ ज्यादा ही रोशन कर देते हैं। इसलिए आवश्यकता इस बात की है कि आम आदमी आसानी से विदेश न जा पाए। इसके लिए जरूरी है कि पासपोर्ट बनवाने के लिए वर्तमान प्रणाली को बदला जाए।
- 'विदेशी तर्ज पर भारत में भी पासपोर्ट बनवाना, पूरी तरह 'ऑनलाइन' कर दिया जाए। इसके बहुत से फायदे होंगे, जैसे—भारत में कंप्यूटर तथा इंटरनेट का प्रचलन बढ़ेगा। अधिक-से-अधिक लोग कंप्यूटर चलाना सीख लेंगे; जो नहीं सीख पाएँगे, वे कुछ सुविधा या सेवा शुल्क देकर इस कार्य को सरलता से कर पाएँगे।
- 'विदेशों की तर्ज पर भारत में भी पासपोर्ट बनवाने के लिए बिना समय लिए पासपोर्ट कार्यालय में घुसना या पासपोर्ट कर्मचारी-अधिकारी से मिलना बिलकुल वर्जित होना चाहिए।
- 'समय लेना' भी ऑनलाइन ही होना चाहिए तथा वह इतना कठिन हो कि कोई भी व्यक्ति आसानी से समय न ले सके।
- 'पासपोर्ट कार्यालय की शाखाएँ कम-से-कम की जाएँ, ताकि वहाँ मारा-मारी बनी रहे।
- 'पासपोर्ट कार्यालय का स्थान समय-समय पर बदलते रहें। ऐसी जगह पासपोर्ट कार्यालय बनवाने का प्रयास करें, जहाँ पहुँचना कठिन हो।
- 'पासपोर्ट कार्यालय में ऐसे अधिकारी/कर्मचारी लगाए जाएँ, जो पब्लिक से सीधे मुँह बात न करें, कागजात में कमियाँ निकालने में दक्ष हों, अपनी कहने तथा दूसरों की न सुनने में विश्वास रखते हों।
- 'पासपोर्ट कार्यालय में पहुँचनेवाले किसी भी व्यक्ति को किसी प्रकार की, कोई सुविधा जैसे—पीने का पानी, शौचालय, बैठने के लिए कुरसियाँ आदि उपलब्ध न करवाई जाएँ।'

समिति की सिफारिशें स्वीकार कर ली गईं। लोग पुराने नियम तथा व्यवस्था के अनुसार फॉर्म खरीद लेते हैं, उन्हें भरकर ले जाते हैं, वहाँ से उन्हें लौटा दिया जाता है। ऑनलाइन फॉर्म भरना तथा उसे जमा करके मिलने का समय लेना टेढ़ी खीर है। इस काम के लिए किसी 'पढ़े-लिखे कंप्यूटर विशेषज्ञ' की सेवाएँ लेनी पड़ती हैं। फिर पासपोर्ट कार्यालय पहुँचकर सबसे पहले तो वास्ता पड़ता है—बाहर खड़े सुरक्षा कर्मचारी से, जो सबको लाइन में लगवा देता है। फिर सुरक्षा की दृष्टि से आपत्तिजनक वस्तुओं जैसे कैमरा, लैपटॉप, पेन ड्राइव आदि ले जाने से सख्ती से मना करता है। पासपोर्ट बनवानेवाले के साथ आए व्यक्ति को दूर पार्क आदि में जाकर बैठने का निर्देश देता है। कार्यालय में अंदर जाकर जो दृश्य दिखाई देता है, वह भारत की विदेशोन्मुख प्रगति का साक्षात् प्रमाण दे देता है। तीन-चार अलग-अलग खिड़कियों पर घंटों गहन जाँच-पड़ताल की जाती है और कुछ-न-कुछ कमी कागजात में निकाल ही ली जाती है। कुछ लोग तो इसी परेशानी में आकर पासपोर्ट बनवाने का इरादा ही त्याग देते हैं। जिन्हें जाना जरूरी होता है, वे सुविधा शुल्क का भुगतान करके दलाल दल की सेवाएँ प्राप्त करते हैं और हँसते-खेलते पासपोर्ट बनवाने में सफल हो जाते हैं।

कुल मिलाकर दलाल दल की पौ बारह है। आम आदमी सिर धुनता फिरता है। पासपोर्ट बन जाने पर ऐसे खुश हो जाता है, मानो डी.डी.ए. में पिताजी द्वारा दशकों पहले आवेदन किया प्लॉट लक्की ड्रॉ में निकल आया हो। पासपोर्ट कार्यालय के सभी कर्मचारी-अधिकारी, मंत्री-संतरी इस 'ऑनलाइन' बदलाव से बेहद खुश हैं। आपकी क्या राय है?

❑

पत्नी का हाथ

मैं महान् साहित्यकार क्यों नहीं बन पाया? उत्तर जानना चाहेंगे आप? जी नहीं, जो आप सोच रहे हैं, वे सब कारण नहीं हैं। कारण है—मेरी पत्नी। आप पूछेंगे—कैसे? पूछिए-पूछिए। मैं समझाता हूँ। कहा गया है—हर सफल पुरुष के पीछे एक औरत का हाथ होता है। यह अर्धसत्य है। मैं आपको प्रमाण देकर बताता हूँ कि हर सफल, यशस्वी, महान्, पुरुष के पीछे औरत विशेषत: पत्नी का हाथ है। डॉ. कलाम साहब, श्री अटल बिहारी वाजपेयीजी इसके अपवाद हैं। राहुल गांधी अभी तक सफल क्यों नहीं हो पाए, प्रधानमंत्री का पद पा न सकने का असली कारण क्या है, समझ गए न आप? सोनियाजी न जाने कब समझेंगी? श्री राम की महानता के पीछे सीताजी का कितना हाथ है, हम सब जानते हैं। न वे वनवास पर श्री राम के साथ जातीं, न राम-रावण युद्ध होता। पांडवों की महानता का आधार भी तो द्रौपदी ही हैं। न अर्जुन द्रौपदी को जीतते, न पांडव उससे विवाह करते, न वह दुर्योधन को व्यंग्योक्ति कहतीं, न पांडव उन्हें जुए में हारते और न महाभारत का युद्ध ही होता। सिद्धार्थ कभी भी महात्मा बुद्ध न बन पाते, यदि उनकी पत्नी इतनी गहरी नींद में सोने की आदी न होती। यदि वे घोड़े बेचकर न सो रही होतीं, तो क्या सिद्धार्थ यूँ रात में चुपके से घर से निकल पाते? इतिहास गवाह है कि अनेक राजपूत वीरों को उनकी पत्नियों ने जौहर करके, युद्ध करने की प्रेरणा दी। साहित्य के क्षेत्र में भी आदिकाल से ही इस बात के प्रमाण मिलते हैं कि पत्नियों ने पतियों को महान् साहित्यकार बनाया। क्या कहा? आपको विश्वास नहीं होता। क्या आप भूल गए कि संस्कृत के महाकवि कालिदास को उनकी पत्नी विद्योत्तमा ने कितनी डाँट पिलाई थी? विद्योत्तमा की डाँट का ही असर था कि उसकी डाँट के प्रत्येक शब्द पर कालिदास ने एक काव्यग्रंथ ही रच डाला। ज़रा सोचिए, यदि विद्योत्तमा ने कालिदास को न डाँटा होता, तो हम कितने महत्त्वपूर्ण साहित्यिक

ग्रंथों से वंचित रह जाते?

अब आइए चलते हैं मध्यकाल में। हिंदी के महाकवि गोस्वामी तुलसीदास को अमर किसने बनाया? क्या कहा? श्रीराम ने! वह तो ठीक है, किंतु असली श्रेय जाता है उनकी पत्नी रत्नावली को। याद है न वह प्रसंग जब तुलसी अपनी पत्नी के वियोग में, उसके मायके जा पहुँचे थे और उनकी पत्नी ने उन्हें क्या जबरदस्त झाड़ा था। यदि तुलसी को वह झाड़ न पड़ी होती, तो क्या वे हाड़-मांस की देह की प्रीति से बाहर निकलकर श्रीराम की कथा लिख पाते? कदापि नहीं!

आधुनिक काल में भी कई कालिदास और तुलसीदास हैं, परंतु उनके पत्नी डाँट के प्रसंग अभी कम ही सार्वजनिक हुए हैं। कुछ लोगों को ही राजेंद्र यादव, मोहन राकेश आदि के महान् होने का असली कारण पता है, शेष तो उन्हें गैर साहित्यिक कारणों के कारण ही महान् मानते हैं।

एक मेरी पत्नी है, जो मुझे महान् साहित्यकार बनाने के लिए ज़रा भी कोशिश नहीं करती। हर समय प्रेम सुधा बरसाती रहती है, कभी डाँटामृत पिलाती ही नहीं। परिणाम आपके सामने है, मैं एक छोटा-मोटा व्यंग्यकार बनकर रह गया। वह तो भला हो भाई सुभाष चंदर का, जिन्होंने मेरा नाम हिंदी व्यंग्य साहित्य के इतिहास में लिख दिया, वरना प्रेम भाई तो मुझे 'व्यंग्य यात्रा' में यात्री बनाकर राजी ही नहीं। महाकवि होना तो दूर की बात, मुझे कोई कवि भी मानने को तैयार नहीं। मैं अपनी पत्नी को लगातार समझाता रहता हूँ कि महान् लोगों की सूची में शामिल होने में मेरी सहायता करो, मगर उसके कान पर जूँ तक नहीं रेंगती। रेंगे भी कैसे! दिव्य फार्मेसी के शैंपू से बाल जो धोती है हर सप्ताह। आप दुआ कीजिए कि मेरे इस लेख में मेरी पीड़ा पढ़कर ही उसका दिल पसीज जाए तथा मैं भी महान् साहित्यकारों की जमात में शामिल हो जाऊँ।

❑

प्रतिभा का इंजेक्शन

देश में प्रतिभा, योग्यता, मेधा, दक्षता, क्षमता आदि-आदि का विस्फोट हो रहा है। आज से पाँच-छह दशक पहले प्रतिभा पलायन की समस्या थी। अब उसका समाधान सरकार ने ढूँढ़ लिया है। प्रतिभा पैदा करो, पैदा न हो, तो जबरदस्ती इंजेक्शन लगा दो। जी हाँ, प्रतिभा का इंजेक्शन। हमारे देश की खूबी है—दुनिया से कुछ अलग हटकर करना। हमारे यहाँ प्रतिभा परखने के मापदंड वैसे नहीं हैं, जैसे अन्य देशों में। प्रतिभा का हमारे यहाँ संबंध दो ही चीज़ों से है—एक है अंक और दूसरा है पद।

जीवन में अनेक स्तरों पर औपचारिक परीक्षाएँ आती हैं। परीक्षाओं में सफलता का आधार हैं—अंक। आज से लगभग 60-70 साल पहले सभी शिक्षक अंक देने में न जाने क्यों इतनी कंजूसी करते थे, जैसे अंक न हों, रुपए हों, जिन्हें बाँटने में बहुत दर्द होता है। लिहाजा हमारे होनहार, योग्य, प्रतिभाशाली विद्यार्थी अकसर फेल हो जाते थे या थर्ड (III) डिवीजन में पास होते थे। दिल को दिलासा देने के लिए वे कहते थे कि बहुमत हमारे साथ है या एक राजा के साथ उसके दो अंगरक्षक हैं। पास होने पर माँ-बाप मुहल्ले में मिठाई बाँटते, अखबार में नाम छपता, लोग अपने नाम के साथ 'स्नातक' या 'बी.ए.' लिखने में गर्व करते क्योंकि अधिकतर तो आठवीं या मैट्रिक की सीढ़ी से आगे ही नहीं बढ़ पाते थे। पूरे शहर में कोई-कोई ही इंटर या बी.ए. कर पाता था। अंकों को लेकर हमारे महान् शिक्षकगण इतने अनुदार थे कि सैकिंड डिवीजन से ऊपर गुड सैकिंड डिवीजन बनानी पड़ी। यानी सैकिंड और फर्स्ट डिवीजन के बीच भी एक पायदान। फर्स्ट डिवीजन (60% अंक) तो हर विद्यार्थी का ऐसा ख्वाब होता था, जो प्रायः पूरा नहीं हो पाता था। इसलिए फर्स्ट डिवीजन से कुछ दूर रहनेवाले विद्यार्थी गुड सैकिंड डिवीजन कहकर दिल को दिलासा देते थे। डिस्टिंक्शन यानी 75% अंक,

तो कठिन ही नहीं असंभव प्राय: (नेक्स्ट टू इंपोसिबल) होते थे। तभी तो उसे 'विशिष्ट' कहा जाता था, जो पूरे शहर में कोई विरला ही होता था।

समय ने करवट बदली। सरकार ने समस्या की भयावहता को समझा। सरकारी आदेश पर शिक्षाशास्त्रियों, बाल मनोवैज्ञानिकों के साथ-साथ राजनेताओं, समाज सुधारकों, चिंतकों, विचारकों ने इस बिंदु पर व्यापक शोध-बोध, चिंतन-मनन, विचार-विमर्श और न जाने क्या-क्या किया। धीरे-धीरे विचार-मंथन से यह निष्कर्षामृत निकला कि अंकों की कंजूसी खत्म की जाए। येन-केन-प्रकारेण बच्चों को अंक दिए जाएँ। आजादी के बाद भारत में शिक्षा की स्थिति 'गरीब की जोरू' जैसी हो गई, जिससे हर कोई खिलवाड़ करता है तथा वह बेचारी चुपचाप सबकुछ सहने को विवश है। शिक्षा में सुधार के नाम पर मनमाने प्रयोग चल रहे हैं। ऐसे ही प्रयोगों में से कुछ हैं—पाँचवीं (और अब आठवीं) कक्षा तक किसी भी बच्चे को फेल न करना, बच्चों को मध्याह्न भोजन (मिड डे मील) देना, वर्दी, किताबें-कॉपियाँ मुफ्त देना, अनुसूचित जाति, जनजाति, पिछड़ा वर्ग, अल्पसंख्यक समुदाय आदि-आदि को आकर्षित करने तथा अपना वोट बैंक मजबूत करने के लिए उनके बच्चों को करोड़ों रुपए की छात्रवृत्ति देना, आज बच्चों को मारना तो दूर की बात, उन्हें अध्यापक डाँट भी नहीं सकते। इसी कड़ी में जुड़ी एक नई बात—बच्चों को अधिकाधिक अंक दिए जाएँ। इसके लिए व्यवस्थित रूप से सामूहिक प्रयास शुरू किए गए। उन विषयों तथा क्षेत्रों को तलाशा गया, जहाँ अंक कटते थे तथा जहाँ अंक मिलते थे। विदेशों की स्कूली शिक्षा प्रणाली, परीक्षा प्रणाली तथा अंक प्रणाली के अध्ययन के लिए एक-एक करके कई दल विदेश यात्रा पर भेजे गए। उन्होंने वहाँ से अंधाधुंध नकल मारी। विदेशी व्यवसायियों को भारत में स्कूली शिक्षा क्षेत्र में पैर जमाने की अपार संभावनाएँ दिखाई दीं। उन्होंने पूरा सहयोग दिया। भारत आकर बैठकों, गोष्ठियों, वार्त्ताओं के कई दौर चले। विदेशों से खूब आर्थिक सहयोग दिया गया तथा भारतीय स्कूली शिक्षा को 'सुधारने' हेतु कई सुझाव भी आदेशात्मक रूप से थोपे गए। पाया गया कि निबंधात्मक प्रश्नों, विषयनिष्ठ प्रश्नों में अंक बहुत अधिक काटे जाते हैं। बहुवैकल्पिक प्रश्नों, वस्तुनिष्ठ प्रश्नों, लघूत्तरात्मक प्रश्नों, आंतरिक मूल्यांकन, प्रयोगात्मक परीक्षाओं में अंक अधिकाधिक दिए जाने की संभावनाएँ हैं। बस, बात-बात में बात बन गई।

निर्णय हुआ कि सभी विषयों में बच्चों पर पाठ्यक्रम का बहुत दबाव है, अत: पाठ्यक्रम कम किया जाए। परीक्षा प्रणाली में व्यापक सुधार किए जाएँ। बहुवैकल्पिक वस्तुनिष्ठ तथा लघूत्तरात्मक प्रश्नों को बढ़ाया जाए। वर्तनी की अशुद्धियाँ

नजरअंदाज की जाएँ। अंक काटने नहीं, अंक देने के तरीके ढूँढ़े जाएँ। उदाहरण के लिए, पहले गणित के अध्यापक अंतिम उत्तर ठीक न होने पर पूरे प्रश्न में शून्य अंक दे देते थे, अब उन्हें उत्तर के प्रत्येक चरण के अलग-अलग अंक देने होंगे। निबंधात्मक प्रश्नों का महत्त्व कम-से-कम किया गया। बोर्ड परीक्षाएँ बच्चों के लिए सबसे बड़ा आतंक होती थीं। किसी जमाने में तो पाँचवीं तथा आठवीं में भी बोर्ड की परीक्षा होती थीं, जिन्हें समाप्त किया गया। अब दसवीं और बारहवीं में भी बोर्ड परीक्षा समाप्त करने के लिए उच्चाधिकारी कटिबद्ध हो गए। अंततः दसवीं में बोर्ड परीक्षा समाप्त कर दी गई। बारहवीं में भी इसे समाप्त करने की जी तोड़ कोशिशें की जा रही हैं। आठवीं तक बच्चों को अधिकाधिक अंक देकर उनका मनोबल बढ़ाया जा रहा है। उन्हें 'बिना पढ़े पास होने' का लॉलीपॉप थमाया जा रहा है। दसवीं में बोर्ड के स्थान पर स्कूलों द्वारा अपने स्तर पर ली जानेवाली सभी परीक्षाओं में भी आंतरिक मूल्यांकन का महत्त्व बढ़ाया जा रहा है। पब्लिक स्कूलों ने इस सुझाव को हाथों हाथ लिया। अब वे अपने स्कूल का परीक्षा-परिणाम सर्वश्रेष्ठ दिखाते हैं। बच्चों को मानसिक उत्पीड़न, तनाव, दबाव से मुक्ति मिली। अब वे निश्चिंत होकर गेम्स (कंप्यूटर गेम्स) खेल सकते हैं, संवाद (इंटरनेट पर चैटिंग) कर सकते हैं।

अंकों की इस उदार वितरण नीति के परिणामस्वरूप दशकों पुरानी मान्यताएँ टूटने लगीं। पास होने पर मिठाई बाँटने का चलन खत्म हो गया। सैकिंड डिवीजन, गुड सैकिंड डिवीजन, फर्स्ट डिवीजन, डिस्टिंक्शन अब पतझड़ में जमीन पर गिरे पीले पत्तों के समान हो गईं। 90 प्रतिशत अंक मिलने पर भी बच्चे खुश नहीं, दुःखी होने लगे। सैकड़ों बच्चों के शत-प्रतिशत अंक आने लगे। कॉलेजों में प्रवेश सूची के अंक प्रतिशत आसमान छूने लगे। 95 प्रतिशत अंक पाकर भी बच्चों को मनचाहे कॉलेज में दाखिला नहीं मिलता। हीनता, अवसाद, तनाव, निराशा, कुंठा जैसे राक्षसों ने बच्चों को ऐसे जकड़ा कि कुछ बच्चे तो उनके हाथों से मुक्ति पाने के लिए इहलोक से मुक्ति के प्रयास भी करने लगे। पूरे देश के स्कूल-कॉलेज इस अकस्मात् हुए प्रतिभा विस्फोट से चकित हैं। शिक्षक कक्षा में जाने से घबराने लगे हैं क्योंकि उनके अपने कभी 75 प्रतिशत अंक नहीं आए, तो वे 97-98 प्रतिशत अंकवाले बच्चों को कैसे पढ़ाएँगे! बच्चे भी स्वयं को अफलातून समझने लगे हैं। उनका आत्मविश्वास अतिविश्वास में परिणत होकर सातवें, आठवें, नौवें आसमान पर है। वे हवा में उड़ रहे हैं। कल्पना लोक में विचरण कर रहे हैं। ख्याली पुलाव पका रहे हैं।

❑

लग गया तो तीर...

'लग गया तो तीर, नहीं तो तुक्का', यह कहावत बहुत पुरानी हो गई है, फिर भी सदा ताजी, नई तथा प्रासंगिक बनी रहती है। वैसे तो घर-बाहर, दिन-रात सभी लोग तुक्का मारते रहते हैं, फिर भी मुझे यह प्रचलित कहावत तब बहुत याद आती है, जब मैं अखबार में छपे 'भविष्यफल' को पढ़ता हूँ। हर अखबार में, हर ज्योतिषी अपने तरीके से, अपनी समझ के आधार पर भविष्यफल लिखता है। कोई सूर्य राशि को अपनाता है तो कोई चंद्रराशि को, कोई नाम को आधार बनाता है तो कोई जन्मतिथि को। मज़ेदार बात यह है कि अपना भविष्य जानने को मनुष्य जितना आतुर पहले था, उससे कहीं ज्यादा आज के वैज्ञानिक युग में है। यह देखकर सहसा विश्वास ही नहीं होता कि मनुष्य एक ओर तो स्वयं को बौद्धिक, प्रगतिशील, आधुनिक सिद्ध करने के लिए ज्योतिष के महत्त्व को नकारता है, पूजा-पाठ, दान, यज्ञ को अंधविश्वास, दकियानूसी कहता है तथा दूसरी ओर सबसे पहले अखबार में छपे अपने दैनिक भविष्यफल को पढ़ने के लिए झपटता है।

इस वर्ष भी नव वर्ष बहुत धूमधाम से आया। मैंने पाया कि पिछले कुछ वर्षों से समाचार-पत्रों ने, विशेष रूप से हिंदी के वर्ष समाप्त होने पर नए वर्ष का भविष्य पूरे विस्तार से देना शुरू किया, जिसमें लगातार वर्ष-प्रति-वर्ष वृद्धि ही होती जा रही है। इस बार तो ऐसा भी हुआ कि एक ही ज्योतिषी ने एक से अधिक अखबारों के लिए भविष्यफल लिखा। आम आदमी के लिए वह कितना लाभदायक होगा, यह तो वही जाने, मगर इतना तो कहा ही जा सकता है कि उस ज्योतिषी के लिए तो यह प्रबल धन-योग अवश्य बन गया।

ज्योतिष की सत्ता, महत्ता या गुणवत्ता पर मुझे कभी कोई अविश्वास या संदेह नहीं हुआ। ज्योतिष सचमुच दिव्य ज्ञान है, वैज्ञानिक तथ्यों पर आधारित है, मगर

ज्योतिष के आधार पर भविष्य बतानेवाले अधिसंख्य ज्योतिषी प्राय: लोगों की आस्था और विश्वास का भरपूर लाभ उठाते हैं तथा उन्हें मूर्ख बनाने में सफल होते हैं। मुझे याद आता है एक प्राचीन किस्सा, जिसमें एक राजा ने एक ज्योतिषी से पूछा, ''बताओ, महारानी के पुत्र होगा या पुत्री? यदि तुमने सही बताया तो मुँहमाँगा इनाम दिया जाएगा, यदि गलत तो फाँसी।'' यह सुनकर ज्योतिषी घबरा गया। दो दिन का समय माँगा। उसकी चिंता को देखकर उसके पुत्र ने कारण पूछा। कारण जानकर एक योजना बनाई। योजनानुसार पिता ने राजा से कहा कि रानी के पुत्र होगा। दूसरे दिन ज्योतिषी का पुत्र ज्योतिषी का भेष बनाकर गया। उससे भी राजा ने वही प्रश्न किया। ज्योतिषी का पुत्र बोला कि रानी के पुत्री होगी। ज्योतिषी तथा उसके पुत्र ने तय किया था कि यदि रानी के पुत्र हुआ तो ज्योतिषी पुरस्कार के रूप में अपने बेटे (जिसकी बात झूठी हो जाएगी) की फाँसी की सजा माफ करा लेगा, यदि पुत्री हुई तो ज्योतिषी का लड़का अपने पिता की सजा माफ करवा लेगा। तो यह था ज्योतिष का चमत्कार।

यह किस्सा मुझे तब याद आया, जब मैंने एक वर्ष का अपना भविष्यफल दो-तीन समाचार-पत्रों में पढ़ा। सब में अलग-अलग बात लिखी होने से तो मुझे कोई हैरानी न होती, क्योंकि सबके पास अपना-अपना ज्ञान है, अपना आधार है, अपनी दृष्टि और विश्लेषण-विवेचन क्षमता है, मगर एक ज्योतिषी द्वारा लिखा अपना भविष्यफल पढ़कर तो मुझे बहुत हँसी आई। उन महाशय ने 'स्वास्थ्य ठीक रहेगा तथा स्वास्थ्य का ध्यान रखें, लाभ होगा तथा हानि की आशंका है, काम बनेंगे तथा बनते कामों में रुकावट आएगी' जैसी विरोधी बातें एक ही महीने में, एक ही साथ लिख दीं। तब दोनों में से एक तो ठीक रहेगी ही। मैंने अपने ज्योतिषी मित्र से इस गोरखधंधे का रहस्य पूछा तो उन्होंने मुसकराकर इसकी व्याख्या कुछ इस प्रकार की—''दोनों बातें सही हैं। आप ठीक से समझिए। स्वास्थ्य ठीक रहेगा, यदि आप स्वास्थ्य का ध्यान रखेंगे। लाभ होगा, मगर हानि भी हो सकती है। यदि आप सही कार्य करेंगे तो लाभ होगा, नहीं तो हानि। इसी प्रकार कुछ काम बनेंगे तथा बनते हुए कुछ कामों में बाधा भी आएगी।'' मैंने पूछा, ''भई, इसमें नया क्या है? यह तो होता ही है यदि हम अपने स्वास्थ्य का ध्यान रखें, तो वह ठीक रहेगा, यदि हम सही कार्य करेंगे तो लाभ होगा आदि।''

मित्र पुन: मुसकराए जैसे बुद्ध मुसकराए। बोले, ''ज्योतिषी यही तो समझाने की कोशिश कर रहा है। आप तो साहित्यकार हैं, अभिधा में नहीं, व्यंजना में समझिए। स्वास्थ्य का ध्यान रखिए, यदि फिर भी खराब हो जाए तो घबराइए नहीं,

क्योंकि ज्योतिषी ने आपको पहले से ही मानसिक रूप से तैयार कर ही दिया। लाभ हो जाए तो अच्छा है, यदि न हो तो हिम्मत बाँधे रखिए, क्योंकि यही तो लिखा है कि लाभ होगा तथा हानि की आशंका है। हानि हो गई है, अत: आगे लाभ होगा, इस आशा से कर्म करते रहिए। किसी बनते हुए काम में बाधा आ गई है, तो भी कोई चिंता की बात नहीं है, 'काम बनेंगे।' यह भी लिखा है। अत: धैर्य रखिए।''

मैं उनकी इस व्याख्या को सुनकर मन-ही-मन मुसकराया। ''वाह! चित्त भी मेरी, पट भी मेरी, अंटा मेरे बाप का।'' कुछ तो होगा ही, अच्छा या बुरा। इसीलिए मुझे ज्योतिषी बिलकुल एलोपैथी के डॉक्टर जैसे लगते हैं। मरीज आया तो समझो मुरगा फँसा। सबसे पहले तो सारे टेस्ट किसी खास लेबोरेटरी से। टेस्ट सब ठीक आएँगे, क्योंकि ज्यादातर ऐसा ही होता है, लिहाजा बीमारी कुछ समझ आई नहीं। एक साथ चार-पाँच दवाइयाँ दे दीं। ठीक हो गया तो बहुत बढ़िया, नहीं तो दूसरी दवाइयाँ बदल दीं, तीसरी बदल दी। यही सिलसिला चलता रहता है, ज्योतिषी के पास। जैसे देर-सवेर हर बीमारी अपने-आप ठीक हो जाती है, बिना दवाई के भी, वैसे ही बिगड़े काम बन जाते हैं, बिना सहायता के भी और ज्योतिषी मुसकराता है—लग गया तो तीर···

❑

प्रलय का मजाक

'पापा पापा, जल्दी आइए। न्यूज चैनल पर आज का नया कॉमेडी शो।' बेटी चिल्लाई। मैं उत्सुकतावश जल्दी से शेव बनाते-बनाते ड्रॉइंगरूम की ओर लपका, देखा एक न्यूज चैनलवाले चिल्ला-चिल्लाकर बता रहे थे कि दो दिन बाद दोपहर 12 बजे प्रलय आनेवाली है। "कल धरती पर एक अनोखी प्रलंयकारी घटना होने जा रही है। जिनेवा के निकट लार्ज हैड्रान मोलाइडर (एल एच सी) में ब्रह्मांड के जन्म के रहस्य जानने के लिए जो महाप्रयोग होने जा रहा है, वह पूरी दुनिया में प्रलय ला देगा।" सबसे सच्ची, सबसे पहले, सबसे सही, सबसे तेज, सबसे आगे होने का दम भरनेवाले तमाम चैनलों में रिपोर्टर इस प्रलय के स्वागत में पलक-पाँवड़े बिछाए बैठे थे। किसी पर ज्योतिषी से चर्चा चल रही थी, तो किसी पर छुटभैये वैज्ञानिक के 'एक्सपर्ट कमेंट्स'। कोई चेतावनी दे रहा था, तो कोई सलाह। जितने मुँह उतनी बातें, जितने चैनल उतनी आशंकाएँ, जितने रिपोर्टर उतने खौफनाक अंदाज। और हर एक का अपना अलग अंदाजे-बयाँ! महाप्रयोग का पूरा इतिहास बताया जा रहा था। कितने वैज्ञानिक, कितने देशों से, कितने वर्षों से, कितने खरब डॉलर खर्च करके इस महाप्रयोग पर जुटे हैं, क्या-क्या जानकारियाँ मिलेंगी, क्या-क्या परिणाम आ सकते हैं आदि तमाम बातें नमक-मिर्च ही नहीं, हलदी, जीरा, सौंफ, धनिया और न जाने कितने मसाले लगाकर परोसी जा रही थीं।

यह सब सुनते-सुनते मेरे चेहरे पर हवाइयाँ उड़ने लगीं। मेरी आँखों के सामने विभिन्न बीमा पॉलिसियों की भुगतान शर्तें, किससे कितना लेना है, किसे कितना देना है, कहाँ-कहाँ घूमने जाने की योजनाएँ बाकी हैं, दफ्तर तथा घर के कौन-कौन से काम अधूरे पड़े हैं, किस-किस का मैंने दिल दुखाया और किस-किस ने मेरे दिल के घावों पर नमक छिड़का था आदि-आदि चलचित्र की भाँति

चलने लगे। मुझे आशंकित, चिंतित और भयभीत देखकर मेरी बिटिया ज़ोर से खिलखिलाकर हँसते हुए ताली बजाने लगी—''पापा डर गए, पापा डर गए। मैंने पापा को बुद्धू बनाया।'' मैं होश में आकर बोला, ''ये क्या मजाक कर रही हो गुड्डू? तुम देख नहीं रही कितनी खतरनाक खबर है। एक-दो नहीं, सभी न्यूज चैनल इसे कवर कर रहे हैं। पूरी दुनिया खत्म होनेवाली है और तुम्हें मजा आ रहा है।'' बिटिया ने किसी बुजुर्ग उपदेशक की तरह समझाया, ''डरने की कोई बात नहीं है पापा! ये टी.वी. न्यूज चैनल तो अपनी टी.आर.पी. बढ़ाने के लिए ही ये सब करते रहते हैं। कभी आकाश में ग्रहों के टकराने की बातें, तो कभी किसी उपग्रह के धरती पर गिरने की सूचना, कभी लुटेरों, बदमाशों, चेन खींचनेवालों का डर, तो कभी भूत-प्रेत, चुड़ैलों के किस्से-कहानियाँ। झूठ को सच, नकली को असली, कल्पना को सच्चाई, अंधविश्वास को श्रद्धा तथा असंभव को संभव बनाने में कुशल इन टी.वी. न्यूज चैनलों की बातों से डरने की कोई जरूरत नहीं है। इन पर तो हँसने की, खिलाखिलाने की जरूरत है। इनके दिमाग का तो दिवाला पिट चुका है। हम क्यों इनकी बातों में आएँ? इन्हें तो पैसा कमाने के सिवा कुछ और नहीं सूझता, हम क्यों इन्हें देखकर अपना सुख-चैन लुटवाएँ। पापाजी आप निश्चिंत रहें, कुछ नहीं होगा।'' यह कहते-कहते बेटी ने टी.वी. बंद कर दिया।

मैं हैरान रह गया कि मेरी छोटी सी बिटिया इतनी बड़ी कब हो गई।

महाप्रलय का वह दिन बीत गया। सचमुच कुछ नहीं हुआ। काश कि ऐसी काल्पनिक बातें सुनकर आत्महत्या कर लेनेवाले बच्चे भी मेरी बिटिया की तरह समझदार होते।

❑

अँगूठा छाप हस्ताक्षर

दिल्ली में रहते कई बरस बीत गए। अपना घर तो सपना ही बना रहा। महानगर में सपने सच करने की कोशिश कितना कुछ छीन होती है, यह कोई भुक्तभोगी ही जानता है। खैर, उम्र के चौथेपन में आकर अपना मकान लेने की चाहत यूँ ज़ोर मारने लगी, जैसे बरसों सांसद रहे नेता की मंत्री बनने की चाहत। मैंने सोचा कि दिल्ली में अगर अपना घर नहीं, तो कुछ भी नहीं। मगर दिल्ली में घर बनाना कोई हँसी-खेल नहीं। जमीनें तो दिल्ली से ऐसे गायब हो गई हैं, जैसे राजनीति से नीति। राजधानी बाहुबली बिल्डरों के शिकंजे में ऐसे छटपटा रही है, जैसे महँगाई के हाथों में आम आदमी। फ्लैटों की कीमतें सातवें नहीं, दसवें-बीसवें आसमान पर पहुँच रही हैं। दिल्ली—एन.सी.आर. में बिल्डर रक्तबीज की तरह बढ़ते जा रहे हैं।

मैंने सोचा कि किसी बन रही ग्रुप हाउसिंग सोसाइटी में लोन लेकर एक फ्लैट खरीद लेता हूँ। खुशी यह थी कि लोन देनेवाले ऐसे पीछे-पीछे घूमते थे, जैसे चुनाव से पहले मतदाता के पीछे नेता। रोज 5-7 फोन या मैसेज आ जाते। मैं अपनी बढ़ती महत्ता से फूलकर कुप्पा हुआ जाता था। अंततः मैंने एक बैंक से 20 लाख का लोन लेने के लिए बात की। बैंकवालों ने मुझे बिठाया। ठंडा पिलाया। फिर हाथ में एक लंबा-चौड़ा फॉर्म थमाया और साथ में लगानेवाले दस्तावेजों की सूची दी। यहाँ से सिलसिला शुरू हुआ चक्कर-पर-चक्कर लगाने का। पाँच मिनट में लोन देने का दावा करनेवाले बैंक ने मुझे छठी का दूध, दिन में तारे, नानी दादी आदि याद दिला दिए।

अब बारी आई सबसे मुश्किल काम की—वह था थर्ड पार्टी गारंटर का इंतजाम। गारंटर बननेवाले की भी बहुत सी योग्यताएँ बताईं। मैंने नजर दौड़ाई। रिश्ते-नातेवाले से लेकर मित्र-परिचितों तक दौड़ लगाई। 20 लाख सुनते ही सबने अपनी-अपनी मजबूरी बताई। धीरे-धीरे बात मेरी समझ में आई। मैंने मन-ही-मन गोस्वामी तुलसीदासजी की पंक्तियाँ गुनगुनाईं—

धीरज, धर्म, मित्र अरु नारी। आपतकाल परखिए चारी॥

मैंने निराश होकर उस बैंक से लोन लेने का इरादा ही त्याग दिया। जिनसे गारंटर बनने का अनुरोध कर रहा था, उन्हीं में से एक मित्र ने मुझ पर तरस खाते हुए मुझे लोन देनेवाली एक अन्य संस्था का नाम-पता बताया, जो बिना थर्ड पार्टी गारंटर के भी लोन दे सकती थी। मैंने पुनः प्रयास प्रारंभ किए। फिर फॉर्म भरे। साथ में दुनिया भर के कागजात, शपथपत्र, प्रमाण-पत्र आदि नत्थी किए। यहाँ ब्याज थोड़ा ज्यादा देना था, परंतु थर्ड पार्टी गारंटर का चक्कर नहीं था। लोन एजेंट ने अपने बॉस से साक्षात्कार करवाया। बॉस ने संस्थान द्वारा तैयार की गई मेरी जन्मकुंडली में लिखी सारी बातों की मौखिक तहकीकात की। मुझे जाँचा-परखा, आखिर 20 लाख का सवाल था। कई दिनों बाद एजेंट का फोन आया, ''बधाई हो। आपका लोन का अनुरोध स्वीकार हो गया है। आपको बस कांट्रेक्ट पेपर पर हस्ताक्षर करने हैं। मैं कागज लेकर कल शाम को आपके पास आ जाऊँगा।'' मुझे ऐसी खुशी मिली जैसी लोकसभा का चुनाव हारे नेता को राज्यसभा का सांसद बना देने पर मिलती है। वैसे भी अपने देश में जिसे लोग ठुकरा दें, उसे पार्टी अपना लेती है।

अगले दिन एजेंट महोदय एक फाइल लेकर आए। मैंने चाय-बरफी से मुँह मीठा करवाया। चीनी संकट के दौर में मीठी मिठाई खाकर उनका चेहरा ऐसे खिल उठा, जैसे रिसेशन के दिनों में बढ़िया नौकरी पाने से। उन्होंने फाइल आगे बढ़ाई। फाइल में बारीक टाइप किए हुए लगभग 50-60 पृष्ठ लगे थे। मैं उन्हें देख घबराया। मैंने कहा, ''इन्हें पढ़ने में तो बहुत वक्त लगेगा।'' एजेंट बोले, ''क्या बात कर रहे हैं सर!! इन्हें पढ़ता कौन है? मैं तो दस साल से यही काम कर रहा हूँ। आज तक किसी ने नहीं पढ़े।'' ''लेकिन मैं तो बिना पढ़े किसी कागज पर हस्ताक्षर नहीं करता।'' यह सुनकर एजेंट का चेहरा ऐसे मुरझा गया, जैसे खराब पिच के कारण मैच रद्द होने की बात सुनकर मैच देखने पहुँचे खेल प्रेमियों का। मगर एजेंट भी अनुभवी थे। उन्होंने हार नहीं मानी। उन्होंने पैंतरा बदला। बोले, ''सर, आप कोई चिंता न करें। यदि आप पढ़ना चाहें तो शौक से पढ़ लें। मगर आप इतने व्यस्त हैं। इन कागजों को पढ़ने में हो सकता है आपको 10-15 दिन लग जाएँ। तब तक आपका केस पेंडिंग रहेगा और लोन पर ब्याज की दरें तो कभी भी बढ़ जाती हैं। फिर इन कागजों में तो बस औपचारिकता के लिए ही इतना कुछ लिखा रहता है। कभी किसी को कोई समस्या नहीं आई। आपको मुझ पर विश्वास नहीं क्या?'' उन्होंने इतनी तरह से एक साथ इतने सवाल कर दिए कि मैं सँभल नहीं पाया; लड़खड़ाया और चारों खाने

चित्त हो गया। फिर उन्होंने इमोशनल अत्याचार करते हुए मेरे उन मित्र का भी नाम ले दिया, जिन्होंने मुझे उनसे मिलवाया था। अब अविश्वास करने का कोई कारण नहीं बचा था। मुझे उस भरी-पूरी फाइल के प्रत्येक पृष्ठ पर हस्ताक्षर करने के सिवा कोई चारा नहीं दिखा। मैं पढ़ा-लिखा होकर भी एक अनपढ़ की तरह एजेंट के बताए स्थानों पर धड़ाधड़ हस्ताक्षर करता गया। जैसे-जैसे हस्ताक्षर किए पृष्ठ बढ़ते गए एजेंट का मुख अमावस्या से पूर्णिमा की ओर बढ़ते चाँद-सा प्रकाशित होता गया। मैंने फाइल सौंपकर उन्हें हाथ जोड़कर विदा किया।

अब मैं निश्चिंत था कि मुझे लोन मिल जाएगा। एक सप्ताह बीत गया। मैंने फिर फोन किया। एजेंट बोले, ''सॉरी सर, फाइल पर ऑब्जेक्शन लग गया है। आपका लोन चुकने से पहले आपकी रिटायरमेंट हो जाएगी, इसलिए आपको एक और शपथपत्र भरकर सेवानिवृत्ति के समय अतिरिक्त राशि का भुगतान करने की सहमति देनी होगी। मैं शपथपत्र लेकर कल आऊँगा।'' एजेंट महोदय शपथपत्र लाए। मैंने हस्ताक्षर कर दिए। फिर एक सप्ताह बीत गया। फोन करने पर पता चला कि नियम में कुछ बदलाव हो गया है, इसलिए दस रुपए के स्टांप पेपर की जगह पर पचास रुपए के स्टांप पेपर पर शपथपत्र देना होगा। वे नया शपथपत्र लेकर आए। मैंने पुनः हस्ताक्षर किए। इस बीच सरकार ने गृह ऋण के ब्याज की दर बढ़ा दी। मैं बहुत रोया-चिल्लाया, मगर किसी को तरस नहीं आया। उन्होंने बढ़ी हुई ब्याज दर के आधार पर पुनः गणना करते हुए लोन-स्वीकृति-पत्र थमाया। स्वीकृति-पत्र देखकर मेरा सिर भन्नाया। उसमें जिन शर्तों का उल्लेख था उसके अनुसार फ्लैट मेरा होकर भी मेरा नहीं था, बाकी किश्त की राशि समय-समय पर बढ़ती जाएगी, जैसे महँगाई बढ़ती जाती है। ऐसी ही अनेक शर्तें थीं, जो आपत्तिजनक थीं। मैंने अपने मित्र से समाधान पूछा। वे बोले, ''हस्ताक्षर करते समय क्यों नहीं देखा? तुमने पढ़े-लिखे प्रोफेसर होकर भी यूँ अनपढ़ की तरह अँगूठा छाप हस्ताक्षर क्यों कर दिए? अब भुगतो। अब कुछ नहीं हो सकता। यदि लोन नहीं लोगे, तो फ्लैट नहीं मिलेगा तथा प्रोसेसिंग फीस, स्टांप फीस आदि भी पानी में जाएगी। इसलिए चुपचाप लोन ले लो। वैसे सभी ऐसे ही करते हैं।'' आखिरी वाक्य ने मुझे थोड़ी राहत दी।

अब मैं बेबस, बेचारा, बेअक्ल, मरता क्या न करता। हाथ में लोन स्वीकृति-पत्र तथा चेहरे पर छाई मुर्दनी, जैसे—कभी खुशी, कभी गम।

❑

सच्चा भारतीय

मैं सच्चा भारतीय हूँ। क्यों क्या हुआ? मेरी यह घोषणा सुनकर आप चौंक गए? क्या कहा, "आप भी सच्चे भारतीय हैं!" बिलकुल होंगे। मैंने कब इनकार किया? मगर इसके लिए आपको अपने आपको सच्चे भारतीय की कसौटी पर कसकर देखना होगा। "यह कसौटी क्या है?" आइए, मैं आपको बताता हूँ।

सच्चे भारतीय की पहली निशानी है—अंतिम समय पर कार्य करना। कहीं कोई बिल जमा करवाना है या फॉर्म भरना है, किसी पद के लिए आवेदन करना है या टिकट बुक करवानी है, लेख लिखकर देना है या पुस्तक संशोधित करके देनी है—मैं अंतिम समय तक प्रतीक्षा करता रहता हूँ। पानी सिर तक पहुँचना या नाक पर दीया जलना जैसी कहावतें मुझ पर पूरी तरह लागू होती हैं। समय पर करने पर जो कार्य दस मिनट में हो जाना था, अंतिम समय लाइन में लगकर मैं वही कार्य घंटों में संपन्न करवाता हूँ और लेट फीस या जुर्माना भी भरता हूँ।

हर सच्चे भारतीय की तरह मैं भी सलाह देने में बहुत निपुण हूँ। कोई माँगे या न माँगे, हर स्थिति में मैं तुरंत अपनी सलाह प्लेट में रखकर परोस देता हूँ। गलती से भी यदि किसी ने अपनी किसी बीमारी या तकलीफ का जिक्र कर दिया, तब तो मैं उसे एलोपैथी, आयुर्वेदिक, होम्योपैथी, प्राकृतिक चिकित्सा, एक्यूप्रेशर, फिजियोथेरेपी आदि-आदि के इलाज, दवाइयाँ तथा अस्पतालों के नाम-पते तक बता देता हूँ।

सड़क पर कोई दुर्घटना घटने पर मैं दुर्घटना स्थल की ओर सीधे दौड़ पड़ता हूँ। वहाँ जाकर मैं दुर्घटना के कारणों, उसके लिए उत्तरदायी पक्ष आदि के निर्धारण में भीड़ को पूरा सहयोग देता हूँ। आवश्यकता होने पर संबंधित पक्षों के बीच बिचौलिए की भूमिका भी निभाता हूँ तथा पुलिस या एंबुलेंस को बुलाने की गलती कभी नहीं करता। पुलिस को आते देखकर मैं चुपचाप घटना स्थल से खिसक लेता हूँ।

सोना संसार में सर्वश्रेष्ठ माना जाता है। सच्चे योगी ही सोने के आकर्षण से बच पाते हैं, सच्चे भारतीय नहीं। सच्चा भारतीय होने के कारण मुझे सोना इतना भाता है कि मैं सोने के लिए लालायित रहता हूँ। सोने के लिए कोई दुबई की ओर भागता है, तो कोई बेडरूम की ओर। मैं तो दुबई में ही बेडरूम बनाने की योजना बना रहा हूँ। रहीमजी ने किसी समय कहा था—

'रहिमन पानी राखिए, बिन पानी सब सून।'

मैंने इस पंक्ति को थोड़ा बदल दिया है—

'रविमन सोना चाहिए, बिन सोना सब सून।'

अब एक मन सोना या मन भर सोना, जो भी मिल जाए, उसी से काम चला लूँगा।

दूसरों के दोष दर्शन मेरी विशेषज्ञता है। कोई कितना भी अच्छा कार्य कर ले, उसमें दस-बीस दोष निकाल देना, मेरे बाएँ हाथ का खेल है। मेरी इस आदत को भाँपकर मेरे मित्रों ने एक बार एक ऐसा कार्यक्रम आयोजित किया, जिसमें कोई भी दोष निकालना मेरे लिए भी संभव न हुआ। मैं बड़ा परेशान। दोष न निकाल पाने पर मेरी वर्षों से बनी साख पर बट्टा लगने का खतरा था। आयोजकों ने मुझे बोलने के लिए आमंत्रित किया। मैंने कहा, ''भला यह भी कोई कार्यक्रम आयोजित किया है, जिसमें कोई दोष ही न निकाला जा सके।'' कबीर का एक प्राचीन दोहा है—

बुरा जो देखन मैं चला, बुरा न मिलया कोई,
जो मन खोजा आपना, मुझ सा बुरा न कोई।

मैंने इस दोहे को अपने स्वभावानुसार थोड़ा बदल दिया है—

बुरा जो देखन मैं चला, बुरा ही मिलया हर कोई,
जो मन खोजा आपना, मुझ-सा भला न कोई।

सच्चे भारतीय को दूसरों के राई समान दोष भी पहाड़ समान दिखते हैं। मैं भी इसका अपवाद नहीं। प्रशंसा करना, शाबाशी देना जैसे शब्द मेरे शब्दकोश में नहीं हैं।

सब्र, संतोष और धैर्य से मैं कोसों दूर हूँ। शादी-विवाह या किसी समारोह में खाना शुरू होते ही मैं उस पर भूखे भेड़िए की तरह टूट पड़ता हूँ; जब तक प्लेट पूरी

तरह न भर जाए, मैं उसमें खाना डालता रहता हूँ, जो पसंद नहीं आता, उसे प्लेट में छोड़ देने में मुझे कोई संकोच नहीं होता। घंटों लाइन में खड़ा रहने पर भी मौका मिलते ही लाइन तोड़कर बस या मेट्रो में चढ़ने में मुझे गौरव का अनुभव होता है, हवाई जहाज लैंड करते ही मैं उतरने के लिए दरवाजे की ओर दौड़ लगाता हूँ। हर सच्चे भारतीय की तरह मुझे भी यह चिंता बनी रहती है कि कहीं मैं पीछे न रह जाऊँ, कहीं मेरा नंबर आने से पहले सामान समाप्त न हो जाए, सीटें न भर जाएँ या द्वार ही बंद न हो जाए।

नियम से कोई कार्य करवाना मुझे बिलकुल नहीं सुहाता। सरकारी अस्पताल में इलाज करवाना हो या स्कूल कॉलेज में बच्चे का दाखिला करवाना हो, जन्म-मृत्यु प्रमाण-पत्र लेना हो या कोई फॉर्म जमा करवाना हो, गैस का सिलेंडर लेना हो या ड्राइविंग लाइसेंस बनवाना हो, बिजली, पानी, टेलीफोन दफ्तर में कोई काम हो या कोई अनुदान, पुरस्कार लेना हो, मैं हमेशा अपने किसी मित्र-परिचित की सिफारिश लगवाने की जुगाड़ में रहता हूँ। हर सच्चा भारतीय ऐसा ही करता है।

चुनाव में मतदान न करना तथा चुने गए नेताओं की आलोचना करना, मैं अपना परम कर्तव्य समझता हूँ। मुझे चूँकि अपने मत का दाम मालूम है, इसलिए मैं कभी-कभी पूरा दाम लेकर मत दे देता हूँ। अरे भई, कई सालों बाद तो ऐसा सुनहरी मौका मिलता है और वह सच्चा भारतीय ही क्या, जो मौके का फायदा न उठाए। मैं तो सभी दलों के साथ दोस्ताना संबंध रखता हूँ, जो दल जीत गया, मैं उसी की जय-जयकार बोलने लगता हूँ। 'बेपेंदी का लोटा', 'थाली का बैंगन', 'गंगा गए गंगादास, यमुना गए यमुनादास' जैसी कहावतें मुझ पर एकदम सटीक बैठती हैं।

हर सच्चे भारतीय की तरह प्रत्येक चीज़ का अधिकतम सदुपयोग करना मेरी आदत में शामिल है। जूता या चप्पल, जब तक पूरी तरह घिस न जाए, कपड़ा रंग-रूप बदलकर कुछ का कुछ और न हो जाए, तब तक मैं उसे छोड़ता नहीं। टूथपेस्ट की ट्यूब हो या शेविंग क्रीम की, उसको दबा-दबाकर, निचोड़कर, काटकर मैं उसमें से कण-कण को निकालकर उपयोग कर लेता हूँ। पुरानी घिसी पैंट से थैला या अटैची, घिसी हुई बनियान से पोछा, पुरानी चादर से पायदान बनवा लेता हूँ। गिफ्ट पैक आने पर मैं उसके पैकिंग पेपर को प्यार से निकाल लेता हूँ, उसे सँभालकर रखता हूँ तथा उससे दुबारा गिफ्ट पैक कर लेता हूँ। इसी प्रकार खाना लपेटनेवाले फॉइल पेपर का भी मैं एकाधिक बार उपयोग करता हूँ। फ्रिज, टी.वी., रेडियो, कूलर, वॉशिंग मशीन, स्कूटर, कार को पुराना होने पर भी मैं ठोक-

पीटकर, जुगाड़ तकनीक का सहारा लेकर इस्तेमाल में तब तक लेता रहता हूँ, जब तक ये पूरी तरह 'सरेंडर' नहीं कर देते। इतना ही नहीं, और तो और गैस के सिलेंडर को टेढ़ा करके गैस की अंतिम बूँद तक निचोड़ लेता हूँ।

मैं सच्चा भारतीय हूँ, इसका प्रमाण यह भी है कि मैं येन-केन-प्रकारेण आरक्षण का लाभ लूटने के लिए प्रयासरत रहता हूँ। विश्व में शायद ही कोई अन्य ऐसा देश हो, जहाँ के नागरिक अपने को पिछड़ा कहलाने में गौरव का अनुभव करते हों। भारत में ही अपनी जाति को पिछड़ी जाति में शामिल करवाने के लिए आंदोलन तक किए जाते हैं। आरक्षण का लाभ मेरे पिताजी ने लिया, उसी के बलबूते पर मैं उच्च पद पर पहुँचा, अब मेरे बच्चे भी गर्व से आरक्षण-यान पर सवार होकर विश्व भ्रमण कर रहे हैं।

मुझे अपने घर की सफाई बहुत पसंद है। मैं अपने घर का कूड़ा रात में चुपके से दूसरे के घर के बाहर डाल आता हूँ। मौका मिलते ही मैं हाथ की सफाई दिखाने से भी नहीं चूकता। बुरा हो इन सी.सी.टी.वी. बनानेवालों का, अब तो हाथ की सफाई दिखाने से पहले सौ बार सोचना पड़ता है। हाँ, सार्वजनिक स्थलों की सफाई मुझे कतई पसंद नहीं। इसीलिए मैं सड़कों, सीढ़ियों, बसों, ट्रेनों, स्कूलों, कॉलेजों, धर्मशालाओं, होटलों की दीवारों पर अपनी पान-निर्मित चित्रकारी करने का कोई अवसर नहीं चूकता। ट्रेन में मूँगफली खाने का लुत्फ मैं जरूर उठाता हूँ।

प्रत्येक सच्चा भारतीय सरकारी संपत्ति को अपनी निजी संपत्ति मानता है, मैं भी इसका अपवाद नहीं। इसीलिए सरकारी पेन, पेंसिल, रिफिल, कागज, पैड, पिन, बल्ब जैसी छोटी-छोटी चीज़ें भी वह बड़ी सावधानी से घर ले आता है। कुछ खानदानी सच्चे भारतीय तो मेनहोल का ढक्कन तक नहीं छोड़ते, भले ही खुले मेनहोल में गिरकर कोई बच्चा या बूढ़ा दम तोड़ दे।

तो, अब तो आप समझ ही गए होंगे कि मैं अपने आप को सच्चा भारतीय क्यों कहता हूँ। अब ज़रा अपने भीतर झाँकिए—क्या आप भी सच्चे भारतीय की कसौटी पर खुद को खरा पाते हैं? यदि हाँ, तो मेरे साथ गर्व से कहिए—मैं हूँ सच्चा भारतीय।

❑

घड़ियाली आँसुओं की वर्षा

वर्षा फिर आ गई। हर साल आती है। हजारों सालों से आती है। कुछ को हँसाती है, तो कुछ को रुलाती है। वक्त-वक्त की बात है। कुछ दशक पहले तक देश कृषि प्रधान था। वर्षा आती थी, साथ में खुशी लाती थी। खेत सोना उगलते थे। बारिश के चार महीने यानी चौमासा। न कहीं आना, न कहीं जाना, न किसी से मिल-जुल पाना। नायक यदि परदेश में है, तो नायिका अपने घर में बैठी आहें भरती रहती। नायक भी वियोग में तड़पता रहता। इसीलिए गंधर्व ने मेघ को दूत बनाकर अपनी प्रियतमा के पास भेजा। यह एक प्राचीनकालीन कथा है। आधुनिक काल में बारिश आती है। नायक-नायिका अपने-अपने घर में बैठे हैं, मगर फिर भी वियोग महसूस नहीं होता। मोबाइल ने प्रेमी-प्रेमिकाओं के बीच विरह-वियोग की संभावनाएँ ही समाप्त कर दी हैं, उनकी तड़पन-विरहाग्नि की भ्रूण हत्या कर दी है। अब तो शृंगार रस का केवल संयोग पक्ष ही रह जाएगा, वियोग पक्ष तो रहेगा ही नहीं। जब भी प्रिय की याद सताए, मोबाइल उठाओ, तुरंत नंबर मिलाओ, मन की सारी बातें बताओ। यदि प्रियतम-प्रियतमा फोन न उठाए, तो भी कोई बात नहीं, एस.एम.एस. तो है। अब संदेश भेजने के लिए, मेघ या पवन को दूत बनाने की आवश्यकता नहीं है। मोबाइल दूत जो हाजिर है हर समय सेवा में, यानी मोबाइल बाबा की कृपा से बारिश में 'न रहे विरह, ना रचे विरह काव्य'।

यह तो था वर्षा का प्रेमीजन पर आधुनिककालीन प्रभाव। वर्षा का यह प्रभाव हमारे देश में आजादी के बाद के सर्वाधिक चर्चित जीव अर्थात् राजनेताओं पर भी खूब पड़ा। वर्षा में बादल पानी बरसाते हैं, हमारे देश में नेता, वायदे-आश्वासन बरसाते हैं। खासकर तब, जबकि कोई चुनाव निकट आनेवाला हो। पाँच साल से सोई सरकार एवं नेता, चुनावी वर्ष आते ही कुंभकर्णी नींद से सहसा जाग जाते हैं। अब वे अचानक वायदे-आश्वासनों की झड़ी लगा देते हैं। प्रतिदिन शिलान्यास,

उद्‌घाटन, लोकार्पण, सम्मान-समारोह और लोक-लुभावनी घोषणाओं की तो जैसे बाढ़ ही आ जाती है। टूटी सड़कों की मरम्मत होने लगती है। पार्कों में हरियाली छाने लगती है। नाले-नालियाँ अपने भाग्य पर इतराने लगते हैं। गलियों के भी दिन फिर जाते हैं। फाइलों में दबी पड़ी योजनाएँ अँगड़ाई लेकर उठने लगती हैं। ऐसा लगता है मानो विकास कार्यों का बादल फट पड़ा हो। ऐसे में आम आदमी के साथ-साथ गलियाँ, सड़कें, नाले, नालियाँ, पार्क, फाइलें भी मन-ही-मन प्रभु से कामना करने लगते हैं—"काश! चुनाव हर साल आएँ।"

यह तो था चुनावी वर्ष में राजनेताओं द्वारा वर्षा के बादलों से सीख लेकर गरजना तथा बरसना। बाकी सालों में भी वर्षा के आगमन से राजनेताओं और उच्च अधिकारियों का हृदय-कमल खिल उठता है। दरअसल होता यूँ है कि सालाना बजट का एक बड़ा हिस्सा खर्च होने के लिए, वर्षा के रहम-ओ-करम पर टिका होता है। यदि वर्षा बिलकुल ना हुई, तो 'सूखा राहत कोष' और यदि खूब जमकर बरसी तो 'बाढ़ राहत कोष'।

वर्षा आते ही एकाएक सीवर, नालियों, गलियों की साफ-सफाई तथा मरम्मत का कार्य पूरी धूम-धाम से शुरू होता है। सौ का काम पाँच सौ में करवाया जाता है और बजट का एक बड़ा हिस्सा ठिकाने लगाया जाता है। राजनेताओं और उच्च अधिकारियों के घर धन वर्षा होने लगती है। साल भर से पड़ा सूखा मिटने लगता है। इंजीनियर-ठेकेदारों का मन-मयूर भी नाच उठता है। वर्षा आ जाती है। काम चलता रहता है। सड़कें समुद्र का और नालियाँ नदियों का रूप धारण कर लेती हैं। जगह-जगह जाम लग जाता है। लोग घंटों सड़कों पर अपनी कारों में बैठे मुँह बनाते रहते हैं, झुँझलाते रहते हैं, गुस्से में भुनभुनाते रहते हैं।

वर्षा आते ही सरकारी वन-विभाग की भी बाँछें खिल जाती हैं। उसकी बीसों उँगलियाँ घी में तथा सिर कड़ाही में। मंत्री महोदय वृक्षारोपण करते हुए फोटो खिंचवाते हैं, हँसते-मुसकराते हैं। मज़ेदार बात यह है कि अनेक वर्षों से वृक्षारोपण का स्थान एक ही है। मंत्रीजी जैसे वर्षों से अपना चुनाव क्षेत्र नहीं बदलते, उसी प्रकार वृक्षारोपण का स्थान भी नहीं बदलते। हर साल लाखों पेड़ लगाए जाते हैं। उनके रख-रखाव पर भी लंबा-चौड़ा खर्च होता है। संबंधित अधिकारियों एवं कर्मचारियों के घर की हरियाली निरंतर बढ़ती रहती है। वे स्वयं भी सदा हरे-भरे तथा फलते-फूलते रहते हैं।

वर्षा का आना मलेरिया विभाग के लिए भी मानो सुख-समृद्धि का संदेश लेकर आता है। वर्षा के साथ-साथ मलेरिया, डेंगू जैसी घातक बीमारियाँ 'मान न

मान, मैं तेरा मेहमान' की तर्ज पर खिंची चली आती हैं। इन बीमारियों की रोक-थाम के लिए मलेरिया उन्मूलन अभियान चलाया जाता है। घर-घर जाकर कूलरों की जाँच करना, मच्छर-मार धुआँ छोड़ना, नालियों में मच्छर-मार तेल डालना, कुनैन की गोलियाँ बाँटना—न जाने कितने काम करने पड़ते हैं बेचारे मलेरिया विभाग को। काम करेंगे तभी तो सरकारी पैसा खर्च होगा। सरकारी पैसा खर्च होगा, तभी तो खर्चे-पानी का जुगाड़ होगा।

राजनेताओं, उच्च अधिकारियों और अमीरों के लिए वर्षा मौज-मस्ती और सुख-समृद्धि का संदेश लाती है, तो दिहाड़ी मजदूरों, रेहड़ी, ठेले, पटरी पर सामान बेचनेवालों, झुग्गी-झोंपड़ी में रहनेवालों, सड़क किनारे खाना पकानेवालों तथा ऐसे ही लाखों बेघर-बदनसीबों के लिए वर्षा विनाश, विपत्ति, बरबादी तथा भूखमरी का पैगाम लाती है। उनके घरों के चूल्हे की आग ठंडी हो जाती है। अरमान घुट-घुटकर दम तोड़ देते हैं। सपने चकनाचूर हो जाते हैं। सरकार उनके लिए राहत की घोषणाएँ करती है। 'बाढ़ राहत कोष' के नाम पर लोगों से पैसा, सामान आदि एकत्र किया जाता है। वायदे-आश्वासनों की मरहम लगाई जाती है। घड़ियाली आँसू बहाए जाते हैं। धीरे-धीरे वर्षा समाप्त हो जाती है। बाढ़ उतर जाती है। लोगों के आँसू सूख जाते हैं। वे फिर से जुट जाते हैं जिंदगी की गाड़ी को पटरी पर लाने में। तंत्र लंबी तानकर सो जाता है—अगली वर्षा आने तक।

❑❑❑